Quatro novelas
e um conto

Outros mimos

Alfabeto
Paul Valéry

*

Antropologia do ciborgue: as vertigens do pós-humano
Donna Haraway, Hari Kunzru, Tomaz Tadeu (Org.)

*

Ao Farol
Virginia Woolf

*

Manual do Dândi: a vida com estilo
Barbey d'Aurevilly, Charles Baudelaire, Honoré de Balzac

*

Meu coração desnudado
Charles Baudelaire

*

Mrs Dalloway
Virginia Woolf

*

O casaco de Marx: roupas, memória, dor
Peter Stallybrass

*

O grito da seda. Entre drapeados e costureirinhas: a história de um alienista muito louco
Danielle Arnoux, Gaëtan Gatian de Clérambault, José María Álvarez

*

O Pintor da Vida moderna
Charles Baudelaire

*

O tempo passa (edição bilíngue)
Virginia Woolf

*

Os últimos dias de Immanuel Kant
Thomas De Quincey

*

Rabiscado no teatro
Stéphane Mallarmé

*

Guy de Maupassant
F. Scott Fitzgerald
Jules Barbey d'Aurevilly
Pierrette Fleutiaux
Henry James

Quatro novelas e um conto

As ficções do platô 8 de *Mil platôs*, de Deleuze e Guattari

TRADUÇÃO E ORGANIZAÇÃO
Tomaz Tadeu

autêntica

Copyright © 2014 Autêntica Editora
Copyright da tradução © 2014 Tomaz Tadeu
Copyright de "História do abismo e da luneta" © Actes Sud, 2003

TÍTULOS ORIGINAIS
"Une ruse", Guy de Maupassant
"The Crack-Up", F. Scott Fitzgerald
"Le Rideau cramoisi", Jules Barbey d'Aurevilly
"Histoire du gouffre et de la lunette", Pierrette Fleutiaux
"In the Cage", Henry James

Todos os direitos reservados pela Autêntica Editora. Nenhuma parte desta publicação poderá ser reproduzida, seja por meios mecânicos, eletrônicos, seja via cópia xerográfica, sem a autorização prévia da Editora.

EDITORA RESPONSÁVEL
Rejane Dias

PROJETO GRÁFICO E CAPA
Diogo Droschi

REVISÃO
Cecília Martins

DIAGRAMAÇÃO
Christiane Morais

Dados Internacionais de Catalogação na Publicação (CIP)
(Câmara Brasileira do Livro, SP, Brasil)

Quatro novelas e um conto : as ficções do platô 8 de *Mil platôs*, de Deleuze e Guattari ; tradução e organização Tomaz Tadeu. -- Belo Horizonte : Autêntica Editora, 2014. -- (Mimo)

Conteúdo: Une ruse / Guy de Maupassant -- The Crack-Up / F. Scott Fitzgerald -- Le Rideau cramoisi / Jules Barbey d'Aurevilly -- Histoire du gouffre et de la lunette / Pierrette Fleutiaux -- In the Cage / Henry James.

Bibliografia

ISBN 978-85-8217-393-0

1. Ficção - Coletâneas I. Maupassant, Guy de, 1850-1893. II. Fitzgerald, F. Scott, 1896-1940. III. D'Aurevilly, Jules Barbey, 1808-1889. IV. Fleutiaux, Pierrette. V. James, Henry, 1843-1916. VI. Série.

14-00980   CDD-808.83

Índices para catálogo sistemático:
1. Ficção : Coletâneas : Literatura 808.83

GRUPO **AUTÊNTICA**

Belo Horizonte
Rua Aimorés, 981, 8º andar . Funcionários
30140-071 . Belo Horizonte . MG
Tel.: (55 31) 3214 5700

São Paulo
Av. Paulista, 2.073, Conjunto Nacional,
Horsa I . 23º andar, Conj. 2301 . Cerqueira
César . 01311-940 . São Paulo . SP
Tel.: (55 11) 3034 4468

Televendas: 0800 283 13 22
www.grupoautentica.com.br

7
Apresentação

11
Um jeitinho
Guy de Maupassant

19
O colapso
F. Scott Fitzgerald

39
A cortina carmesim
Jules Barbey d'Aurevilly

93
História do abismo e da luneta
Pierrette Fleutiaux

133
Na gaiola
Henry James

Apresentação

Reúnem-se, neste volume, as cinco obras de ficção mencionadas por Félix Guattari e Gilles Deleuze no platô 8 do livro *Mil platôs* ("Três novelas ou 'o que se passou?'", p. 63-81, vol. 3, Editora 34, tradução de Ana Lúcia de Oliveira e Lúcia Cláudia Leão): as três novelas referidas no título e que constituem precisamente seu objeto de análise, além da novela de d'Aurevilly e do conto de Maupassant, utilizados pelos autores para construir a distinção inicial entre conto e novela.

As citações que Deleuze e Guattari fazem, na edição brasileira, de "Na gaiola" e de "O colapso", feitas segundo suas respectivas traduções francesas, serão irreconhecíveis na presente edição. Assim, indico aqui as devidas correspondências.

Na gaiola

Mil platôs, ed. bras.	Na presente coletânea
"Ela temia essa outra ela mesma que, sem dúvida, a esperava do lado de fora; talvez fosse ele que a esperasse, ele que era seu outro ela mesma e de quem ela tinha medo."	"[...] ela estava literalmente temerosa de seu outro eu, que poderia estar esperando do lado de fora. *Ele* poderia estar esperando; era ele que era seu outro eu e era dele que ela estava temerosa."
p. 68	p. 219

Mil platôs, ed. bras.	Na presente coletânea
"Ela terminou por saber tanto acerca disso que nada mais podia interpretar. Não havia, para ela, mais obscuridades que a fizessem ver mais claro, só restava uma luz crua." p. 69	"Afinal, ela sabia tantas coisas que já não tinha o mesmo sentimento de antes: o de que estava apenas adivinhando. Não havia, ali, qualquer sutileza – tudo saltava aos olhos." p. 223

O colapso

Mil platôs, ed. bras.	Na presente coletânea
"[...] qualquer vida é, bem entendido, um processo de demolição." p. 71	"É claro que a vida é, toda ela, um processo de colapso [...]." p. 19
"[A fissura] se produz quase sem que o saibamos, mas na verdade tomamos consciência dela subitamente." p. 72	"[...] o segundo [tipo de fratura] se dá quase sem a gente saber, mas é, de fato, num estalo que nos damos conta." p. 19
"Concluí que aqueles que haviam sobrevivido tinham realizado uma verdadeira ruptura. Ruptura quer dizer muita coisa e não tem nada a ver com ruptura de cadeia, em que estamos geralmente destinados a encontrar uma outra cadeia ou a retomar a antiga." p. 72	"Isso me levou à ideia de que aqueles que sobreviveram empreenderam alguma espécie de fuga radical. Trata-se de uma palavra grandiosa e sem qualquer paralelo com a fuga de uma prisão, quando se é, provavelmente, levado a uma nova prisão ou se é forçado a voltar à antiga." p. 34

Mil platôs, ed. bras.	Na presente coletânea
"A célebre Evasão ou a fuga para longe de tudo é uma excursão dentro de uma armadilha, mesmo se a armadilha compreende os mares do Sul, que só são feitos para aqueles que querem navegar neles ou pintá-los. Uma verdadeira ruptura é algo a que não se pode voltar, que é irremissível porque faz com que o passado tenha deixado de existir."	"A famosa 'Evasão' ou o 'Fugir de tudo de uma vez' é uma viagem em direção à armadilha, mesmo que essa armadilha inclua os Mares do Sul, que servem apenas para aqueles que querem pintá-los ou navegá-los. Uma fuga radical é algo do qual não há volta; é irreversível porque faz com que o passado deixe de existir."
p. 72	p. 34
"Estava para sempre do outro lado da barricada. A horrível sensação de entusiasmo continuava [...]. Tentaria ser um animal tão correto quanto possível, e se vocês me jogassem um osso com bastante carne por cima, eu seria talvez até mesmo capaz de lhes lamber a mão."	"[...] eu me retirava para sempre daquele lado do balcão [...]. O inebriante e perverso sentimento persistia. [...] Tentarei, entretanto, ser um animal decente, e se você me jogar um osso com bastante carne, posso até lamber sua mão."
p. 73	p. 35, 38

Um jeitinho

Guy de Maupassant

O velho médico e a jovem enferma conversavam junto à lareira. O que a afligia não ia além dessas indisposições femininas de que são acometidas com frequência as mulheres bonitas: um tanto de anemia, de nervos, e um tanto de fadiga, dessa fadiga que experimentam os recém-casados, quando se casam por amor, ao fim do primeiro mês de união.

Ela estava estendida no sofá e falava. "Não, doutor, não vou nunca compreender que uma mulher traia o marido. Até admito que possa não amá-lo, que não cumpra nenhuma de suas promessas, de suas juras! Mas como pode ousar entregar-se a um outro homem? Como esconder isso aos olhos de todos? Como pode alguém amar com mentira e traição?"

O médico sorria.

"Quanto a isso, é fácil. Asseguro-lhe que não se pensa em todas essas sutilezas quando se é tomado pelo desejo de pecar. Tenho mesmo a certeza de que uma mulher não está madura para o amor verdadeiro a não ser depois de ter vivido todas as promiscuidades e todos os desgostos do casamento, que não passa, segundo um homem ilustre, de uma troca de maus humores durante o dia e de maus odores durante a noite. Nada de mais verdadeiro. Uma mulher não pode amar apaixonadamente a não ser depois de ter sido casada. Se pudesse compará-la a uma casa, eu diria que ela não é habitável a não ser depois que um marido a inaugurou.

"Quanto à dissimulação, é algo que todas as mulheres têm para dar e vender nessas ocasiões. As mais simples são maravilhosas e se safam com esperteza dos casos mais difíceis."

Mas a jovem senhora mostrava-se incrédula...

"Não, doutor, não se pensa nunca, a não ser mais tarde, no que se devia ter feito nas ocasiões perigosas; e as mulheres estão, certamente, ainda mais sujeitas que os homens a perder a cabeça."

O médico levantou os braços.

"A não ser mais tarde, diz a senhora! A nós, os homens, é que a inspiração chega tardiamente. Mas vocês!... Escute, vou lhe contar uma pequena história que aconteceu a uma de minhas clientes, a quem, como se diz, eu absolveria sem exigir a confissão.

"O caso se deu num vilarejo de província.

"Uma noite, em que eu dormia profundamente, nessa primeira e pesada fase do sono que não se deixa perturbar por qualquer coisa, tive a impressão, num sonho confuso, de que os sinos do vilarejo tocavam a incêndio.

"Acordei em seguida: era a minha campainha, a da rua, que tocava desesperadamente. Como meu criado parecia não atender, puxei, por minha vez, o cordão da campainha que ficava ao lado da minha cama, e logo as portas começaram a bater e passos quebraram o silêncio da casa adormecida; Jean logo apareceu, entregando-me uma carta que dizia: 'A Senhora Lelièvre roga encarecidamente que o Senhor Doutor Siméon vá imediatamente à sua casa'.

"Refleti alguns segundos; eu pensava: crise de nervos, vapores, bobagens, e estou muito cansado. Respondi: 'O Doutor Siméon está se sentindo muito indisposto e roga à Senhora Lelièvre que faça o favor de chamar o seu colega, o Senhor Bonnet.'

"Em seguida, enviei-lhe o bilhete num envelope e voltei a dormir.

"Meia hora mais tarde, aproximadamente, a campainha da rua tocou novamente e Jean veio me dizer: 'É alguém, um homem ou uma mulher (não sei bem, porque a pessoa está toda coberta), que gostaria de falar urgentemente com o senhor. Diz que envolve a vida de duas pessoas'.

"Vesti-me. 'Mande entrar.'

"Fiquei esperando, sentado na cama.

"E vi surgir uma espécie de fantasma negro, que se descobriu assim que Jean saiu. Era a Sra. Berthe Lelièvre, uma mulher muito jovem, casada havia três anos com um gordo comerciante da cidade que era conhecido por ter desposado a pessoa mais bonita da província.

"Ela estava terrivelmente pálida, com essas crispações que as pessoas desvairadas carregam no rosto; e tremiam-lhe as mãos; por duas vezes ela tentou falar sem que um único som lhe saísse da boca. Por fim, conseguiu balbuciar: 'Depressa, depressa... depressa... Doutor... Venha. Meu... meu amante morreu em meu quarto...'.

"Ela se deteve, arquejante e, depois, prosseguiu: 'Meu marido vai... vai voltar logo do clube...'.

"Saltei da cama, sem pensar que estava de pijamas, e me vesti em poucos segundos. Em seguida, perguntei: 'Foi a senhora em pessoa que esteve aqui há pouco?'. Ela, de pé como uma estátua, petrificada pela angústia, murmurou: 'Não... era minha criada... ela sabe...'. E então, depois de um momento de silêncio, ela disse: 'Fiquei... ao lado dele'. E uma espécie de grito de dor horrível saiu-lhe dos lábios, e, após uma asfixia que a fez arquejar, ela chorou, ela chorou perdidamente, entre soluços e espasmos, durante um minuto ou dois; depois, subitamente, suas lágrimas cessaram, estancaram, como se secadas interiormente pelo fogo, e ela se tornou tragicamente calma: 'Vamos depressa!', disse.

"Eu estava pronto, mas exclamei: 'Puxa vida, não mandei atrelar meu cupê!'. Ela respondeu: 'Tenho um lá embaixo, o dele, que o esperava'. Ela se cobriu até os cabelos. Partimos.

"Assim que se sentou a meu lado, na escuridão do veículo, ela me tomou bruscamente a mão e, apertando-a em seus dedos finos, balbuciou com espasmos na voz, espasmos que lhe vinham do coração dilacerado: 'Ah! Se o senhor soubesse, se o senhor soubesse como sofro! Eu o amava, eu o amava perdidamente, como uma insensata, havia seis meses'.

"Perguntei-lhe: 'Há alguém acordado em sua casa?'.

"Ela respondeu: 'Não, ninguém, exceto Rose, que sabe de tudo'.

"Paramos diante de sua porta; todos na casa, de fato, dormiam; entramos, com uma chave-mestra, sem fazer barulho, e subimos na ponta dos pés. A empregada, assustada, sem ter tido coragem para ficar perto do morto, estava sentada no topo da escadaria, com uma vela acesa ao lado.

"E entrei no quarto. Estava todo revolvido, como depois de uma luta. O leito, amarrotado, amassado, continuava aberto, como que esperando – um lençol se estendia até o tapete; toalhas molhadas, com as quais se tinham friccionado as têmporas do jovem, estavam caídas no chão, ao lado de uma bacia e de um copo. E um singular odor de vinagre de cozinha, misturado com aromas de Lubin, vindo da porta, causava náuseas.

"O cadáver, estendido de costas, jazia no meio do quarto.

"Aproximei-me; observei-o, toquei-o; abri-lhe os olhos; apalpei-lhe as mãos e, depois, voltando-me para as duas mulheres, que tiritavam como se estivessem enregeladas, lhes disse: 'Ajudem-me a colocá-lo sobre a cama'. E deitamo-lo com todo cuidado. Auscultei-lhe, então, o coração e coloquei-lhe um espelho diante da boca. Depois, murmurei: 'Acabou, vistamo-lo rapidamente'. Era uma coisa horrível de se ver!

"Peguei-lhe os braços e as pernas, um a um, como se fossem os de uma enorme boneca, e os enfiei nas vestes que as mulheres iam me alcançando. Colocamo-lhe as meias, as cuecas, as calças, o colete e, finalmente, o paletó, em cujas mangas tivemos muita dificuldade de enfiar os braços.

"Quando chegou a hora de abotoar-lhe as botas, as duas mulheres se puseram de joelhos, enquanto eu iluminava com uma vela; mas, como os pés tinham inchado um pouco, foi terrivelmente difícil. Como não encontravam as abotoadeiras, elas tiveram que usar seus grampos de cabelo.

"Terminada a horrível toalete, examinei nossa obra e disse: 'É preciso penteá-lo um pouco'. A criada foi buscar o pente e a escova da patroa, mas como ela tremia, arrancando, com movimentos involuntários, os cabelos longos e emaranhados, a Senhora Lelièvre apoderou-se violentamente do pente e ajeitou-lhe a cabeleira com delicadeza, como que o acariciando. Repartiu-lhe o cabelo, escovou-lhe a barba e, depois, retorceu-lhe lentamente os pelos do bigode com os dedos, como, provavelmente, costumava fazer, nas intimidades do amor.

"E de repente, largando o que tinha nas mãos, ela pegou a cabeça inerte do amante e olhou longamente, desesperadamente, esse rosto morto que não lhe sorria mais; depois, deixando-se cair sobre ele, estreitou-o fortemente nos braços, beijando-o com furor. Seus beijos caíam como golpes, na boca fechada, nos olhos apagados, nas têmporas, na fronte. Depois, aproximando-se dos ouvidos, como se ele ainda a pudesse escutar, como que para balbuciar a palavra que torna os abraços mais ardentes, ela repetiu, dez vezes seguidas, com voz dilacerante: 'Adeus, querido'.

"Mas o relógio bateu a meia-noite.

"Sobressaltei-me: 'Que azar! Meia-noite! É a hora que o clube fecha. Vamos, senhora, coragem!'.

"Ela se levantou. Ordenei: 'Vamos levá-lo para a sala.' Nós três o pegamos e, levantando-o, sentei-o num canapé, acendendo, depois, os candelabros.

"A porta da rua se abriu e se fechou pesadamente. Era Ele que chegava. Gritei: 'Rose, depressa, me traga as toalhas e a bacia e arrume o quarto; apresse-se, por amor de Deus! É o Senhor Lelièvre que está voltando'.

"Ouvia-o subir, aproximando-se. As mãos, na sombra, apalpavam as paredes. Chamei-o, então: 'Por aqui, meu caro. Tivemos um acidente'.

"E o marido, estupefato, parou à entrada da porta, um charuto à boca. Ele perguntou: 'O que foi? O que se passa? O que é isso?'.

"Fui-lhe ao encontro: 'Meu caro amigo, estamos aqui numa grande dificuldade. Tardei-me, conversando, aqui, em sua casa, com sua esposa e com nosso amigo, que me trouxera em seu veículo. Mas eis que ele desmaiou subitamente e faz duas horas que, apesar de todos os nossos esforços, ele está inconsciente. Eu não quis chamar pessoas estranhas. Ajude-me, pois, a descê-lo, posso tratá-lo melhor em minha casa'.

"O marido, surpreso, mas sem desconfiar de nada, tirou o chapéu. Depois levantou, pelos braços, o rival, agora inofensivo. Atrelei-me às pernas do morto, como um cavalo entre dois varais, e eis-nos descendo a escada, alumiada, agora, pela mulher.

"Quando chegamos à porta, endireitei o cadáver e falei com ele, encorajando-o, para enganar o cocheiro: 'Vamos, meu bravo amigo, não foi nada; já se sente melhor, não é mesmo? Coragem, vamos, um pouco de coragem, faça um pequeno esforço e tudo terminará bem'.

"Como percebi que ele ia cair, que me escapava das mãos, dei-lhe um forte golpe nas costas, lançando-o para a frente e fazendo-o entrar na viatura, subindo depois, atrás dele.

"O marido, inquieto, me perguntava: 'O senhor acha que se trata de coisa grave?'. Respondi: 'Não', sorrindo e olhando para a mulher. Ela havia dado o braço ao esposo legítimo e mergulhava o olhar no fundo escuro do cupê.

"Apertei-lhe as mãos e mandei seguir. Durante todo o trajeto, o morto insistia em se apoiar na minha orelha direita.

"Quando chegamos à sua casa, anunciei que ele tinha perdido a consciência no caminho. Ajudei a levá-lo ao seu quarto, passando, em seguida, a certidão de óbito; era toda uma nova comédia que eu representava diante da inconsolável família. Voltei, enfim, para a cama, não sem antes praguejar contra os apaixonados."

O doutor calou-se, ainda sorrindo.

A jovem, crispada, perguntou:

"Por que o senhor me contou essa terrível história?"

Ele respondeu, galantemente, a título de cumprimento:

"Para lhe oferecer meus serviços, se for o caso."

MAUPASSANT, Guy de. "Une ruse". Publicado pela primeira vez na revista francesa *Gil Blas* de 25 de setembro de 1882.

O colapso

F. Scott Fitzgerald

Fevereiro de 1936

É claro que a vida é, toda ela, um processo de colapso, mas os golpes que constituem o lado dramático do estrago, os grandes golpes, os golpes repentinos, que vêm – ou parecem vir – de fora, aqueles dos quais nos recordamos e nos quais colocamos a culpa das coisas que nos acontecem e a respeito dos quais, em momentos de fraqueza, falamos aos amigos, esses não mostram seus efeitos de uma vez só. Há outra espécie de golpe, que vem de dentro, que a gente só sente quando é tarde demais para fazer qualquer coisa a respeito, só quando se dá conta de que, definitivamente, sob algum aspecto, nunca mais seremos a mesma pessoa. O primeiro tipo de fratura parece se dar num estalo; o segundo se dá quase sem a gente saber, mas é, de fato, num estalo que nos damos conta.

Antes de continuar com esta breve narrativa, deixem-me fazer uma observação geral: o teste de uma inteligência superior consiste na capacidade de sustentar, ao mesmo tempo, duas ideias opostas na mente e, ainda assim, conservar a capacidade de agir. Deveríamos, por exemplo, ser capazes de ver que as coisas não têm solução e, apesar disso, estar dispostos a mudá-las. Essa filosofia foi-me útil no início da vida adulta, quando eu via o improvável, o implausível, muitas vezes o "impossível", acontecer. A vida era algo que, se valêssemos alguma coisa, a gente dominava. A vida rendia-se facilmente à inteligência e ao esforço ou a qualquer proporção dessas duas coisas que fosse possível arregimentar. Parecia algo romântico ser um literato de sucesso – a gente nunca chegaria a ser tão famoso como um astro do cinema, mas qualquer notoriedade que tivéssemos iria provavelmente durar muito tempo; nunca teríamos o poder de um homem de fortes convicções políticas ou religiosas, mas éramos, com certeza, mais independentes. Claro, dentro dos limites da prática de nosso ofício, estávamos sempre insatisfeitos, mas, quanto a mim, eu não teria escolhido nenhum outro.

À medida que os anos vinte iam ficando para trás, com os meus próprios vinte anos correndo um pouco mais à frente, meus dois pesares juvenis – de não ser alto o suficiente (ou bom o suficiente) para jogar futebol na faculdade e de não ter ido para a Europa durante a guerra – acabaram por se resolver sozinhos, ao se transformarem nos sonhos acordados e um tanto infantis de um heroísmo imaginário que ao menos serviam para me provocar o sono em noites irrequietas. Os grandes problemas da vida pareciam se resolver sozinhos, mas, caso a tarefa de dar-lhes um jeito se mostrasse difícil, ela deixava a gente cansado demais para pensar em problemas maiores.

A vida, dez anos atrás, era, em grande parte, uma questão pessoal. Eu devia manter o equilíbrio entre a sensação da futilidade do esforço e o sentimento da necessidade de lutar; entre a convicção da inevitabilidade do fracasso e a determinação, apesar disso, de "superá-lo"; e, sobretudo, manter em equilíbrio a contradição entre o peso morto do passado e as grandes intenções do futuro. Se conseguisse fazer isso em meio às aflições ordinárias – domésticas, profissionais e pessoais –, então o ego seguiria adiante como uma flecha arremessada do nada para o nada com uma força tal que apenas a força da gravidade poderia finalmente trazê-la de volta à Terra.

Por dezessete anos, com um ano de vagabundagem deliberada e de descanso no meio, as coisas continuaram desse jeito: uma tarefa nova não significava mais do que uma expectativa agradável para o dia seguinte. Estava, também, vivendo com dificuldade, mas "até os quarenta e nove não tem problema", dizia. "Posso lidar com isso. Para um homem que vivia como eu vivia, era tudo o que se podia pedir."

...E, então, de repente, a dez anos do lado de cá dos quarenta e nove, dei-me conta de que havia prematuramente entrado em colapso.

II

Ora, um homem pode entrar em colapso de muitas maneiras: pode entrar em colapso mental, caso no qual lhe tiram todo poder de decisão; ou em colapso físico, quando não tem outro recurso senão o de se submeter ao mundo branco do hospital; ou em colapso nervoso. William Seabrook, num livro nada indulgente, conta, com algum orgulho e final cinematográfico, como ele se tornou um fardo público. O que o levou ao alcoolismo, ou contribuiu para isso, foi um colapso nervoso. Embora o presente escritor não estivesse tão complicado, não tendo, na época, bebido um único copo de cerveja em seis meses, eram seus reflexos nervosos que estavam capitulando – raiva demais e lágrimas demais.

Além disso, para voltar à minha tese de que a vida tem uma ofensiva variada, a clareza de que eu entrara em colapso não coincidiu com um golpe, mas com uma moratória.

Não muito tempo antes, eu estivera no consultório de um grande médico e ouvira uma sentença grave. Com uma atitude que, em retrospecto, talvez se pudesse dizer, de equanimidade, eu continuara meus afazeres na cidade em que então morava, sem me preocupar muito, sem pensar muito nas coisas que deixara pela metade, ou em como ia dar conta deste ou daquele encargo, tal como as pessoas fazem nos livros; eu tinha um bom seguro e, de qualquer maneira, eu fora um gerente simplesmente medíocre da maioria das coisas deixadas a meu cuidado, incluindo o meu talento.

Mas tive uma repentina e forte intuição de que devia ficar só. Eu simplesmente não queria ver ninguém. Vira tantas pessoas na minha vida – eu tinha uma sociabilidade média, mas o que eu tinha acima da média era uma tendência a me identificar com todas as classes com as quais entrava em contato, bem como a identificar as minhas ideias, o meu destino com as ideias e o destino delas. Eu estava sempre salvando ou sendo salvo – eu podia passar, numa única manhã, por todas as emoções atribuíveis a Wellington em Waterloo. Vivia num mundo de inimigos inescrutáveis e de amigos e simpatizantes inalienáveis.

Mas agora eu queria ficar absolutamente só e arranjei as coisas de modo a obter certo isolamento das preocupações ordinárias da vida.

Não foi uma época infeliz. Afastei-me e havia menos pessoas. Dei-me conta de que estava pra lá de cansado. Podia vagabundear e estava feliz por isso, dormindo ou cochilando, algumas vezes, vinte horas por dia e tentando, nos intervalos, de forma decidida, não pensar. Em vez disso, eu fazia listas. Fazia listas e as rasgava: centenas de listas. De comandantes de cavalaria e jogadores de futebol e cidades, de canções populares e jogadores de beisebol, e de épocas felizes, e de passatempos e casas em que morei e quantos ternos tivera desde que saíra do exército e quantos pares de sapatos (não contei o terno que comprei em Sorrento e que encolheu nem os mocassins e a camisa social que carreguei por todo lado durante anos e nunca usei, porque os mocassins ficaram mofados e esfarelados, e a camisa social ficou amarelecida e a goma apodrecida). E listas das mulheres que amei, e das vezes em que eu permitira que certas pessoas que não me eram superiores, nem em caráter nem em talento, me torcessem o nariz.

...E, então, repentinamente, surpreendentemente, eu melhorei.

...E assim que soube das novidades me parti em cacos, como um prato velho.

Este é o verdadeiro final da história. O que deveria ter sido feito quanto a isso terá que permanecer no que se costumava chamar de "entranhas do tempo". Basta dizer que depois de uma hora, mais ou menos, de solitária conversa com o travesseiro, comecei a me dar conta de que durante dois anos minha vida consistira em tirar proveito de recursos que eu não possuía, que eu hipotecara a mim próprio, física e espiritualmente, até a cabeça. O que significava o pequeno dom da vida que me era dado de volta em comparação com isso, quando houvera, outrora, orgulho no caminho escolhido e confiança numa independência sem fim?

Dei-me conta de que naqueles dois anos, para preservar alguma coisa – talvez uma quietude interior, talvez não –, eu me desabituara de todas as coisas de que gostava; de que todo ato da minha vida, desde escovar os dentes de manhã até encontrar o amigo para jantar, se tornara um enorme esforço. Vi que durante muito tempo eu não tinha gostado das pessoas e das coisas, mas apenas seguido o antigo e débil hábito de fingir que gostava. Vi que até o meu amor pelos que me eram mais próximos se tornara um mero esforço por amar, que nas minhas relações ocasionais – com um editor, o balconista da tabacaria, o filho de um amigo –, eu me limitava a cumprir as formalidades sociais que eu sabia ser minha *obrigação* cumprir por lembrar que era o que eu fazia em outros tempos. No espaço de um único mês, comecei a me irritar por coisas tais como o som do rádio, os anúncios das revistas, o ranger dos pneus, o silêncio mortal do campo; a desprezar a polidez humana e em seguida (ainda que secretamente) a me revoltar com todo tipo de grosseria; a odiar a noite quando não conseguia dormir e odiar o dia porque levava à noite. Dormia agora sobre o lado do coração porque sabia que quanto mais cedo eu conseguisse estafá-lo, ainda que só um pouco, tão mais cedo atingiria aquela abençoada hora do pesadelo que, como uma catarse, me permitiria enfrentar melhor o novo dia.

Havia certos locais, certos rostos, que eu conseguia olhar. Tal como a maioria dos nascidos no Centro-Oeste, eu nunca tivera nenhum preconceito racial exceto o mais vago deles – eu sempre tivera uma queda secreta pelas adoráveis loiras escandinavas que ficavam sentadas nas varandas das casas de St. Paul, mas que não tinham ainda subido economicamente o bastante na vida para fazer parte daquilo que era então chamado de sociedade. Elas eram boas demais para serem garotas "fáceis" e tinham saído havia muito pouco tempo dos campos para terem um lugar ao sol, mas lembro que caminhava várias quadras para captar um vislumbre que fosse de uma cabeleira radiante – o impacto luminoso de uma garota que eu nunca iria conhecer. Mas isso é papo urbano, nada popular. Não combina nada com o fato de que nesses últimos tempos eu não conseguia suportar a visão de Celtas, Ingleses, Políticos, Estrangeiros, Virginianos, Negros (de pele clara ou escura), Caçadores, ou balconistas e revendedores em geral, todos os escritores (eu evitava muito cuidadosamente os escritores, porque eles conseguem perpetuar, como ninguém, os problemas) – e todas as classes como um todo e a maioria das pessoas na qualidade de membros de sua classe...

Tentando me agarrar a alguma coisa, gostava de médicos e de garotas até a idade de treze anos, mais ou menos, e de garotos com boa formação, com mais de oito anos. Conseguia ter alguma paz e felicidade com essas poucas categorias de pessoas. Esqueci-me de acrescentar que gostava de homens velhos – homens com mais de setenta anos, às vezes acima de sessenta, desde que seus rostos parecessem maduros. Gostava do rosto de Katharine Hepburn na tela, pouco me importando com o que diziam sobre o fato de ela ser pretensiosa, e do rosto de Miriam Hopkins, e do rosto de velhos amigos, desde que eu os visse apenas uma vez por ano e conseguisse me lembrar de seus espectros.

Tudo um tanto inumano e subnutrido, não é mesmo? Bem, crianças, esse é o verdadeiro sintoma de um colapso.

Não é um quadro bonito. Ele foi, inevitavelmente, carregado de um lado para o outro, em sua moldura, e mostrado a vários críticos. Um deles, uma mulher, na verdade, que só pode ser descrita como uma pessoa cuja vida faz a vida de outros se parecer com a morte – ainda que nessa ocasião específica ela representasse o papel, em geral pouco atrativo, de consoladora de Jó. Embora essa história tenha chegado ao fim, permitam-me anexar nossa conversa como uma espécie de *post-scriptum*.

"Em vez de ficar sentindo pena de si mesmo, escute", ela disse.

(Ela sempre diz "Escute" porque pensa enquanto fala – ela *realmente* pensa.) Ela disse, pois: "Escute. Suponha que não tenha sido você que entrou em colapso, mas o Grand Canyon".

"Fui eu que entrei em colapso", disse eu, heroicamente.

"Escute! O mundo só existe nos seus olhos – na sua concepção do mundo. Você pode fazê-lo tão grande ou tão pequeno quanto quiser. E você está tentando ser um indivíduo desprezível. Pelo amor de Deus, se eu alguma vez entrasse em colapso, eu tentaria fazer com que o mundo inteiro entrasse em colapso junto comigo. Escute! O mundo só existe pela percepção que você tem dele e, assim, é muito melhor dizer que não foi você que entrou em colapso – foi o Grand Canyon."

"A queridinha devorou todo o seu Spinoza?"

"Não sei nada sobre Spinoza. Eu sei..." Ela falou, então, de seus males de outrora, que, contados, pareciam ter sido mais dolorosos que os meus, e de como ela os enfrentara, superara, afastara.

Senti certa reação ao que ela disse, mas sou homem de pensamento lento, e me ocorreu, simultaneamente, que, de todas as forças naturais, a vitalidade é a única incomunicável. Naqueles dias em que a seiva penetrava em nós como uma mercadoria isenta de taxas, nós tentávamos distribuí-la – mas sempre sem sucesso; para misturar ainda mais as metáforas, a vitalidade nunca é algo que se "pega". Nós a temos ou não, como a saúde ou os olhos castanhos ou a honra ou uma voz de barítono. Eu poderia ter pedido um pouco da vitalidade dela, lindamente embalada e pronta para ser levada ao fogo e digerida, mas nunca conseguiria obtê-la – mesmo que ficasse ali, à espera, durante mil horas, com minha marmita de autopiedade. Eu podia sair caminhando da casa dela, carregando a mim mesmo como panela de barro quebrada, com o maior cuidado, e ir embora para o mundo da amargura, no qual eu estava construindo uma casa com materiais como os que se acham ali – e repetir para mim mesmo, porta afora:

"Vós sois o sal da terra. Mas se o sal for insípido, como lhe restaurar o sabor?" (*Mateus* 5.13).

Colando os pedaços

Março de 1936

Este escritor falou, num artigo anterior, da súbita compreensão de que o que tinha à sua frente não era o prato que ele pedira para os seus quarenta anos. Na verdade, uma vez que ele e o prato eram uma coisa só, ele descreveu a si próprio como um prato rachado, do tipo que a gente se pergunta se vale a pena guardar. O seu editor achou que o artigo sugeria perspectivas demasiadas sem examiná-las de perto, e provavelmente muitos leitores tinham a mesma impressão – e sempre há aqueles para os quais toda confissão é desprezível, a menos que termine com um nobre agradecimento aos deuses pela Alma Invencível.

Mas eu vinha agradecendo aos deuses por muito tempo e agradecendo-lhes por nada. Eu queria colocar um lamento em minha crônica, mesmo sem ter o pano de fundo dos

Montes para dar-lhe cor. Tanto quanto eu podia enxergar, não havia nenhum Monte Eugâneo.

Às vezes, entretanto, o prato rachado tem que ser mantido no guarda-louças, tem que continuar em serviço como uma necessidade doméstica. Nunca mais poderá ser aquecido no fogão, nem ser misturado com os outros pratos na pia; ele não será tirado para as visitas, mas servirá para comer bolachas no fim da noite ou para guardar restos na geladeira...

Por isso, mais este episódio – a continuação da história de um prato rachado.

Ora, a cura costumeira para alguém em depressão é pensar nos que são realmente despossuídos ou que padecem de algum sofrimento físico – trata-se de um bálsamo infalível para a infelicidade em geral e de um conselho bastante salutar para todo mundo quando dado à luz do dia. Mas, às três da madrugada, um pacote esquecido tem a mesma e trágica importância de uma sentença de morte, e a cura não funciona – e numa noite realmente escura da alma são sempre três da madrugada, dia após dia. Nessa hora, a tendência é recusar-se a enfrentar as coisas pelo maior espaço de tempo possível, refugiando-se num sonho infantil – mas somos continuamente sacudidos e acordados pelos vários contatos com o mundo. Enfrentamos esses momentos tão rápida e descuidadamente quanto possível e nos refugiamos uma vez mais no sono, esperando que as coisas se arrumem sozinhas, graças a alguma grande bonança material ou espiritual. Mas à medida que a fuga persiste, há cada vez menos chance de alguma bonança – não estamos à espera do enfraquecimento de uma simples tristeza; somos, em vez disso, a testemunha involuntária de uma execução, da desintegração da própria personalidade...

A menos que aí intervenham a loucura ou as drogas ou a bebida, essa fase desemboca, afinal, num impasse, e é seguida por um sereno vácuo. Pode-se tentar, então, avaliar o que foi que perdido e o que sobrou. Apenas quando atingi essa serenidade é que me dei conta de que passara por duas experiências paralelas.

A primeira foi há vinte anos, quando deixei Princeton no terceiro ano, com uma doença diagnosticada como malária. Revelou-se, por um raio X tirado doze anos mais tarde, que tinha sido tuberculose – um caso leve, e, após alguns poucos meses de descanso, voltei à faculdade. Mas perdera certos postos – a presidência do Clube Triângulo foi o principal –, uma ideia para uma comédia musical e, além disso, me atrasei um ano. Para mim, a faculdade nunca mais seria a mesma. Não haveria, afinal, nenhuma marca de distinção, nenhuma medalha. Parecia que, numa única tarde de março, eu tinha perdido cada uma das coisas que desejava – e aquela noite foi a primeira vez em que saí em busca do espectro feminino que, por um instante, faz tudo o mais parecer sem importância.

Anos mais tarde compreendi que meu fracasso como líder na faculdade foi uma coisa boa – em vez de fazer parte de comissões, dei-me mal em Poesia Inglesa; quando tive um vislumbre do que se tratava, decidi aprender como se escreve. Considerando-se o princípio de Shaw, de que "se não se consegue aquilo de que se gosta, é melhor gostar do que se consegue", foi uma ruptura feliz – naquele momento, foi duro e amargo saber que minha carreira como condutor de homens estava acabada.

Desde aquele dia, não consigo demitir um criado incompetente, e fico pasmo e impressionado com as pessoas que conseguem. Uma antiga ambição de domínio sobre as pessoas se desfez e desapareceu. A vida ao meu redor era um sonho solene, e eu vivia das cartas que escrevia a uma garota que morava noutra cidade. Um homem nunca se recupera desses abalos – ele se torna uma pessoa diferente, e a nova pessoa acaba encontrando coisas novas com que se preocupar.

O outro episódio, paralelo à minha situação atual, ocorreu após a guerra, quando eu tinha, de novo, deixado meus flancos totalmente desguarnecidos. Foi um daqueles trágicos amores fadados ao fracasso por falta de dinheiro, e um dia, acometida de bom senso, a moça terminou tudo. Durante um longo verão de desespero, escrevi, em vez de cartas, um romance e, assim, tudo acabou bem, mas acabou bem para outra pessoa. O homem com muito dinheiro no bolso que se casou com a moça um ano depois sempre nutriria uma desconfiança permanente, uma animosidade para com a classe ociosa – não a convicção de um revolucionário, mas o ódio latente de um camponês. Nos anos que se seguiram nunca parei de me perguntar de onde vinha o dinheiro de meus amigos, nem de pensar que, num certo momento, uma espécie de *droit du seigneur* tinha sido invocado para dar a um deles minha namorada.

Por dezesseis anos, vivi praticamente como essa última pessoa, desconfiando dos ricos, ainda que trabalhando pelo dinheiro com o qual pudesse ter a mesma mobilidade que eles e a elegância que alguns deles emprestavam às suas vidas. Durante essa época, caí de muitos dos cavalos habituais – lembro-me de alguns dos nomes: *Orgulho Ferido*, *Esperança Frustrada*, *Sem Fé*, *Exibicionismo*, *Golpe Fatal*, *Nunca Mais*. E, depois de algum tempo, eu não tinha mais vinte e cinco anos, depois nem mesmo trinta e cinco, e nada era tão bom quanto antes. Mas, em todos esses anos, não me lembro de um momento de desânimo. Vi homens honestos passarem por estados de depressão que beiravam o suicídio – alguns deles simplesmente sucumbiram e acabaram morrendo; outros acabaram se ajustando e alcançaram um sucesso maior que o meu; mas meu moral nunca desceu abaixo do nível da repugnância que sentia por mim mesmo quando dava um triste espetáculo pessoal. A aflição não tem qualquer conexão necessária com o desânimo – o desânimo tem um germe próprio, tão diferente da aflição quanto a artrite é diferente de um simples trauma.

Quando um novo céu retirou o sol na primavera passada, eu não relacionei isso, no início, com o que acontecera quinze ou vinte anos atrás. Foi só aos poucos que foi surgindo uma certa e familiar semelhança – descuido com a guarda dos flancos, muito trabalho e pouco sono; necessidade de recursos físicos que eu não dominava, tal como alguém que faz um saque sem fundos. O impacto desse golpe foi mais violento que o dos outros dois, mas era da mesma espécie – a sensação de que eu estava, à noitinha, num descampado sem ninguém, com um rifle descarregado nas mãos e os alvos no chão. Nenhum problema definido – simplesmente um silêncio: o único som era o de minha própria respiração.

Havia, nesse silêncio, uma imensa irresponsabilidade frente a qualquer obrigação, uma deflação de todos os meus valores. A crença apaixonada na ordem, a desconsideração da adivinhação e do pressentimento em favor das causas e dos efeitos, o sentimento de que o trabalho cuidadoso e aplicado eram coisas importantes em qualquer lugar – uma a uma, essas e outras convicções foram desaparecendo. Vi que o romance, que era, na minha maturidade, o meio mais poderoso e flexível para a transmissão do pensamento e da emoção de um ser humano a outro, estava se tornando subordinado a uma arte mecânica e vulgar que, estivesse quer nas mãos dos mercadores de Hollywood, quer nas mãos dos idealistas russos, era capaz de refletir apenas o mais trivial dos pensamentos, a mais óbvia das emoções. Tratava-se de uma arte na qual as palavras estavam subordinadas às imagens, na qual a individualidade era corroída até atingir a inevitável e vil engrenagem do trabalho coletivo. Já em 1930, eu tinha a intuição de que o cinema falado faria com que mesmo o mais bem-sucedido dos romancistas parecesse tão arcaico quanto os filmes mudos. As pessoas ainda liam, mesmo que fosse o Livro do Mês indicado pelo Professor Canby – crianças curiosas folheavam as porcarias do Senhor Tiffany Thayer nas bancas de revista –, mas ver o poder da palavra escrita subordinado a um outro poder, um poder mais esplendoroso, um poder mais rasteiro, era uma ofensa dilacerante, que se tornara para mim quase uma obsessão.

Registro isso como um exemplo do que me assombrava durante a interminável noite – era algo que eu não podia aceitar nem lutar contra, algo que tendia a tornar meus esforços obsoletos, da mesma forma que as grandes cadeias de lojas tinham quebrado os pequenos comerciantes, uma força exterior, imbatível...

(Tenho a sensação, agora, de estar fazendo uma conferência, de estar olhando para o relógio à minha frente para verificar quantos minutos faltam...)

Bem, quando atingi esse período de silêncio, fui obrigado a tomar uma medida que ninguém toma voluntariamente: fui impelido a pensar. Meu Deus, como foi difícil! Carregar, de um lado para o outro, enormes baús secretos! Na primeira pausa, cansado, perguntei-me se eu tinha alguma vez chegado a pensar. Depois de muito tempo, cheguei às conclusões que são exatamente as que registro aqui:

(1) Que eu tinha dedicado muito pouco tempo a pensar, exceto no que se refere aos problemas da minha arte. Por vinte anos, um certo homem fora minha consciência intelectual. Esse homem era Edmund Wilson.

(2) Que outro homem representava a ideia que eu tinha do que seria a "boa vida", embora eu o tenha visto apenas uma vez em uma década, e ele pode até ter sido enforcado nesse período. Ele trabalha no negócio de peles no Noroeste e não gostaria de ter seu nome registrado aqui. Mas em situações difíceis, tentei pensar o que *ele* teria pensado, como *ele* teria agido.

(3) Que um terceiro de meus contemporâneos tem sido uma consciência artística para mim – não imitara seu estilo contagiante porque meu próprio estilo, bem ou mal, formou-se antes de ele ter publicado qualquer coisa, mas era para ele que me voltava quando estava numa situação difícil.

(4) Que um quarto homem veio a ditar minhas relações com outras pessoas quando essas relações eram bem-sucedidas: como fazer, o que dizer. Como tornar as pessoas, ao menos por um momento, felizes (em oposição às teorias da Senhora Post sobre como deixar todo mundo totalmente desconfortável graças a uma espécie de vulgaridade sistemática). Isso sempre me confundia e me fazia sair para me

embebedar, mas esse homem tinha jogado esse jogo, ele o tinha analisado e o tinha vencido, e a sua palavra era tudo de que eu precisava.

(5) Que, durante dez anos, a minha consciência política mal tinha existido, a não ser como um elemento de ironia nas coisas que eu escrevia. Quando me tornei outra vez preocupado com o sistema sob o qual eu devia viver, foi um homem muito mais jovem que me trouxe, com um misto de paixão e de ar fresco, essa consciência.

Não havia, assim, mais um "eu", nenhuma base sobre a qual eu pudesse organizar a minha autoestima, exceto minha ilimitada capacidade para trabalhar duramente e que eu parecia não ter mais. Era estanho não ter nenhum "eu" – ser como um garotinho deixado só numa casa enorme, sabendo que agora ele podia fazer tudo que quisesse, mas se dando conta de que não havia nada que quisesse fazer...

(O relógio passou da hora, e eu mal cheguei à minha tese. Tenho algumas dúvidas sobre se isso é de interesse geral, mas se alguém quiser mais, há ainda muitas coisas, e o editor desta revista me dirá se devo contá-las ou não. Se você já se fartou, diga-o, por favor – mas não alto demais, porque tenho a sensação de que alguém, não estou certo quem, está em sono profundo, alguém que poderia ter me ajudado a manter meu negócio funcionando. Não é Lênin, e não é Deus.)

Manipule com cuidado

Abril de 1936

Venho contando, nestas páginas, a história de como um jovem excepcionalmente otimista sofreu um colapso de todos os valores, um colapso do qual ele praticamente não se deu conta de que tinha ocorrido, a não ser muito mais tarde. Falei do período subsequente de desolação e da necessidade de continuar com a vida, mas sem o auxílio do conhecido gesto heroico de Henley: "minha cabeça sangra, mas não se curva". Pois uma inspeção das minhas aptidões espirituais indicava que eu não tinha nenhuma cabeça em particular para curvar ou deixar de ser curvada. Outrora eu tivera um coração, mas essa era a única coisa sobre a qual eu tinha certeza.

Esse era, pelo menos, um ponto de partida para sair do atoleiro em que me debatia: "Eu sentia – logo eu existia". Em um momento ou outro, algumas pessoas tinham encontrado apoio em mim, tinham me procurado em situações de dificuldade ou me escrito de longe, tinham acreditado implicitamente em meus conselhos e em minha atitude diante da vida. Mesmo o mais chato dos traficantes do óbvio, ou o mais inescrupuloso dos Rasputins, capaz de influenciar o destino de muitas pessoas, deve ter alguma individualidade, de modo que a questão se resumia a descobrir por que e onde eu tinha mudado, onde estava o vazamento pelo qual, sem eu saber, meu entusiasmo e minha vitalidade tinham estado, constante e prematuramente, escoando.

Numa noite atormentada e desesperada, preparei uma maleta de mão e viajei mil e quinhentos quilômetros para refletir sobre o caso. Aluguei um quarto barato numa cidadezinha horrível na qual não conhecia ninguém, e torrei todo o dinheiro que tinha numa provisão de carne enlatada, bolachas e maçãs. Mas não estou sugerindo que a mudança de um mundo um tanto asfixiante para um relativo ascetismo fosse alguma "Grande Busca" – eu só queria calma absoluta para meditar sobre as razões pelas quais eu tinha desenvolvido uma atitude desoladora diante da desolação, uma atitude melancólica diante da melancolia e uma atitude trágica diante da tragédia – *por que eu tinha me identificado com os objetos de meu horror ou de meu sofrimento?*

Essa parece uma distinção sutil? Não é: uma identificação como essa significa a morte da capacidade de realização. É uma coisa como essa que impede os loucos de trabalhar.

Lênin não aceitou passivamente os sofrimentos de seu proletariado, nem Washington os de suas tropas, nem Dickens a pobreza de sua Londres. E quando Tolstói tentou, de alguma forma, se fundir com os objetos de sua atenção, foi uma farsa e um fracasso. Menciono-os porque eles são os homens que todos nós mais conhecemos.

Trata-se de uma ofuscação perigosa. Quando Wordsworth decidiu que "a glória desaparecera da face da terra", ele não tinha nenhum desejo de se extinguir junto com ela, e aquela Partícula Ardente chamada Keats nunca deixou de lutar contra a tuberculose nem renunciou, em seus últimos momentos, à esperança de se inscrever entre os grandes poetas ingleses.

Minha autoimolação era uma coisa profundamente sombria. Era, muito claramente, nada moderna – mas eu a via em outros, eu a via, desde a guerra, numa dúzia de homens honrados e trabalhadores. (Sei o que estão pensando, mas isso é fácil demais – havia marxistas entre esses homens.) Fiquei firme ao seu lado, quando um famoso contemporâneo meu brincou com a ideia da Grande Saída durante meio ano; vi quando outro, igualmente eminente, passou meses num hospício, incapaz de suportar qualquer contato com os de sua espécie. E entre os que entregaram os pontos e se foram eu poderia contar uma vintena.

Isso me levou à ideia de que aqueles que sobreviveram empreenderam alguma espécie de fuga radical. Trata-se de uma palavra grandiosa e sem qualquer paralelo com a fuga de uma prisão, quando se é, provavelmente, levado a uma nova prisão ou se é forçado a voltar à antiga. A famosa "Evasão", ou o "Fugir de tudo de uma vez", é uma viagem em direção à armadilha, mesmo que essa armadilha inclua os Mares do Sul, que servem apenas para aqueles que querem pintá-los ou navegá-los. Uma fuga radical é algo do qual não há volta; é irreversível porque faz com que o passado deixe de existir. Assim, como não podia mais cumprir com as obrigações que a vida tinha me imposto, ou que eu mesmo tinha me imposto, por que não eliminava a concha vazia na qual eu estivera posando por quatro anos? Devo continuar sendo escritor porque esse é o meu único meio de vida, mas deixarei de lado todos os esforços para tentar ser uma pessoa – de ser simpático, justo ou generoso. Havia montes de moedas falsas por aí que podiam passar por verdadeiras, e eu sabia onde podia consegui-las ao preço de um níquel por dólar. Em trinta e nove anos, um olho atento aprendera a detectar quando o leite era aguado e o açúcar tinha areia, quando uma imitação barata podia passar por diamante genuíno e o simples reboco por pedra de verdade. Mas eu não estava mais disposto a me doar – toda doação estava, a partir de agora, banida e tinha um novo nome e esse nome era Desperdício.

Essa decisão, como tudo o que é, ao mesmo tempo, real e novo, me deixou bastante animado. Como uma espécie de primeiro ato, havia, quando voltasse para casa, uma enorme pilha de cartas a ser jogada na cesta de lixo, cartas que pediam alguma coisa a troco de nada – ler os originais deste homem, vender o poema daquele outro, falar de graça no rádio, escrever prefácios, dar entrevistas, dar uma ajuda na trama desta peça, naquela situação doméstica, fazer este favor ou aquela caridade.

A cartola do ilusionista estava vazia. Tirar coisas de dentro dela tinha constituído, por muito tempo, uma espécie de passe de mágica, e agora, para mudar de metáfora, eu me retirava para sempre daquele lado do balcão onde se situavam os que distribuíam alívio aos necessitados.

O inebriante e perverso sentimento persistia.

Sentia-me como aqueles homens de olhinhos redondos e brilhantes que eu via, há quinze anos, no trem que pegava, em Great Neck, para ir trabalhar – homens que não se importavam se o mundo viesse abaixo amanhã, desde que suas casas fossem poupadas. Eu estava agora afinado com eles, estava afinado com aquelas cláusulas condescendentes que diziam:

"Sinto muito, mas negócio é negócio."

Ou:

"Você devia ter pensado nisso antes de se meter nessa enrascada."

Ou:

"Não sou a pessoa mais indicada para tratar do seu caso."

E um sorriso – ah, arrumaria um sorriso. Ainda estou praticando esse sorriso. É preciso combinar as melhores qualidades de um gerente de hotel, um velho e experimentado arrivista social, um diretor de internato em dia de visita dos pais, um ascensorista negro, uma bicha se exibindo, um produtor conseguindo matéria-prima pela metade do preço de seu valor de mercado, uma enfermeira experimentada começando num novo emprego, uma modelo na sua primeira aparição em capa de revista, um figurante esperançoso que tem a sorte de ser empurrado para perto da câmera, uma bailarina com o dedo do pé inflamado e, naturalmente, o sorriso rasgado de amorosa bondade que é comum a todos aqueles que, de Washington a Beverly Hills, devem sua existência aos movimentos da câmara panorâmica.

A voz também – estou treinando com um professor para melhorar a voz. Quando a tiver aperfeiçoado, a laringe não mostrará mais qualquer sinal de convicção, exceto a convicção da pessoa com a qual eu estiver falando. Como ela será, em geral, convocada para pronunciar a palavra "Sim", meu professor (um advogado) e eu estamos nos concentrando nisso, mas em horários suplementares. Estou aprendendo a incorporar à voz aquela aspereza polida que faz com que as pessoas sintam que, longe de serem bem-vindas, elas não são sequer toleradas e estão, a todo momento, sob contínua e severa análise. Esses momentos não coincidirão, claro, com o sorriso. Este será reservado exclusivamente para aqueles dos quais nada tenho a ganhar, velhos decrépitos ou jovens lutando por um lugar ao sol. Eles não se importarão – que diabos, eles o obtêm, de qualquer maneira, a maior parte do tempo.

Mas basta. Não se trata de leviandade. Se você é jovem e vai me escrever querendo me encontrar para aprender a ser um homem de letras sombrio, que escreve seus textos sob aquele estado de exaustão emocional que, com frequência, acomete os escritores em seus anos iniciais, se for jovem e insensato o suficiente para fazer isso, eu nem sequer acusarei o recebimento de sua carta, a menos que você tenha alguma relação com alguém que seja de fato muito rico e importante. E se você estiver morrendo de fome sob minha janela, me apressarei a sair e a lhe conceder aquele sorriso e aquela voz (embora não mais a mão), e ficar por ali até que alguém ofereça um níquel para telefonar chamando a ambulância, isto é, desde que eu ache que haja ali material para escrever um artigo.

Tornei-me, agora, finalmente, apenas escritor. O homem que persistentemente eu tentara ser se tornara um peso tão grande que tive que "me livrar dele" com a mesma compunção com que uma mulher negra se livra da rival na noite de sábado. Deixemos que as pessoas boas ajam desse jeito – deixemos que os médicos com muito trabalho morram se estafando, com "férias" de uma semana por ano que podem usar para se dedicar a resolver os problemas da família, e deixemos que os médicos com pouco trabalho se matem à procura de clientes que paguem um dólar por consulta; deixemos que os soldados sejam mortos e entrem imediatamente no Valhala de sua profissão. Esse é o seu contrato com os deuses. Um escritor não precisa ter nenhum desses ideais, a menos que ele os invente para si próprio, mas o presente escritor simplesmente desistiu. O antigo sonho de ser um homem íntegro na tradição de Goethe-Byron-Shaw, com um bom toque americano, uma espécie de combinação de J. P. Morgan, Topham Beauclerk e São Francisco de Assis, foi jogado no mesmo monte de velharias em que foram também abandonadas as ombreiras acolchoadas, usadas uma única vez no campo de futebol dos calouros da Universidade de Princeton, e o capacete militar que nunca foi usado no outro lado do oceano.

E então? É isto o que acho agora: que o estado natural do adulto sensível é o de uma infelicidade relativa. Acho também que, num adulto, o desejo de ser de uma fibra mais nobre, esse "esforço constante" (como dizem aquelas pessoas que ganham o seu pão dizendo isso), apenas serve para aumentar essa infelicidade no fim – aquele fim que sobrevém à nossa juventude e à nossa esperança. A minha própria felicidade no passado chegou perto, muitas vezes, de um êxtase tal que eu não podia partilhá-la nem mesmo com a pessoa que me era mais querida: eu tinha que dissipá-la em passeios por ruas e alamedas calmas, carregando apenas fragmentos dela, para poder transformá-la em umas poucas frases destinadas a algum livro – e acho que a minha felicidade, ou talento para o autoengano, ou seja lá como queiram chamar isso, era uma exceção. Não era a coisa natural, mas justamente o contrário: tão pouco natural quanto a explosão de prosperidade do país; e minha experiência recente se assemelha à onda de desespero que varreu o país quando aquela explosão acabou.

Darei um jeito de viver de acordo com as novas regras, embora tenham sido necessários alguns meses para estar certo disso. E assim como o ridículo estoicismo que permitiu que o negro americano suportasse as intoleráveis condições de sua existência custou-lhe a perda de seu senso de verdade, assim também, em meu caso, há um preço a pagar. Não gosto mais do carteiro, nem do verdureiro, nem do editor, nem do marido da minha prima, e ele, por sua vez, deixará de gostar de mim, de maneira que a vida nunca mais voltará a ser muito agradável, e a tabuleta com a inscrição *Cave Canem* [Cuidado com o Cão] está permanentemente pendurada sobre a minha porta. Tentarei, entretanto, ser um animal decente, e se você me jogar um osso com bastante carne, até posso lamber sua mão.

Traduzido de FITZGERALD, F. Scott. The Crack-Up. In: *The Crack-Up*. Organizado por Edmund Wilson. Nova York: New Directions, 1993, p. 69-84.

A cortina carmesim

Jules Barbey d'Aurevilly

Really.

Já lá se vão muitíssimos anos, fui caçar patos nos pântanos do Oeste, e como não havia, na época, ferrovias na região para onde eu devia viajar, tomei a diligência de ***, que passava no entroncamento próximo ao castelo de Rueil e que, naquele momento, tinha, no compartimento da frente, apenas uma pessoa. Essa pessoa, muito notável sob todos os aspectos, e que eu conhecia por tê-la encontrado muitas vezes em sociedade, era um homem que lhes pedirei a permissão para chamar de Visconde de Brassard. Precaução provavelmente inútil! Aquelas poucas centenas de pessoas que, em Paris, se consideram a sociedade, são certamente capazes de substituí-lo pelo verdadeiro nome... Era cerca de cinco horas da tarde. O sol iluminava, com seus minguantes raios, uma estrada empoeirada, marginada por choupos e prados, e sobre a qual nos lançamos, ao galope de quatro vigorosos cavalos, cujos traseiros musculosos nós víamos se erguer pesadamente a cada golpe de chicote do cocheiro – do cocheiro, imagem da vida, que parece sempre estalar exageradamente seu chicote na hora da partida!

O Visconde de Brassard estava naquela fase da vida em que não se estala mais o seu... Mas trata-se de um desses temperamentos dignos dos ingleses (ele foi educado na

Inglaterra), os quais, feridos de morte, jamais se entregam, e morrem afirmando que continuam vivos. Tem-se, na sociedade, e mesmo nos livros, o hábito, quando se é jovem, de ridicularizar as pretensões daqueles que ultrapassaram aquela feliz idade da inexperiência e da ignorância, e se tem razão, quando a forma dessas pretensões é ridícula; mas quando ela não é, quando, ao contrário, ela é imponente como a altivez que não se deixa curvar e que a inspira, não digo que isso não seja insensato, pois é inútil, mas que é bela como tantas outras coisas insensatas!... Se o sentimento da Guarda que morre e não se rende é uma coisa heroica em Waterloo, ela não o é menos diante da velhice, que não tem, esta, a poesia das baionetas para nos golpear. Ora, para cabeças construídas de uma certa maneira militar, nunca se render é, sempre, a propósito de tudo, como em Waterloo, a verdadeira questão!

O Visconde de Brassard, que não se rendeu (ele ainda vive, e, mais tarde, direi como, pois vale a pena saber), o Visconde de Brassard era, pois, no momento em que subi na diligência de ***, aquilo que a sociedade, cruel como uma mulher jovem, chama, maldosamente, de "velho bonito". É verdade que para quem não se atém a palavras ou números nessa questão da idade, na qual não se tem nunca senão aquilo que se parece ter, o Visconde de Brassard poderia passar por "bonito", simplesmente. Pelo menos, nessa época, a Marquesa de V..., que era especializada em jovens e que tinha tosquiado uma dezena deles, como Dalila tosquiara Sansão, portava com certa ostentação, sobre fundo azul, num bracelete xadrez muito largo, em dourado e preto, uma ponta do bigode do Visconde, que o diabo tinha tornado ainda mais ruço que o tempo... Apenas, velho ou não, não atribuam à expressão "bonito", que o mundo criou, nada de frívolo, por mais que ela seja fraca ou exígua, pois não terão uma ideia justa do meu Visconde de Brassard, no qual, intelecto, modos, fisionomia, tudo, enfim, era grande, pleno, opulento, cheio de lentidão aristocrática, como convinha ao mais magnífico dândi que já conheci, eu, que vi Brummel ficar louco e d'Orsay morrer!

Pois que o Visconde de Brassard era realmente um dândi. Se o fosse menos, certamente teria se tornado Marechal da França. Ele fora, desde a juventude, um dos mais brilhantes oficiais do fim do Primeiro Império. Ouvi, muitas vezes, de seus colegas de regimento, a afirmação de que ele se distinguia por uma bravura ao estilo de Murat, misturada com a de Marmont. Com isso – e com uma cabeça muito sensata e muito fria, quando os tambores não estavam batendo –, ele poderia, em muito pouco tempo, ter se elevado às primeiras fileiras da hierarquia militar, mas o dandismo!... Se combinarem o dandismo com as qualidades que produzem um oficial: o sentimento da disciplina, a regularidade no serviço, etc., etc., vocês verão o que restará do oficial nessa combinação e se ele não vai pelos ares como a poeira! Se, em alguns momentos de sua vida, o oficial Brassard não foi pelos ares, foi porque, como todos os dândis, ele tinha sorte. Mazarin o teria empregado – suas sobrinhas também, mas por outra razão: ele era soberbo.

Ele tivera essa beleza que é necessária mais ao soldado que ao civil, pois não há juventude sem beleza, e o exército é a juventude da França! Essa beleza, de resto, que não seduz apenas as mulheres, mas as próprias circunstâncias – essas libertinas! –, não tinha sido a única proteção que tinha se estendido sobre a cabeça do Capitão Brassard. Ele era, creio, de raça normanda, da raça de Guilherme, o Conquistador, e tinha, dizia-se, muito conquistado... Depois da abdicação do Imperador, ele passou naturalmente para o lado dos Bourbons e, durante a Guerra dos Cem Dias, muito naturalmente continuou fiel a eles. Igualmente, quando os Bourbons retornaram pela segunda vez, o Visconde foi nomeado Chevalier de Saint-Louis pelas mãos do próprio Carlos X (então *Monsieur*). Durante todo o tempo da Restauração, não houve uma única vez em que o belo Brassard fizesse a guarda nas Tulherias sem que a Duquesa d'Angoulême lhe dirigisse, ao passar, algumas amáveis palavras. Ela, cuja infelicidade lhe tinha tirado a graça, sabia encontrá-la para ele. O ministro, vendo esse favor, teria feito tudo pela promoção do homem que Madame assim distinguia; mas, com a melhor vontade do mundo, o que fazer por esse raivoso dândi que – num dia de revista – tirara a espada, na frente de bandeiras de seu regimento, contra o inspetor geral, por causa de uma advertência de serviço?... Já foi o bastante ter conseguido poupá-lo do Conselho de Guerra! O Visconde de Brassard carregara esse desprezo indiferente pela disciplina por todos os lugares. Exceto em expedições militares, quando o oficial se mostrava em sua plenitude, ele nunca se submetia às obrigações militares. Era visto muitas vezes, por exemplo, sob o risco de ser submetido a detenções infinitamente prolongadas, deixar furtivamente sua guarnição para ir se divertir num vilarejo próximo e não voltar a não ser nos dias de parada ou de revista, advertido por algum soldado que gostava dele; pois se os chefes não se importavam de ter sob suas ordens um homem à cuja natureza repugnava toda espécie de disciplina e de rotina, seus soldados, por sua vez, o adoravam. Ele era excelente para eles. Ele exigia apenas que fossem muito corajosos, muito cuidadosos e muito elegantes, fazendo o tipo, enfim, do antigo soldado francês, sobre o qual "A licença de dez horas" e três ou quatro velhas canções, que constituem obras-primas, nos deixaram uma imagem tão exata e tão cativante. Ele os pressionava, talvez um pouco exageradamente, ao duelo, mas ele tinha a convicção de que esse era o melhor meio que conhecia de desenvolver neles o espírito militar. "Não sou um governo", dizia ele, "e não tenho condecorações a lhes dar quando eles se batem bravamente entre si; mas as condecorações, das quais sou o grande-mestre (ele era muito rico, em virtude de sua fortuna pessoal), são as luvas, os implementos de couro para fazer a recarga das armas, e tudo aquilo que lhes pode adornar, desde que os regulamentos não o proíbam." Além disso, a companhia comandada por ele apagava, pela excelência de seu porte, todas as outras companhias de granadeiros dos regimentos da Guarda, já tão brilhantes. Assim, ele exaltava exageradamente a personalidade do soldado, sempre pronto, na França, à fatuidade e à galanteria, essas duas provocações permanentes, uma pelo tom que assume, a outra pela inveja que suscita. Compreender-se-á, depois disso, que as outras companhias de seu regimento tivessem inveja da sua. Lutava-se para entrar na sua companhia e lutava-se mais ainda para não sair dela.

Essa fora, sob a Restauração, a posição inteiramente excepcional do Capitão Visconde de Brassard. E como não havia, naquela época, todas as manhãs, como sob o Império, o expediente do heroísmo em ação, que tudo faz perdoar, ninguém teria certamente podido prever ou adivinhar quanto teria durado essa doidice de insubordinação que surpreendia seus camaradas, e que ele exercia contra seus chefes com a mesma audácia com que ele teria posto em jogo sua vida se fosse enviado ao campo de batalha, caso a Revolução de 1830 lhes tirasse, se eles a tivessem, a precaução, e ele, o imprudente capitão, a humilhação de uma destituição que o ameaçava mais a cada dia. Ferido gravemente na Guerra dos Três Dias, ele não se dignou a prestar serviço sob a nova dinastia dos Orleans, que ele desprezava. Quando a Revolução de Julho os fez senhores de um país que eles não souberam defender, ela encontrou o capitão acamado por causa de um ferimento que teve no pé quando dançava no último baile – como ele o teria qualificado – da Duquesa de Berry. Mas, ao primeiro rufar dos tambores, ele não deixou de se levantar para juntar-se à sua Companhia e, como não lhe era possível calçar botas, por causa do ferimento, foi à insurreição como teria ido ao baile, com sapatos de verniz e meias de seda, e foi assim que ele assumiu o comando de seus granadeiros na Praça da Bastilha, encarregado como estava, de liberar, em toda a sua extensão, o bulevar. Paris, onde as barricadas ainda não estavam erguidas, tinha um aspecto sinistro e temível. A vila estava deserta. O sol caía a prumo, como uma primeira chuva de fogo à qual outra se deveria seguir, uma vez que todas essas janelas, cobertas com suas persianas, iriam, dali a pouco, expelir a morte...

O Capitão de Brassard arranjou seus soldados em duas linhas, ao longo e o mais perto possível das casas, de maneira que cada fileira de soldados não ficasse exposta aos golpes de fuzil que lhes chegavam de frente, e ele, mais dândi que nunca, assumiu o meio da rua. Sob a mira, pelos dois lados, de milhares de fuzis, de pistolas e de carabinas, desde a Bastilha até a Rua de Richelieu, ele não tinha sido atingido, apesar da largura de um peito de que ele se orgulhava um tanto exageradamente, pois o Capitão de Brassard oferecia seu peito ao fogo, como uma bela mulher, num baile, que deseja pôr seu seio em julgamento, até que, chegado à frente de Frascati, na esquina da Rua de Richelieu, e no momento em que ordenava à sua tropa que se concentrasse atrás dele para arrastar a primeira barricada que ele encontrou erguida em seu caminho, ele recebeu uma bala em seu magnífico peito, duplamente contundente, tanto por sua largura quanto pelos longos alamares de prata que resplandeciam de um ombro ao outro, e teve o braço atingido por uma pedra – o que não o impediu de tomar de assalto a barricada e ir até à Madeleine, à cabeça de seus entusiasmados homens. Ali, duas mulheres em uma caleche, que fugiam da Paris em revolta, ao ver um oficial da Guarda ferido, coberto de sangue e estendido sobre os blocos de pedra que rodeavam, nessa época, a Igreja da Madeleine, que ainda estava em obras, colocaram seu veículo à disposição, e ele foi conduzido por elas ao Gros-Caillou, onde se encontrava então o Marechal de Raguse, ao qual ele disse, militarmente: "Marechal, não viverei talvez mais que duas horas; mas, durante essas duas horas, posicione-me onde o senhor quiser!". Só que ele estava enganado... Ele ia sobreviver por mais que duas horas. A bala que o atravessara não o matou. Faz mais de quinze anos que o conheci, e ele afirmava então, a despeito da medicina e de seu médico, que o havia expressamente proibido de beber durante todo o tempo que havia durado a febre de seu ferimento, que só tinha se salvado da morte certa por beber vinho de Bordeaux.

E ao bebê-lo, como ele bebia! pois, dândi em tudo, ele também o era em sua maneira de beber... ele bebia como um polonês. Ele mandou fazer um esplêndido cálice em cristal da Boêmia na medida, que Deus me castigue! de uma garrafa inteira de Bordeaux, e ele o bebia de um trago! Ele chegava a acrescentar, após haver bebido, que fazia tudo nessa mesma medida, e era verdade! Mas numa época em que a força, sob todas as formas, vai diminuindo, pode-se considerar, talvez, que não haja nada de que se orgulhar. Ele era orgulhoso como Bassompierre e tolerava o vinho como ele. Eu o vi beber de uma só vez doze doses de sua taça da Boêmia sem dar a mínima impressão de tê-lo feito! Eu o vi ainda, muitas vezes, nessas refeições que as pessoas decentes chamam de "orgias", e ele não ultrapassava, após esses ardentes tragos, aquele grau de embriaguez que ele chamava, com uma graça ligeiramente soldadesca, de "estar vermelhinho", fazendo o gesto militar de colocar um pompom vermelho no quepe. Quanto a mim, que, no interesse da história que vai se seguir, gostaria muito de fazer com que vocês compreendessem o tipo de homem que ele era, por que eu não lhes diria que vi esse legítimo estroina – como o teria chamado a pitoresca língua de outrora – dos tempos atuais manter sete amantes titulares ao mesmo tempo? Ele as intitulava, poeticamente, "as sete cordas de sua lira", e certamente não aprovo essa maneira musical e leviana de falar de sua própria imoralidade! Mas que é que vocês querem? Se o Capitão Visconde de Brassard não tivesse sido tudo o que acabo de ter a honra de lhes dizer, minha história seria menos picante, e, provavelmente, eu não teria pensado em lhes contar.

É certo que eu não esperava encontrá-lo ali, quando subi na diligência de ***, no entroncamento do castelo de Rueil. Havia muito tempo que não nos víamos e gostei de reencontrá-lo, com a perspectiva de passar algumas horas junto a um homem que ainda era de nossa época e já diferia tanto dos homens de nossa época. O Visconde de Brassard, que teria podido entrar na armadura de François I e com ela se mover tão à vontade quanto em seu elegante fraque azul de oficial da Guarda Real, não se parecia, nem pelo porte, nem pelas proporções, com os mais glorificados dos jovens do presente. Esse sol poente, de uma elegância grandiosa e por tanto tempo radiosa, teria feito com que esses pequenos ascendentes da moda, que se erguem agora no horizonte, parecessem um tanto franzinos e um tanto pálidos! Belo, do tipo da beleza do Imperador Nicolau, que ele lembrava pelo torso, mas menos ideal de rosto e menos grego de perfil, ele usava uma barba curta, que continuava escura, tal como seus cabelos, por um mistério de organização ou de toalete... impenetrável, e essa barba, de um colorido animado e masculino, espalhava-se por todo o rosto. Sob uma fronte da mais alta nobreza, uma fronte arqueada, sem nenhuma ruga, branca como braço de mulher, e que o quepe de couro de granadeiro, que faz cair os cabelos, tal como o capacete, descobrindo-o um pouco no alto da testa, tornava mais ampla e mais altiva, o Visconde de Brassard quase escondia, de tão afundados que estavam sob a arcada das sobrancelhas, dois olhos cintilantes, de um azul muito escuro, mas muito brilhantes em sua profundidade e que daí saltavam como duas safiras pontiagudas! Esses olhos não se davam ao trabalho de escrutar, mas eram penetrantes. Trocamos um aperto de mão e nos pusemos a conversar. O Capitão de Brassard falava lentamente, com uma voz vibrante que imaginávamos ser capaz de abarcar todo o Champ-de-Mars com as ordens que ele dava. Educado desde a infância, como lhes disse, na Inglaterra, ele pensava talvez em inglês; mas essa lentidão, sem prejuízo do resto, dava um torneio muito particular ao que ele dizia, e até mesmo às suas brincadeiras, pois o capitão gostava de brincadeiras, até mesmo daquelas um pouco arriscadas. Ele tinha aquilo que chamamos de resolução enérgica. O Capitão de Brassard ia sempre demasiado longe, dizia a Condessa de F... essa alegre viúva, que não veste mais que três cores depois que ficou viúva: preto, violeta e branco. Era preciso que ele se encontrasse em muito boa companhia para que não fosse frequentemente encontrado em má companhia. Mas quando se está realmente em má companhia, vocês certamente sabem que acontece de tudo no *faubourg* Saint-Germain!

Uma das vantagens da conversa num veículo é que ela pode parar quando não se tem mais nada a dizer, e isso sem nenhum constrangimento para ninguém. Numa sala de visitas, não se tem essa liberdade. A polidez impõe-nos o dever de falar de qualquer maneira e somos frequentemente punidos, por essa hipocrisia inocente, pelo vazio e pelo enfado dessas conversas em que os idiotas, mesmo que tenham nascido calados (e eles existem), se esforçam e fazem o impossível para dizerem alguma coisa e serem amáveis. Num veículo público, todo mundo está em sua casa, ao mesmo tempo em que na dos outros, e é possível, sem parecer inconveniente, mergulhar no silêncio que agrada e que faz com que o devaneio suceda à conversação... Infelizmente, os acasos da vida são terrivelmente monótonos, e, outrora (pois já é outrora), subia-se vinte vezes num veículo público, como se sobe hoje vinte vezes num vagão, sem encontrar uma pessoa cuja conversa seja animada e interessante... O Visconde de Brassard trocava comigo, no início, algumas ideias que os acidentes da estrada, os detalhes da paisagem e algumas recordações do mundo em que havíamos outrora nos encontrado tinham feito nascer; depois, o dia que terminava fez, com seu crepúsculo, cair o silêncio sobre nós. A noite que, no outono, parece cair a pique do céu, de tão rápida que vem! tomou conta de nós, com seu ar fresco, e nos enrolamos em nossos casacos, buscando com a fronte o canto duro que é o travesseiro dos que viajam. Não sei se meu companheiro adormeceu em seu canto do compartimento; mas, quanto a mim, continuei acordado no meu. Eu estava tão indiferente ao trajeto que fazíamos e que eu tantas vezes fizera, que mal prestava atenção aos objetos exteriores, que desapareciam com o movimento do veículo, e que pareciam, na noite, correr em sentido oposto ao nosso. Atravessamos vários vilarejos, espalhados, aqui e lá, por essa longa estrada que os cocheiros de carros postais ainda orgulhosamente apelidavam de "fita de rabo de cavalo", lembrando o deles, há muito já cortado, entretanto. A noite ficou negra como um forno apagado, e, nessa obscuridade, esses vilarejos desconhecidos pelos quais passávamos eram fisionomias estranhas e davam a ilusão de que estávamos no fim do mundo... Essa espécie de sensação que registro aqui como a recordação das últimas impressões de um estado de coisas desaparecido não existe mais e não voltará nunca, para ninguém. Nos dias de hoje, as ferrovias, com suas estações à entrada das vilas, não permitem mais ao viajante apreender de uma só vez, numa rápida vista d'olhos, o panorama fugidio de suas ruas, como se pode fazer ao galope dos cavalos de uma diligência que vai, em seguida, fazer a troca dos cavalos, para tornar a partir. Na maior parte dessas pequenas vilas que atravessávamos, os lampiões da iluminação pública, esse luxo tardio, eram raros, e enxergava-se, aí, certamente, bem menos que nas estradas que acabávamos de deixar. Nessas, ao menos, o céu tinha sua amplidão, e a grandeza do espaço produzia uma luz vaga, enquanto que aqui, a aproximação das casas que pareciam se beijar, suas sombras projetadas sobre essas ruas estreitas, o pouco de céu e de estrelas que se percebiam entre as duas fileiras de telhados, tudo fazia aumentar o mistério dessas vilas adormecidas, nas quais o único homem que se encontrava era – à porta de algum albergue – um garoto de cavalariça, com sua lanterna, que conduzia os cavalos de revezamento, e que afivelava as correias de sua atrelagem, assobiando ou praguejando contra seus cavalos recalcitrantes ou demasiadamente ariscos... Fora isso e a eterna interpelação, sempre a mesma, de algum viajante, tonto de sono, que baixava uma janela e gritava na noite, que se tornava mais sonora por causa do silêncio: "Onde estamos, cocheiro?...", não se escutava nada de vivo e nada se via ao redor e nesse carro cheio de pessoas que dormiam, nessa vila adormecida, na qual, talvez, algum sonhador como eu buscava, pela vidraça de seu compartimento, distinguir a fachada das casas encobertas pela noite, ou suspendia seu olhar e seu pensamento à vista de alguma janela ainda iluminada a essa hora avançada, nessas pequenas vilas de costumes regrados e simples, para as quais a noite foi feita, sobretudo, para dormir. A vigília de um ser humano, inclusive a de um sentinela, quando todos os outros seres estão mergulhados nesse torpor que é o torpor da animalidade fatigada, tem sempre algo de imponente. Mas a ignorância daquele que se deixa ficar em vigília por detrás de uma janela com cortinas abaixadas, em que a luz indica a vida e o pensamento, acrescenta a poesia do sonho à poesia da realidade. Eu, pelo menos, nunca pude ver uma janela, em noite iluminada, numa vila adormecida pela qual eu passava, sem ligar a esse quadro de luz um mundo de pensamentos, sem imaginar, por detrás dessas cortinas, intimidades e dramas... E agora, sim, ao cabo de tantos anos, tenho ainda na cabeça essas janelas que aí permanecem eterna e melancolicamente luminosas, e que me fazem frequentemente dizer, quando, ao pensar nelas, eu as revejo em meus devaneios:

"Que havia, pois, por detrás dessas cortinas?"

Vejamos! uma das que ficaram por mais tempo na minha memória (mas vocês logo compreenderão a razão disso) é certa janela de uma das ruas da vila de ***, pela qual passávamos nessa noite. Estava situada três casas – vejam como minha lembrança é precisa – acima do hotel diante do qual era feita a troca de cavalos; mas tive o prazer de considerar essa janela por mais tempo que o tempo duma simples troca de cavalos. Tinha havido um problema com uma das rodas de nosso carro, e foi preciso ir atrás do segeiro, que estava dormindo. Ora, acordar um segeiro numa vila adormecida de província e fazê-lo levantar-se para apertar uma porca da roda de uma diligência que não tinha concorrentes nessa linha não era um caso simples, de apenas alguns minutos... Se ele estivesse tão adormecido em seu leito quanto nós estávamos em nosso carro, não iria ser fácil despertá-lo...

De meu compartimento, eu ouvia, através da divisória, os roncos dos viajantes do andar inferior; mas nenhum dos viajantes do andar superior – que, como se sabe, têm a mania de sempre descer assim que a diligência para, provavelmente (pois na França a vaidade se esconde em todos lugares, inclusive no andar superior dos carros), mostrar sua destreza em voltar a subir – tinha descido... É verdade que o hotel diante do qual tínhamos parado estava fechado. Não ceamos aí. Havíamos ceado na outra troca de cavalos. O hotel, tal como nós, dormia. Nada nele sugeria vida. Nenhum ruído perturbava o profundo silêncio... a não ser o golpe da vassoura, monótono e enfadonho, de alguém (homem ou mulher... não se sabia; a noite estava muito escura para que se pudesse perceber) que varria, pois, o grande pátio desse hotel mudo, no qual o portão da cocheira ficava geralmente aberto. Esse golpe arrastado de vassoura sobre o pavimento também parecia dormir, ou, ao menos, parecia ter uma enorme vontade de dormir! A fachada do hotel estava escura como as outras casas da rua, nas quais não havia nenhuma luz a não ser numa única janela... essa janela que precisamente eu tenho carregado na minha memória e que tenho sempre ali, sob a fronte!... A casa, na qual não se podia dizer que essa luz brilhava, pois ela estava suavizada por uma dupla cortina carmesim cuja espessura ela misteriosamente atravessava, era uma casa grande que só tinha dois andares, mas o segundo era bem alto...

– É singular! – disse o Visconde de Brassard, como se falasse consigo mesmo. – Dir-se-ia que é ainda a mesma cortina!

Voltei-me para ele, como se o pudesse ver em nosso escuro compartimento; mas o lampião, colocado sobre o assento do cocheiro, e que serve para iluminar os cavalos e a estrada, se apagara justamente nesse momento... Eu achava que ele dormia, mas não, e ele estava impressionado, como eu, pela atmosfera que cercava essa janela; mas ele, mais experiente que eu, sabia por qual razão!

Ora, o tom com que ele se pôs a dizer isso – uma coisa de uma tal simplicidade! – era tão baixo na voz do meu dito

Visconde de Brassard e me impressionou tão fortemente que eu quis satisfazer imediatamente a curiosidade de que fui de repente tomado para ver seu rosto, o que me fez riscar um fósforo como se eu quisesse acender meu charuto. A luz azulada do fósforo interrompeu a escuridão.

Ele estava pálido, não como um morto... mas como a própria Morte.

Por que ele estava pálido?... Essa janela, de um aspecto tão particular, essa reflexão e essa palidez de um homem que, em geral, empalidecia tão pouco, pois ele era sanguíneo, e a emoção, quando ele estava emocionado, devia fazê-lo ruborizar até o crânio, o frêmito que senti correr nos músculos de seu forte bíceps, que se chocava, então, com meu braço, na intimidade do veículo, tudo isso produzia o efeito de ocultar alguma coisa... que eu, caçador de histórias, poderia, talvez, vir a descobrir, se procedesse adequadamente.

— O senhor também olhava, pois, essa janela, Capitão, e o senhor chegou a reconhecê-la? — disse-lhe eu com esse tom de indiferença que parece não esperar resposta e que constitui a hipocrisia da curiosidade.

— Por Deus! se a reconheço! — disse ele, com seu tom normal de voz, ricamente timbrada e que enfatizava as palavras.

A calma já tinha retornado a esse dândi, o mais firme e o mais majestoso dos dândis, os quais — vocês o sabem! — desprezam qualquer emoção, considerando-a inferior, e não acreditam, tal como esse tolo do Goethe, que a surpresa possa ser, alguma vez, uma posição honrosa para o espírito humano.

— Não passo por aqui com frequência — continuou, então, muito tranquilamente, o Visconde de Brassard —, e até mesmo evito passar por aqui. Mas há coisas que não esquecemos. Não são muitas, mas elas existem. Conheço três delas: o primeiro uniforme que vestimos, onde travamos a primeira batalha e a primeira mulher que tivemos. Ah! para mim, essa janela é a quarta coisa que não posso esquecer.

Ele se deteve, baixou a vidraça à sua frente... Era para ver melhor essa janela de que me falava?... O condutor tinha ido buscar o segeiro e não voltara. Os cavalos de revezamento, em atraso, ainda não haviam chegado do posto de troca. Os que nos haviam carregado, mortos de cansaço, estafados, ainda não desatrelados, a cabeça caindo sobre as pernas, nem sequer conseguiam dar a patada de impaciência no calçamento, sonhando com a cavalariça em que descansariam. Nossa diligência adormecida parecia um veículo encantado, paralisado pelo condão das fadas, num cruzamento de clareira, na floresta da Bela Adormecida.

– O fato é que – disse eu – essa janela tem, para um homem de imaginação, uma fisionomia.

– Não sei qual ela tem para o senhor, – replicou o Visconde de Brassard –, mas sei qual ela tem para mim. É a janela do primeiro quarto da minha época de guarnição. Eu morava lá... Meu Deus! já lá se vão trinta e cinco anos! por detrás dessa cortina... que parece não ter mudado nesses anos todos, e que eu vejo iluminada, absolutamente iluminada, como ela estava quando...

Ele se deteve outra vez, reprimindo o pensamento; mas eu estava disposto a arrancá-lo.

– Isso se passou quando o senhor estudava sua tática, Capitão, em suas primeiras vigílias de subtenente?

– O senhor muito me honra, respondeu ele. Eu era, é verdade, subtenente nessa época, mas as noites que eu passava então, eu não as passava estudando minha tática, e se mantinha minha lamparina acesa a essas horas indevidas, como dizem as pessoas ordeiras, não era para ler o Marechal de Saxe.

– Mas – disse eu, rápido como um relâmpago – era, talvez, de qualquer forma, para imitá-lo?

Ele me devolveu o desafio.

– Oh – disse ele –, não era nessa época que eu imitava o Marechal de Saxe, como parece ser sua compreensão... Isso foi muito mais tarde. Nessa época, eu não passava de um modesto subtenente, bem aprumado em seus uniformes, mas muito desajeitado e muito tímido com as mulheres, embora elas nunca quisessem acreditar nisso, provavelmente por causa da cara engraçada... nunca tirei, com elas, vantagem de minha timidez. De resto, eu não tinha mais que dezessete anos nessa maravilhosa época. Eu estava saindo da Escola Militar. Deixava-se a Escola Militar no momento em que, atualmente, nela se entra, pois se o Imperador, esse terrível consumidor de homens, tivesse durado, ele teria acabado por ter soldados de doze anos, tal como os sultões da Ásia têm odaliscas de nove.

Se ele se põe a falar do Imperador e das odaliscas – pensei eu –, ficarei sem saber de nada.

– E, entretanto, Visconde – disse eu, retomando o fio da conversa –, eu apostaria que o senhor não teria tão presente a lembrança dessa janela, que se ilumina ali no alto, se não fosse porque havia, para o senhor, uma mulher por detrás da cortina!

– E o senhor ganharia a aposta, – disse ele gravemente.

– Ah, aí está! – continuei eu. – Eu estava certíssimo disso! Para um homem como o senhor, numa pequena vila de província, pela qual o senhor não passou, talvez, dez vezes, desde sua primeira guarnição, só um cerco que o senhor possa ter sustentado ou alguma mulher que o senhor tenha capturado, por escalada, poderia tornar-lhe sagrada, de uma forma tão viva, a janela de uma casa que o senhor encontra hoje estranhamente iluminada na escuridão!

– Não sustentei, entretanto, nenhum cerco... ao menos militarmente – respondeu ele, sempre sério; mas ser sério era frequentemente sua maneira de brincar –, e, por outro lado, quando a rendição se dá tão rapidamente, podemos chamar isso de cerco?... Mas quanto a capturar uma mulher com ou sem escalada, eu lhe disse, eu era, nessa época, perfeitamente incapaz... Além disso, não foi uma mulher que foi, no caso, capturada: fui eu!

Eu o saudei; teria ele percebido o meu gesto nesse compartimento sombrio?

– Tínhamos capturado Berg-op-Zoom – disse-lhe eu.

— E os subtenentes de dezessete anos — acrescentou ele, — não são, em geral, Berg-op-Zooms de sensatez e de continência inexpugnáveis!

— Assim — disse eu prazerosamente —, novamente uma senhora ou uma senhorita Putifar...

— Tratava-se de uma senhorita — interrompeu ele, com uma bonomia um tanto cômica.

— A ser colocada na pilha de todas as outras, Capitão! Apenas que, aqui, o José era militar... um José que não terá fugido...

— Que, ao contrário, fugiu completamente — continuou ele, com o maior sangue-frio —, embora demasiado tarde e com medo!!! Com um medo que me fez compreender a frase do Marechal Ney que ouvi com meus próprios ouvidos e que, vindo de um homem como ele, confesso, me aliviou um pouco: "Eu gostaria de saber qual o filho da... (ele deixou sair a expressão inteira) que disse nunca ter medo!..."

— Uma história na qual o senhor teve esse tipo de sensação deve ser muitíssimo interessante, Capitão!

— Por Deus! — disse ele, bruscamente. — Posso perfeitamente, se o senhor está curioso, contar essa história, que foi um acontecimento, corrosivo sobre a minha vida, como um ácido sobre o aço, e que marcou para sempre com uma mancha negra todos os meus prazeres de pessoa de vida desregrada! — acrescentou ele, com uma melancolia que me impressionou, nesse formidável folgazão que eu julgava ser forrado de cobre como um brigue grego.

E ele fechou a vidraça que havia aberto, seja porque temesse que o som de sua voz ultrapassasse os limites de nosso compartimento e que se ouvisse, de fora, o que ele ia contar, embora não houvesse ninguém em volta desse veículo, que continuava imóvel e como que abandonado; seja porque aquele regular golpe de vassoura, que ia e vinha, e que arranhava tão pesadamente o pavimento do grande pátio do hotel, parecia-lhe um acompanhamento inoportuno para sua história; — e eu o escutava — atento unicamente à sua voz – às mínimas nuances de sua voz – uma vez que, nesse escuro e fechado compartimento, eu não podia ver-lhe o rosto – e os olhos fixados mais que nunca nessa janela, na cortina carmesim, que brilhava ainda com a mesma e fascinante luz e sobre a qual ele ia me falar:

"Tinha eu então dezessete anos; e saía da Escola Militar – recomeçou ele. – Nomeado subtenente num simples regimento de infantaria de linha, que esperava, com a impaciência que tínhamos nessa época, a ordem de partir para a Alemanha, onde o Imperador conduzia essa campanha que a história chamou de 'A Campanha de 1813', eu não tivera mais que o tempo de ir abraçar meu velho pai no interior de sua província, antes de me juntar, na vila onde estamos nesta noite, ao batalhão de que fazia parte; pois esta minúscula vila de, no máximo, alguns milhares de habitantes, só tinha, como guarnição, nossos dois primeiros batalhões... Os dois outros haviam sido distribuídos pelos povoados vizinhos. O senhor que, provavelmente, apenas passou por esta vila onde estamos agora, quando voltava para o seu Oeste, não consegue ter ideia do que ela é – ou ao menos do que ela era há trinta anos – para quem é obrigado, como eu era então, a ficar aí. Era certamente a pior guarnição para a qual o acaso – que julgo ser sempre o diabo e, especificamente, nessa época, o ministro da guerra – podia me enviar para minha estreia. Deus do céu! que monotonia! Não me lembro de ter tido, em qualquer outro lugar, desde então, uma estada tão enfadonha e tão aborrecida. Só que, com a idade que tinha, e com a primeira embriaguez do uniforme – uma sensação que o senhor não conhece, mas que conhecem todos aqueles que o vestiram –, eu praticamente não sofria aquilo que mais tarde iria me parecer insuportável. No fundo, o que me causava esta morna vila de província?... Eu a habitava, afinal, muito menos que meu uniforme – uma obra-prima de Thomassin e Pied, que me extasiava! Esse uniforme, que me fascinava, era como um véu que embelezava, para mim, todas as coisas; e esse uniforme – isso vai lhe parecer forte, mas é a pura verdade! – era, literalmente, minha verdadeira guarnição! Quando me aborrecia demais nessa vila sem movimento, sem interesse e sem vida, eu me colocava em uniforme de gala – todos os adornos expostos –, e o enfado fugia diante de meu colarinho alto! Eu era como essas mulheres que não deixam de fazer sua toalete quando estão sozinhas e não esperam ninguém. Eu me vestia... para mim. Eu me comprazia solitariamente com minhas dragonas e com o afiador de meu sabre, que brilhava ao sol, no recanto de alguma alameda deserta, na qual, em torno das quatro horas, eu tinha o hábito de passear, sem procurar ninguém para ser feliz e, ali, eu inchava o peito, tanto que, mais tarde, no bulevar de Grand, ouvi dizerem, às minhas costas, quando eu dava o braço a alguma mulher: 'É preciso concordar que vai ali uma altiva figura de oficial!'. Só havia, aliás, nesta pequena vila muito pouco rica, e que não tinha nenhum comércio ou atividade de qualquer espécie, antigas famílias mais ou menos arruinadas, que torciam o nariz para o Imperador, pois não se devia, como elas diziam, fazer concessões aos ladrões da Revolução, e que, por essa razão, celebravam muito pouco seus oficiais. Portanto, nem reuniões, nem bailes, nem saraus, nem diversões. No máximo, no domingo, um pobre fim de avenida, onde, depois da missa do meio-dia, quando fazia bom tempo, as mães iam passear e exibir suas filhas até as duas horas – a hora das Vésperas, que, ao som da primeira badalada, arrebanhava todas as saias e esvaziava essa infeliz avenida. Aliás, essa missa de meio-dia, na qual nós nunca íamos, eu a vi se transformar, sob a Restauração, numa missa militar à qual o estado-maior dos regimentos era obrigado a assistir, e era, ao menos, um acontecimento vivo neste deserto de guarnições mortas! Para rapazes que estavam, como nós, naquela época da vida em que o amor, a paixão pelas mulheres ocupavam um lugar tão importante, essa missa militar era um consolo. Excetuando-se dois de nós que faziam parte do destacamento de serviço armado, todo o corpo de oficiais se dispersava e se colocava, como era de sua preferência, na nave da igreja. Quase sempre nos instalávamos atrás das mulheres mais bonitas que vinham a essa missa, onde elas estavam certas de que iriam ser vistas, e nós lhes dávamos o máximo de distração possível, ao falar, entre nós, à meia voz, de maneira a podermos ser ouvidos por elas, sobre o que elas tinham de mais atraente em seu rosto ou em seu porte. Ah! a missa militar! Vi começar aí muitos romances. Eu vi se insinuar nos regalos que essas jovens deixavam sobre os bancos, quando elas se ajoelhavam perto de suas mães, muitos bilhetes ternos, aos quais elas davam resposta, nos mesmos regalos, no domingo seguinte! Mas, sob o regime do Imperador, não havia nenhuma missa militar. Nenhum meio, pois, de se aproximar das jovens, como seria preciso, nessa pequena vila onde elas não passavam, para nós, de sonhos mais ou menos ocultos sob véus e vistas apenas de longe! Não havia nenhuma compensação para essa perda estéril da população mais interessante da vila de ***, não, não havia... As estalagens públicas que o senhor conhece e sobre as quais não se fala quando se está na companhia de pessoas decentes eram um horror. Os cafés nos quais afogamos tantas nostalgias nessas terríveis horas ociosas das guarnições eram tais que era impossível ali colocar os pés, por menos que respeitássemos nossas dragonas... Tampouco havia nesta pequena vila, na qual o luxo aumentou agora como em todos os lugares, um único hotel onde pudéssemos ter uma mesa de oficial razoável sem sermos roubados como num bosque, tanto assim que muitos de nós tínhamos renunciado à vida coletiva e nos espalhado pelas pensões particulares, na casa de burgueses pouco ricos, que nos alugavam quartos pelo maior preço possível e acrescentavam, assim, alguma coisa à penúria comum de nossas mesas e à mediocridade de nossos soldos.

"Eu era um desses. Um de meus camaradas que permanecia aqui, no Correio Montado, no qual havia um quarto, pois o Correio Montado ficava nesta rua, naquela época – veja só! há poucas casas às nossas costas, e talvez, se fosse dia, o senhor ainda veria, na fachada desse mesmo Correio, a pintura de um velho sol dourado, destacando-se, pela metade, de seu fundo de alvaiade, parecendo o mostrador de um relógio, com a inscrição: *"Ao sol nascente!"*. Um de meus camaradas tinha me arranjado um apartamento na vizinhança, nessa janela que se ergue tão lá no alto e que me causa o efeito, nesta noite, de ainda ser a minha, como se fosse ontem! Deixei que ele tomasse conta disso. Ele era mais velho que eu, estava havia muito tempo no regimento, e eu gostava, nesses primeiros momentos e nesses primeiros detalhes de minha vida de oficial, de supervisionar a minha inexperiência, que era feita também de certa indiferença! Eu disse ao senhor que, excetuando-se a sensação do uniforme sobre o qual me apoio, pois reside aí uma sensação sobre a qual a sua geração, congregada em torno da paz e dos falatórios filosóficos e humanitários, não teria, tão cedo, a mínima ideia, e a esperança de ouvir ressoar o canhão na primeira batalha em que deveria perder (permita-me utilizar esta expressão soldadesca!) minha virgindade militar, para mim tanto fazia! Eu só vivia dessas ideias, da segunda, sobretudo, porque ela era uma esperança, e porque se vive mais na vida que não se tem do que na vida que se tem. Guardava-me, como o avaro, para o amanhã, e compreendia perfeitamente os devotos que se arranjam nesta terra como nos arranjamos num covil no qual não devemos passar mais que uma noite. Nada se parece mais com um monge do que um soldado, e eu era soldado! Era assim que me arranjava com minha guarnição. Excetuando-se as horas de refeição, que eu fazia com as pessoas que me alugavam o apartamento e sobre as quais eu lhe falava há pouco, e as horas do serviço e das manobras de cada dia, eu passava a maior parte do tempo em meu quarto, deitado num horroroso canapé de marroquim azul escuro, cujo frescor me causava o efeito de um banho frio após o exercício, e não me levantava a não ser para os exercícios militares e para algum jogo de cartas na casa de meu amigo que morava em frente: Louis de Meung, que era menos ocioso que eu, pois ele tinha conseguido, dentre as garotas de modesta condição da vila, uma jovenzinha bastante divertida, que tinha adotado como amante, e que lhe servia, como dizia ele, para matar o tempo... Mas o que eu conhecia das mulheres não me estimulava muito a imitar meu amigo Louis. O que eu sabia tinha vulgarmente aprendido ali onde os alunos de Saint-Cyr aprendem nos dias de folga... E, depois, há temperamentos que despertam tardiamente... Por acaso o senhor conheceu Saint-Rémy, o sujeito mais desregrado de uma vila inteira conhecida por seus indivíduos desregrados, que nós chamávamos de 'Minotauro', não por causa dos chifres, embora ele os tivesse, pois matara o amante de sua mulher, mas do ponto de vista da consumação?"

— Sim, eu o conheci — respondi, — mas velho, incorrigível, se pervertendo cada vez mais a cada ano que lhe pesava sobre a cabeça. Por Deus! como eu o conheci, esse grande corrompido de Saint-Rémy, como dizemos em Brantôme!

— Ele era, com efeito, um homem de Brantôme — replicou o Visconde.

— Aí está! Saint-Rémy, chegado aos vinte e sete anos, não tinha ainda tocado num copo nem numa saia. Ele mesmo lhe dirá, se o senhor quiser! Aos vinte e sete anos, ele era, em questão de mulheres, tão inocente quanto a criança que acaba de nascer e que, embora não sugasse mais o seio de sua nutriz, só bebera, entretanto, leite e água.

— Ele alegremente recuperou o tempo perdido! — disse eu.

— Sim — disse o Visconde —, e eu também! Mas eu tive menos dificuldade em recuperá-lo! Quanto a mim, meu primeiro período de sensatez não passou, praticamente, da época em que vivi nesta vila de ***; e embora eu não tivesse então a virgindade absoluta de que fala Saint-Rémy, eu vivia, entretanto, Deus meu! como um verdadeiro cavalheiro de Malta, que eu de fato era, como era esperado desde o berço... O senhor sabia disso? Eu teria inclusive sucedido a um de meus tios em seu papel de comandante se não fosse a

Revolução que aboliu a Ordem, cuja faixa, ainda que abolida, foi-me permitida, algumas vezes, carregar. Uma fatuidade!

"Quanto aos anfitriões que me couberam, ao alugar o apartamento deles – continuou o Visconde de Brassard –, eles eram tudo o que o senhor pode imaginar de mais burguês. Eram apenas dois, o marido e a mulher, ambos idosos, não tendo maus modos, muito pelo contrário. Em suas relações comigo, tinham inclusive essa polidez que não se encontra mais, sobretudo em sua classe, e que é como que o perfume de um tempo desaparecido. Eu não estava na idade em que se observa por observar, e eles me interessavam muito pouco para que eu pensasse em penetrar no passado dessas duas pessoas idosas a cujas vidas eu me misturava da maneira mais superficial duas horas por dia, ao meio-dia e à noite, para o almoço e para a ceia com eles. Nada transpirava desse passado em suas conversas diante de mim, as quais tratavam, em geral, das coisas e das pessoas da vila, que elas me davam a conhecer e das quais elas falavam, o marido com uma ponta de alegre maledicência, e a mulher, muito piedosa, com mais reserva, mas certamente com não menos prazer. Creio, entretanto, ter ouvido o marido dizer que ele tinha viajado em sua juventude por causa de não sei quem e de não sei o quê, e que tinha voltado tarde para esposar sua mulher... que o tinha esperado. Eles eram, em suma, pessoas muito corajosas, de maneiras muito polidas e com vidas muito calmas. A mulher passava a vida a tricotar meias caneladas para seu marido, e o marido, amante da música, a arranhar seu violino com a música antiga de Viotti, num quarto no sótão, acima do meu... Talvez eles tivessem sido mais ricos. Talvez alguma perda de fortuna que eles queriam esconder os tivesse forçado a admitir um inquilino em sua casa; mas, excetuando-se o fato de haver um inquilino, não se percebia nada disso. Tudo em sua residência respirava o conforto dessas casas dos tempos de outrora, abundantes em roupas brancas que cheiram bem, em prataria pesada, e cujos móveis pareciam imóveis, tão pouca era a preocupação em renová-los! Eu me sentia bem aí. A mesa era farta, e eu desfrutava amplamente da permissão de deixá-la desde que eu tivesse, como dizia a velha Olive, que nos servia, 'as barbas limpas', o que constituía evidentemente uma honra, pois não se podia chamar de 'barbas' aos três pelos de gato do bigode de um subtenente que não passava de um garoto que não tinha ainda parado de crescer!

Eu estava, pois, ali, aproximadamente havia um semestre, tão tranquilo quanto meus hospedeiros, dos quais não ouvi nunca uma única palavra que dissesse respeito à existência da pessoa que eu iria encontrar na casa deles, quando um dia, ao descer para cear na hora costumeira, percebi, num canto da sala de refeições, uma pessoa alta que, de pé e na ponta dos pés, pendurava pelas faixas seu chapéu num cabide, como uma mulher que se sentisse em sua casa e que tivesse acabado de chegar. Curvada exageradamente, como ela estava, para pendurar seu chapéu nesse cabide colocado muito no alto, ela exibia o corpo magnífico de uma dançarina que se inclina, e esse corpo estava preso (é a palavra certa, de tanto que ela estava enlaçada!) no corpete brilhante de um casaquinho de seda verde de franjas, que caíam sobre o vestido branco, um desses vestidos dos tempos de antigamente, que se apertavam na altura dos quadris e que não se tinha receio de mostrá-los, quando se os possuía... O braço ainda no ar, ela se voltou ao me ouvir entrar, e imprimiu à nuca uma torção que me permitiu ver-lhe o rosto; mas ela fez esse movimento como se eu não estivesse lá, verificou se não tinha amarrotado as fitas do chapéu ao pendurá-lo, e isso tudo feito lentamente, atentamente e quase impertinentemente, pois, afinal, eu estava ali, de pé, esperando, para cumprimentá-la, que ela me desse atenção; ela me concedeu, enfim, a honra de me olhar com dois olhos negros, muito frios, aos quais seus cabelos, cortados à maneira de Tito e encaracolados sobre a fronte, davam aquela espécie de profundidade que esse penteado dá ao olhar... Eu não sabia quem podia ser, a essa hora e nesse lugar. Não havia nunca ninguém para cear na casa de meus hospedeiros... Entretanto, ela vinha provavelmente para cear. A mesa estava posta, e havia quatro conjuntos de talheres... Mas minha surpresa em vê-la ali foi amplamente ultrapassada pela surpresa de saber quem ela era, quando eu o soube... quando meus dois hospedeiros, entrando na sala, apresentaram-na a mim como sendo a filha que estava deixando o internato e que ia, a partir de agora, morar com eles.

A filha deles! Não havia mais ninguém tão impossível de ser filha de pessoas como aquelas como essa jovem que ali estava! Não que as mais belas jovens do mundo não possam nascer de qualquer tipo de pessoas. Conheci alguns desses casos... e o senhor também, não é verdade? Fisiologicamente, o ser mais feio pode produzir o ser mais belo. Mas ela! entre ela e eles havia o abismo de uma raça... Aliás, fisiologicamente, pois eu me permito usar essa longa e pedante palavra, que é da sua época e não da minha, não se podia destacá-la a não ser pelo seu jeito, e que era singular numa mulher tão jovem como ela, pois era uma espécie de jeito impassível, muito difícil de caracterizar. Não o tivesse e diríamos: 'Eis aí uma moça bonita!' e não pensaríamos mais nela, tal como fazemos com todas as moças bonitas que encontramos por acaso; e sobre as quais se diz isso para nunca mais pensar nelas depois. Mas esse jeito... que a separava, não apenas dos pais, mas de todos os outros, dos quais ela não parecia ter nem as paixões, nem os sentimentos, nos pregava... de surpresa, ao chão... 'A Infanta' de Velásquez poderia, se o senhor conhece esse quadro, dar-lhe uma ideia desse jeito, que não era nem arrogante, nem desdenhoso, nem de desprezo, não! mas simplesmente impassível, pois o jeito arrogante, desdenhoso, de desprezo diz às pessoas que elas existem, pois quem tem esse jeito se dá ao trabalho de as desdenhar ou de as desprezar, enquanto que o jeito de que falo diz tranquilamente: 'Para mim, você nem sequer existe'. Confesso que essa fisionomia me obrigou a fazer, nesse primeiro dia e em muitos outros, a pergunta que, para mim, é ainda hoje insolúvel: como essa jovem alta, que ali estava, tinha saído desse tipo atarracado, numa sobrecasaca de amarelo esverdeado e num colete branco, cuja aparência era da cor dos doces de sua mulher e tinha uma excrescência sobre a nuca, que sobressaía de sua gravata de musselina bordada, e que gaguejava?... E se o marido não desconcertava, pois o marido nunca desconcerta nesse tipo de questão, a mãe me parecia inteiramente impossível de explicar. A Srta. Albertine (esse era o nome dessa arquiduquesa de estatura, caída do céu, indo parar na casa desses burgueses, como se o céu tivesse querido zombar deles), a Srta. Albertine, que os pais chamavam de Alberte para evitar o comprimento do nome, mas que combinava muito melhor com seu porte e com toda a sua pessoa, não parecia ser filha nem de um nem de outro... Nessa primeira ceia, como naquelas que se seguiriam, ela me pareceu uma moça bem educada, sem afetação, habitualmente silenciosa, que, quando falava, dizia com palavras adequadas o que tinha a dizer, mas que não ultrapassava nunca essa linha... De resto, ela deveria possuir, em tudo, o espírito que eu ignorava que ela possuía e que ela quase não tinha tido a ocasião de mostrar nas ceias que fazíamos. A presença da filha tinha necessariamente modificado os mexericos dos dois velhos. Eles tinham suprimido os pequenos escândalos da vila. Literalmente, não se falava mais nessa mesa a não ser de coisas tão interessantes quanto a chuva e o bom tempo. Além disso, a Srta. Albertine ou Alberte, que tinha me impressionado tanto, inicialmente, por seu jeito impassível, não tendo absolutamente senão isso para me oferecer, logo me cansou com aquele seu jeito... Se eu a tivesse encontrado no mundo para o qual eu era feito, e no qual eu deveria viver, essa impassibilidade teria com toda certeza me excitado vivamente... Mas, para mim, ela não era uma jovem à qual eu pudesse fazer a corte... nem mesmo com os olhos. Minha posição frente a ela, como inquilino que era de seus pais, era delicada, e um nada qualquer poderia alterá-la... Ela não estava suficientemente perto ou suficientemente longe de mim, na vida, para que pudesse significar alguma coisa para mim... e eu logo respondi, naturalmente, à sua impassibilidade, e sem nenhuma intenção, com a mais completa indiferença.

E isso não foi nunca contrariado, nem de sua parte nem da minha. Não houve entre nós nada além da polidez mais fria, a mais parca em palavras. Ela não passava, para mim, de uma imagem que eu mal via; e eu, para ela, o que era eu?... À mesa, nunca nos encontrávamos a não ser ali, ela olhava mais para a rolha da garrafa ou para o açucareiro do que para minha pessoa... O que ela aí dizia – muito correto, sempre muito bem dito, mas insignificante – não me dava nenhuma chave do caráter que ela podia ter. E, depois, de resto, o que isso me importava?... Eu teria passado toda minha vida sem jamais pensar em perscrutar essa calma e insolente jovem, com jeito tão descabido de Infanta... Para isso, foi preciso a circunstância que vou lhe contar, e que me atingiu como um raio, como um raio que cai sem ter havido trovoada!

Uma noite, fazia mais ou menos um mês que a Srta. Alberte tinha voltado à casa e nos pusemos à mesa para cear. Ela estava sentada ao meu lado, e eu prestava tão pouca atenção a ela que não tinha ainda me dado conta deste detalhe de todos os dias que iria me impressionar: que ela estivesse à mesa ao meu lado em vez de estar entre a mãe e o pai, quando, no momento em que desdobrava o guardanapo sobre os joelhos... não, nunca poderei lhe dar a ideia dessa sensação e dessa surpresa! senti que uma mão tomava atrevidamente a minha por debaixo da mesa. Acreditava estar sonhando... ou, melhor, eu simplesmente não acreditava em nada... Só tive a incrível sensação dessa mão atrevida, que vinha buscar a minha até por debaixo do guardanapo! E isso foi tão inaudito quanto inesperado! Todo o meu sangue, inflamado por esse ato, se precipitou do coração para essa mão, como se sugado por ela, depois subiu furiosamente, como se impelido por uma bomba, de volta ao meu coração! Vi tudo escuro... meus ouvidos zumbiam. Devo ter ficado de uma palidez pavorosa. Julguei que ia desmaiar... que ia me dissolver na indizível voluptuosidade causada pela carne espessa dessa mão, um pouco grande, forte como a de um moço, que se tinha fechado sobre a minha. – E como, o senhor sabe disso, nessa primeira fase da vida, a voluptuosidade tem seu pavor, fiz um movimento para retirar minha mão dessa mão insensata que a tinha prendido, mas que, apertando-a, então, com o aumento do prazer que ela tinha consciência de me proporcionar, privava-a de autoridade, vencida como minha vontade, e no mais caloroso dos envolvimentos, deliciosamente sufocada... Passaram-se trinta e cinco anos, e o senhor me fará o favor de acreditar que minha mão se tornou um pouco indiferente ao estreitamento da mão das mulheres; mas tenho ainda ali, quando penso nisso, a impressão daquela mão estreitando a minha com um despotismo tão insensatamente apaixonado! Feito presa desses milhares de frêmitos que essa envolvente mão lançava ao meu corpo inteiro, eu temia denunciar o que experimentava diante desse pai e dessa mãe, cuja filha, sob seus olhos, demonstrava essa ousadia... Envergonhado, entretanto, por ser menos homem do que essa atrevida jovem que se expunha a ser flagrada, e cujo incrível sangue-frio disfarçava-lhe o desvario, mordi meus lábios até sair sangue, num esforço sobre-humano para deter o frêmito do desejo, que podia tudo revelar a essas pobres pessoas que de nada desconfiavam, e foi então que meus olhos buscaram a outra dessas duas mãos, que eu não tinha notado e que, nesse perigoso momento, mexia friamente no regulador de um lampião que tinha acabado de ser posto sobre a mesa, pois o dia começava a ir embora... Eu a fitei... Era, pois, a irmã dessa mão que eu sentia penetrando a minha, como uma fogueira de onde se irradiavam e se espalhavam ao longo de minhas veias imensas ondas de fogo! Essa mão, um pouco grossa, mas de dedos longos e bem torneados, na ponta dos quais a luz do lampião, que caía a prumo sobre ela, iluminava transparências rosas, não tremia e fazia seu pequeno esforço de ajuste do lampião para fazê-lo funcionar, com uma firmeza, um desembaraço, uma languidez e graça incomparáveis! Entretanto, nós não podíamos continuar assim... Precisávamos das mãos para cear... A da Srta. Alberte abandonou, pois, a minha; mas no momento em que a abandonou, seu pé, tão expressivo quanto a mão, se apoiou com a mesma segurança, a mesma paixão, a mesma soberania, sobre meu pé, e aí ficou todo o tempo que durou essa ceia demasiadamente curta, a qual me deu a sensação desses banhos de início insuportavelmente escaldantes, mas aos quais nos acostumamos, e nos quais acabamos por nos sentir tão bem que de bom grado acreditaríamos que um dia os condenados às penas eternas poderiam se sentir nas chamas do inferno tão fresca e suavemente como os peixes na água!... Deixo a seu cargo pensar se eu ceei nesse dia, e se me envolvi muito nas conversas sem importância de meus honestos hospedeiros, que não desconfiavam, em sua placidez, do misterioso e terrível drama que se encenava então sob sua mesa. Eles não perceberam nada; mas podiam ter percebido alguma coisa e, positivamente, eu me preocupava por eles... por eles, muito mais que por mim e por ela. Eu tinha a honestidade e a misericórdia de meus dezessete anos... Eu me dizia: 'É ela impudente? É ela insensata?'. E eu a observava pelo canto do olho, a essa insensata que não perdia uma única vez, durante a ceia, seu jeito de Princesa numa solenidade, e cujo rosto continuava tão calmo como se seu pé não tivesse dito e feito sobre o meu todas as loucuras que um pé pode dizer e fazer! Confesso que estava ainda mais surpreso de sua segurança que de sua insensatez. Eu tinha lido muitos desses livros leves em que a mulher não é tratada com a devida reverência. Eu tinha recebido uma educação de escola militar. Utopicamente, ao menos, eu era um fátuo Lovelace, que é o que são quase todos os jovens que se julgam bonitos e que colheram uma porção de beijos, por detrás das portas e nos degraus das escadas, dos lábios das criadas de suas mães. Mas isso desconcertava minha precária segurança de Lovelace de dezessete anos. Isso me parecia mais forte do que aquilo que eu havia lido, do que tudo o que tinha ouvido dizer sobre como a mentira era natural às mulheres, sobre a força do disfarce que elas podem dar às suas mais violentas ou às suas mais profundas emoções. Pense, então! ela tinha dezoito anos! Será que os tinha mesmo?... Ela saía de um internato do qual eu não tinha nenhuma razão para suspeitar, com a moralidade e a piedade da mãe que o tinha escolhido para sua filha. Essa ausência de qualquer acanhamento, digamos a palavra, essa falta absoluta de pudor, essa dominação desembaraçada de si mesma, ao fazer as coisas mais impudentes, as mais perigosas para uma moça, na qual nenhum gesto, nenhum olhar havia alertado o homem ao qual ela se entregava por uma ousadia tão enorme, tudo isso me subia à cabeça e aparecia claramente a meu espírito, apesar da agitação de minhas sensações... Mas, nem nesse momento, nem mais tarde, me detive a filosofar ali em cima. Não mostrei nenhum falso horror pela conduta dessa moça de uma precocidade tão extraordinária no mal. De resto, não era na idade que eu tinha e nem mesmo muito mais tarde que considerávamos como depravada a mulher que se nos entrega ao primeiro olhar! Estamos, ao contrário, quase inclinados a achar isso muito natural, e se dizemos 'A pobre mulher!' é muito mais por decoro que por piedade! Enfim, se eu era tímido, eu não queria ser um idiota! A grande razão francesa para fazer sem remorso tudo o que há de pior. Eu sabia certamente, não há dúvida sobre isso, que o que essa jovem experimentava por mim não era amor. O amor não age com esse impudor e essa impudência, e eu também sabia perfeitamente que o que ela me fazia experimentar também não era amor. Mas, amor ou não... seja o que fosse, eu o queria!... Quando me levantei da mesa, eu estava decidido... A mão dessa Alberte, na qual eu não pensara um minuto antes que ela tivesse pegado a minha, me tinha deixado, até ao fundo de meu ser, com o desejo de me enlaçar todo inteiro a ela toda inteira, tal como sua mão estava enlaçada à minha!

"Subi ao meu quarto como um louco, e quando consegui me acalmar um pouco pela reflexão, perguntei-me o que iria fazer para costurar bem costurado um caso, como se diz na província, com uma jovem tão diabolicamente provocante. Eu sabia, mais ou menos, como um homem que não procurou sabê-lo com certeza, que ela não largava nunca a mãe; que trabalhava habitualmente perto dela, na mesma mesa de costura, situada no vão dessa sala de refeições, que lhes servia de sala de estar; que não tinha nenhuma amiga na vila que viesse vê-la, e que ela quase não saía a não ser no domingo para ir à missa e às vésperas com os pais. Nada encorajador! não é mesmo? Eu começava a me arrepender de não ter vivido um pouco mais com essas duas pessoas que havia tratado sem arrogância, mas com a polidez indiferente e às vezes distraída que se tem por aqueles que não têm, para nós, mais do que um interesse secundário na vida; mas disse a mim mesmo que não podia modificar minhas relações com eles, sem me expor a lhes revelar ou a lhes fazer suspeitar o que eu queria lhes esconder... Eu não tinha, para falar secretamente com a Srta. Alberte, a não ser os encontros nos degraus da escada quando subia para o meu quarto ou quando dele descia; mas, nos degraus da escada, nós podíamos nos ver e conversar... O único recurso ao meu alcance, nessa casa tão bem-arrumada e tão estreita, na qual todo mundo se acotovelava, era escrever; e como a mão dessa jovem atrevida sabia tão bem buscar a minha sob a mesa, essa mão não faria, provavelmente, muitas cerimônias para apanhar o bilhete que eu lhe deixaria e que lhe escrevi. Foi o bilhete da circunstância, o bilhete suplicante, imperioso e inebriado de um homem que já havia bebido um primeiro gole de felicidade e que exige um segundo... Só que, para remetê-lo, era preciso esperar a ceia do dia seguinte, e isso me parecia muito tempo; mas, enfim, essa ceia chegou! A provocante mão, cujo contato sobre a minha eu sentia fazia vinte e quatro horas, não deixou de voltar a buscar a minha, como na véspera, sob a mesa. A Srta. Alberte tateou meu bilhete e o pegou firmemente, como eu havia previsto. Mas o que eu não havia previsto é que, com esse jeito de Infanta que desafiava tudo por sua arrogância feita de indiferença, ela o metesse no centro de seu corpete, no qual ela levantou uma renda dobrada, com um movimento preciso, e tudo isso com tanta naturalidade e presteza que sua mãe, com os olhos postos no que fazia, que era servir a sopa, não percebeu nada, e que seu imbecil pai, que sempre entoava alguma coisa, pensando em seu violino, quando ele não o tocava, não via patavina."

– Nunca vemos mais do que isso, Capitão! – interrompi, brincando, porque me parecia que sua história estava se transformando um tanto rapidamente numa indiscreta aventura de guarnição; mas eu não desconfiava do que viria a seguir! – Veja só! há não muitos dias, havia no Opéra, num camarote ao lado do meu, uma mulher provavelmente do tipo da sua Srta. Alberte. Ela tinha mais de dezoito anos, por exemplo; mas dou-lhe minha palavra de honra que raramente vi uma mulher com tanta decência. Durante toda a duração da peça, ela permaneceu sentada e imóvel como que sobre um bloco de granito. Ela não se voltou, uma única vez, nem para a direita nem para a esquerda; mas, provavelmente, ela via pelas costas, que ela as tinha bem à mostra e bem belas, um moço que também estava no meu camarote e, consequentemente, atrás de nós dois, que parecia tão indiferente quanto ela a tudo o que não fosse a ópera que se representava nesse momento. Posso assegurar que esse moço não fez um único dos trejeitos habituais que os homens fazem às mulheres nos lugares públicos, e que podemos chamar de declarações a distância. Apenas quando a peça terminou e, na espécie de tumulto geral dos camarotes que se esvaziam, a dama se levantou, em seu camarote, para apanhar seu casaco, eu a ouvi dizendo a seu marido, com a mais conjugalmente imperiosa e clara das vozes: "Henri! pega meu capuz!", e, então, por cima das costas de Henri, que se jogou no chão de ponta-cabeça, ela estendeu a mão e apanhou um bilhete do moço, tão simplesmente quanto se tivesse pegado das mãos do marido o leque ou o buquê.

Ele tinha se levantado, o pobre homem! segurando o capuz – um capuz de cetim vermelho, mas menos vermelho que seu rosto, e que ele tinha encontrado do jeito que pôde, e sob o risco de sofrer uma apoplexia, sob os bancos menores... Meu Deus! após ter visto isso, eu me fui, pensando que, em vez de entregá-lo à mulher, ele poderia ter muito bem ficado com esse capuz, a fim de esconder, sobre a cabeça, aquilo que, de repente, aí acabava de surgir!

– Sua história é boa – disse o Visconde de Brassard, muito friamente; num outro momento talvez ele a tivesse apreciado mais –; mas deixe-me terminar a minha. Confesso que, com uma moça como essa, não me inquietei mais do que dois minutos com o destino de meu bilhete. Por mais que estivesse sempre pendurada à saia da mãe, ela logo encontrou um meio de ler os meus bilhetes e de me responder. Eu contava inclusive, para todo um futuro de conversação por escrito, com esse pequeno correio por sob a mesa que acabávamos de inaugurar, quando, no dia seguinte, ao entrar na sala de refeições com a certeza, muito acariciada no fundo do meu íntimo, de ter, imediatamente, uma resposta muito categórica ao bilhete da véspera, eu pensei estar tendo alucinações ao ver que o jogo de talheres tinha sido mudado, e que a Srta. Alberte estava colocada ali onde sempre deveria ter estado, entre o pai e a mãe... Mas por que essa mudança?... Que se tinha, pois, passado que eu não sabia?... O pai ou a mãe estavam desconfiados de alguma coisa? Eu tinha a Srta. Alberte à minha frente, e eu a olhava com essa intenção fixa que quer ser compreendida. Havia vinte e cinco pontos de interrogação nos meus olhos; mas os dela estavam tão calmos, tão mudos, tão indiferentes quanto nos outros dias. Eles me olhavam como se não me vissem. Não vi nunca olhares mais perturbadores do que esses longos olhares tranquilos que caem sobre nós como que sobre uma coisa. Eu fervilhava de curiosidade, de contrariedade, de inquietude, de uma porção de sentimentos agitados e frustrados... e não compreendia como essa mulher, tão segura de si mesma que se podia acreditar que em vez de nervos, ela tinha, sob a delicada pele, quase tantos músculos quanto eu, parecia não ousar fazer um sinal de compreensão que me advertisse, que me fizesse pensar, que dissesse, tão rapidamente quanto possível, que nós nos entendíamos, que éramos coniventes e cúmplices no mesmo mistério, fosse ele o do amor ou algum outro!... Era de se perguntar se era verdadeiramente a mesma mulher das mãos e dos pés sob a mesa, do bilhete apanhado e insinuado na véspera, tão naturalmente, no corpete, diante dos pais, como se ela tivesse aí insinuado uma flor! Ela havia feito tanta coisa, que não deveria ficar constrangida em me enviar um olhar. Mas não! Não consegui nada. A ceia se passou inteiramente sem esse olhar que eu espreitava, que eu esperava, que eu queria que iluminasse o meu, e que não iluminava! "Ela terá encontrado algum outro meio de me responder", dizia-me eu, ao sair da mesa e ao subir para o meu quarto, não pensando que uma tal pessoa pudesse recuar, depois de ter tão incrivelmente avançado; não admitindo que ela pudesse temer qualquer coisa e poupar qualquer coisa, quando se tratava de suas fantasias, e por Deus! francamente, não podendo crer que ela não tivesse ao menos uma delas por mim!

"Se seus pais não suspeitavam – dizia-me eu –, se foi o acaso que fez essa mudança de talheres à mesa, amanhã me encontrarei de novo ao lado dela..." Mas nem no dia seguinte, nem nos outros, fui colocado ao lado da Srta. Alberte, que continuou a ter a mesma e incompreensível fisionomia e o mesmo e incrível tom confiante para dizer as insignificâncias e as coisas comuns que tínhamos o hábito de dizer nessa mesa de pequeno-burgueses. O senhor pode muito bem adivinhar que eu a observava como um homem interessado na coisa. Ela parecia tão pouco contrariada quanto possível, enquanto eu me sentia muito mal, enquanto eu chegava ao ponto de ser tomado pela cólera – uma cólera que me partia em dois e que era preciso esconder. E essa atitude, que ela nunca deixava de assumir, me colocava ainda mais longe dela que essa mesa interposta entre nós! Eu estava tão violentamente exasperado que acabei por não mais temer comprometê-la ao olhar para ela, ao sustentar sobre seus grandes e impenetráveis olhos, que permaneciam gelados, o peso ameaçador e inflamado dos meus! Seria sua conduta uma artimanha? Seria coquetismo? Não passaria de um capricho em cima do outro?... ou seria simplesmente estupidez? Encontrei, desde então, outras mulheres desse tipo; no começo, predomínio da razão e, logo depois, pura estupidez! 'Se soubéssemos o momento!', dizia Ninon. O momento de Ninon já tinha passado? Entretanto, eu ainda esperava... o quê? uma palavra, um aceno, um nada, arriscado em voz baixa, ao se levantar da mesa sob o ruído das cadeiras que desarrumamos, e como isso não vinha, atirei-me às ideias insensatas, a tudo o que havia no mundo de mais absurdo. Meti na cabeça que, com todas as impossibilidades que nos cercavam na residência, ela me escreveria pelo correio; que ela seria suficientemente hábil, quando saísse com a mãe, para insinuar um bilhete na caixa postal, e, sob o jugo dessa ideia, eu ficava roendo regularmente as unhas duas vezes ao dia, uma hora antes de o carteiro passar pela casa... Nessa hora, eu perguntava dez vezes à velha Olive, com uma voz abafada: 'Há cartas para mim, Olive?', e ela sempre me respondia imperturbavelmente: 'Não, senhor, não há'. Ah! a irritação acaba por ser aguda demais! O desejo iludido se transforma em ódio. Eu comecei a odiar essa Alberte, e, pelo ódio do desejo iludido, a explicar sua conduta comigo pelos motivos que mais me podiam fazer desprezá-la, pois o ódio tem sede de desprezo! O desprezo é o néctar do ódio! 'Uma vagabunda covarde, que tem medo de uma carta!', dizia para mim mesmo. Como vê, eu chegava a usar palavras grosseiras. Eu a insultava em meu pensamento, não julgando que, ao insultá-la, eu a caluniava. Eu me esforçava até mesmo por não mais pensar nessa mulher, que eu crivava dos epítetos mais militares quando falava sobre ela com Louis de Meung, porque eu conversava sobre isso com ele! pois o destempero à qual ela havia me lançado tinha apagado em mim toda espécie de cavalheirismo, e eu contara toda a minha aventura ao meu bravo Louis, que havia enrolado seu longo bigode loiro ao me escutar, e que havia me dito, sem se perturbar, pois no 27º Regimento nós não éramos moralistas:

"– Faz como eu! Uma paixão cura a outra. Adota por amante uma costureirinha da vila, e não pensa mais nessa maldita moça!

"Mas não segui o conselho de Louis. Estava demasiadamente envolvido para isso. Se ela pudesse ficar sabendo que eu havia adotado uma amante, eu teria talvez adotado uma para lhe espicaçar o coração ou a vaidade pelo ciúme. Mas ela não iria ficar sabendo. Como poderia sabê-lo?... Trazer, se eu o fizesse, uma amante para o meu quarto, tal como Louis, em sua hospedaria do Correio, seria romper com as boas pessoas na casa das quais eu morava, e que teriam imediatamente pedido que eu fosse procurar um outro alojamento; e eu não queria renunciar, se eu não pudesse ter senão isso, à possibilidade de reencontrar as mãos ou os pés dessa maldita Alberte, que, depois do que ela havia ousado fazer, continuava ainda a grande Senhorita Impassível.

"– Melhor chamar de 'impossível' – dizia Louis, brincando comigo.

"Um mês inteiro se passou e, malgrado o propósito de me mostrar tão distante e tão indiferente quanto ela, de pôr mármore contra mármore e frieza contra frieza, não vivi mais que a vida tensa da espreita – da espreita que eu detesto, até mesmo na caça! Sim, senhor, só havia espreita perpétua nos meus dias! Espreita quando eu descia para cear e esperava encontrá-la sozinha na sala de refeições como da primeira vez! Espreita na ceia, na qual meu olhar alvejava de frente ou de lado o dela que ele encontrava inteira e infernalmente calmo e que não evitava o meu, mas também não lhe correspondia! Espreita depois da ceia, pois eu me demorava um pouco ali, vendo essas damas retomar suas tarefas no vão em que faziam suas costuras e tricôs, vigiando para ver se ela não deixaria cair alguma coisa, o dedal, a tesoura, um pedaço de pano, que eu pudesse juntar e, ao lhe devolver, tocar sua mão, essa mão que eu tinha agora atravessada no cérebro! Espreita em meu quarto, quando subia para me recolher, e imaginando ainda ouvir ao longo do corredor esse pé que tinha brincado com o meu com uma vontade tão absoluta. Espreita até nos degraus da escada, nos quais eu acreditava poder reencontrá-la, e nos quais a velha Olive me surpreendeu um dia, para minha grande confusão, em posição de sentinela! Espreita em minha janela – essa janela que o senhor vê –, na qual eu me plantava quando ela tinha que sair com a mãe, e da qual eu não me afastava antes que ela tivesse voltado, mas tudo isso era tão vão quanto o resto! Quando ela saía, escondida em seu xale de moça, um xale de listas vermelhas e brancas: eu não esqueci nada! tingidas de flores negras e amarelas, ela não voltava seu torso insolente uma única vez, e quando voltava, sempre ao lado da mãe, ela não levantava nem a cabeça nem os olhos para a janela em que eu a esperava! Esses eram os miseráveis exercícios aos quais eu me havia condenado! É certo, sei muito bem que as mulheres nos fazem mais ou menos lhes servir de criado, mas a esse ponto! O velho orgulhoso que deveria estar morto em mim ainda se revolta! Ah! eu não pensava mais na felicidade de meu uniforme! Quando terminava o serviço do dia, após o exercício da revista, eu voltava ligeiro para casa, mas não mais para ler as pilhas de memórias ou de romances, minhas únicas leituras nessa época. Não ia mais à casa de Louis de Meung. Não tocava mais em meus floretes de esgrima. Eu não tinha o recurso do tabaco que entorpece as horas vazias quando elas nos devoram, e que vocês, que são mais jovens e que me seguiram na vida, têm! No 27º Regimento, nós não fumávamos, a não ser entre os soldados, no corpo de guarda, quando jogávamos baralho sobre os tambores... Eu ficava, pois, com o corpo parado, a me roer... não sei se era o coração, deitado sobre aquele canapé, que não me causava mais o bom frescor que eu adorava, nesses seis pés quadrados de quarto, onde eu me agitava como um leãozinho em sua jaula quando sente carne fresca ao lado.

"E se o dia era assim, a mesma coisa ocorria durante grande parte da noite. Ia me deitar tarde. Não dormia mais. Ela me fazia ficar acordado, essa Alberte infernal, que me inflamara as veias e, depois, se afastara, como o incendiário que não vira nem mesmo a cabeça para ver o fogo que provocou inflamar-se atrás dele! Eu baixava, tal como está na noite de hoje – aqui o Visconde passou a luva sobre a vidraça à sua frente para limpar a condensação que começava a embaciá-la –, essa mesma cortina carmesim, nessa mesma janela, que não tinha mais persianas do que as que tem agora, para que os vizinhos, mais curiosos na província que em outros lugares, não vislumbrassem o fundo de meu quarto. Era um quarto daqueles que havia naquela época – um quarto do Império, assoalhado com parquê em ziguezague, sem tapete, no qual o bronze revestia, por tudo, a cerejeira, começando pelas cabeças de esfinges nos quatro cantos da cama e pelas patas de leões nos quatro pés e terminando, em todas as gavetas da cômoda e da escrivaninha, por camafeus em forma de cabeças de leão, com anéis de cobre caindo de suas bocas esverdeadas, que se empunhava quando se queria abri-las. Uma mesa quadrada, de cerejeira mais rosada que o resto dos móveis, com um topo de mármore cinza, em fios de cobre, ficava à frente da cama, contra a parede, entre a janela e a porta de um grande quarto de banho; e, em frente à lareira, o grande canapé de marroquim azul do qual já lhe falei... Em todos os cantos desse quarto de grande altura e de enorme espaço, havia cantoneiras de falso laque da China, e sobre uma delas via-se, misterioso e branco, no escuro do canto, um velho busto de Níobe, à maneira antiga, que era surpreendente que estivesse ali, na casa desses burgueses vulgares. Mas essa incompreensível Alberte não era, ela, ainda mais surpreendente? As paredes, revestidas de lambril e pintadas a óleo, de um branco amarelado, não tinham quadros nem gravuras. Eu tinha ali apenas minhas armas, acomodadas em grandes suportes de cobre dourado. Quando alugara esse grande apartamento que se parecia com uma enorme cabaça, como dizia elegantemente o Tenente Louis de Meung, que não costumava poetizar as coisas, eu colocara no meio uma grande mesa redonda que eu cobria de mapas militares, de livros e de papéis: era o meu escritório. Eu escrevia aí quando tinha que escrever... Pois então! uma tarde, ou melhor, uma noite, eu tinha arrastado o canapé para junto dessa grande mesa, e desenhava sob o lampião, não para me distrair do único pensamento que me submergia havia um mês, mas para me afundar ainda mais, pois era a cabeça dessa enigmática Alberte que eu desenhava, era o rosto desse demônio de mulher de que eu estava possuído, como dizem os devotos quando falam do diabo. Era tarde. A rua – na qual passavam, toda noite, duas diligências em direções inversas, como hoje, uma à meia noite e quinze e a outra às duas e meia da manhã, e que se detinham, as duas, no Hotel do Correio, para fazer a troca dos animais – estava silenciosa como o fundo de um poço. Dava para se ouvir uma mosca voando; mas se, por acaso, houvesse uma em meu quarto, ela devia dormir em algum canto da vidraça, ou em uma das dobras caneladas dessa cortina, de um espesso tecido de seda tramada, que eu tinha tirado de seu suporte e que caia diante da janela, perpendicular e imóvel. O único ruído que havia em torno de mim, nesse profundo e completo silêncio, era eu que o fazia com meu lápis e meu esfuminho. Sim, era ela quem eu desenhava, e Deus sabe com que mão delicada e com que preocupação inflamada! De repente, sem qualquer ruído de fechadura que pudesse ter me advertido, minha porta se entreabriu, produzindo esse som agudo das portas cujas dobradiças estão ressecadas, e permaneceu assim entreaberta, como se ela tivesse tido medo do som que havia feito! Levantei os olhos, acreditando ter fechado mal essa porta que, por si mesma, inopinadamente, se abria, ao emitir esse som queixoso, capaz de fazer estremecer na noite aqueles que estão acordados e de acordar aqueles que estão dormindo. Levantei-me da mesa para ir fechá-la; mas a porta entreaberta se abriu ainda mais, e ainda muito suavemente, mas recomeçando o som agudo que se arrastava como um gemido na casa em silêncio, e vi, quando se abriu inteiramente, Alberte! – Alberte que, malgrado as precauções de um medo que devia ser imenso, não tinha sido capaz de impedir essa maldita porta de ranger!

"Ah! meu Deus! eles falam de visões, aqueles que nelas acreditam; mas a mais sobrenatural das visões não me teria dado a surpresa, a espécie de golpe no coração que eu senti e que se repetiu em palpitações insensatas quando percebi que, dessa porta aberta, Alberte vinha em minha direção, assustada com o ruído que a porta acabara de fazer ao se abrir, e que iria começar outra vez se ela a fechasse! Lembre-se o senhor que eu não tinha nem dezoito anos! Ela viu talvez meu terror diante do seu: ela reprimiu, por um gesto enérgico, o grito de surpresa que poderia me escapar – que teria certamente me escapado sem esse gesto – e fechou a porta, não mais lentamente, uma vez que essa lentidão a teria feito ranger, mas rapidamente, para evitar esse rangido das dobradiças – que ela não evitou – e que recomeçou mais claramente, mais abertamente, de uma só vez e extremamente agudo; e, a porta fechada e a orelha colocada contra a porta, ela escutava para ter certeza de que um outro ruído, que teria sido mais inquietante e mais terrível, não respondia a esse ruído aqui... Eu acreditei vê-la vacilar... Eu me joguei e a peguei imediatamente nos braços.

– Mas ela se saiu bem, sua Alberte – disse eu ao capitão.

– O senhor crê, talvez – retomou ele a sua fala, como se não tivesse escutado minha observação brincalhona –, que ela caiu em meus braços, de terror, de paixão, de enlouquecimento, como uma moça perseguida ou que se pode perseguir, que não sabe mais o que faz quando faz a última das loucuras, quando se abandona – como se diz – a esse demônio que têm todas as mulheres, em todos os lugares, e que seria o rei sempre, se não houvesse nelas outros dois – a Covardia e a Vergonha – para contrariar aquele outro? Mas não, não era isso! Se acreditou que era isso, o senhor se enganou... Ela não tinha nada desses medos vulgares e ousados... Não fui eu que a tomei em meus braços; foi, antes, ela que me tomou nos seus... Seu primeiro movimento tinha sido de jogar sua fronte contra meu peito, mas ela a ergueu e me olhou, os olhos bem abertos – olhos imensos! –, como para ver se era eu mesmo que ela tinha, assim, em seus braços! Ela estava horrivelmente pálida. Eu não a tinha nunca visto pálida! mas seus traços de Princesa não tinham mudado. Eles tinham ainda a imobilidade e a firmeza de uma medalha. Só que sobre sua boca, com os lábios ligeiramente inchados, vagava não sei qual devaneio, que não era o da paixão feliz ou que vai, de repente, se transformar em tal! E esse devaneio tinha algo de tão sombrio num momento como aquele que, para não vê-lo, depositei sobre seus lábios encarnados e eréteis o robusto e fulminante beijo do desejo triunfante e senhor de si! A boca se entreabriu... mas os olhos negros, de uma negrura profunda, e cujas longas pálpebras quase tocavam, naquele momento, minhas pálpebras, não se fecharam, nem sequer palpitaram; mas bem no fundo, como sobre sua boca, vi passar a demência! Presa nesse beijo de fogo e como que arrebatada pelos lábios que penetravam os seus, aspirada pelo sopro que a respirava, eu a conduzi, ainda colada a mim, para o canapé de marroquim azul – minha grelha de São Laurêncio durante esse mês em que aí eu me debatia pensando nela –, fazendo com que o marroquim se pusesse a estalar voluptuosamente sob suas costas nuas, pois ela estava seminua. Ela saíra de seu leito e, para vir até ao meu quarto, fora obrigada – o senhor pode acreditar? – a atravessar o quarto em que o pai e a mãe dormiam! Ela o tinha atravessado tateando, as mãos à frente, para não se chocar com algum móvel que pudesse fazer ressoar seu choque e acordá-los.

— Ah! — exclamei eu —, não se vê tanta coragem na trincheira. Era digna de ser a amante de um soldado!

— E ela o foi desde essa primeira noite — continuou o Visconde. — Ela o foi tão violentamente quanto eu, e lhe juro que o fui! Mas não importa... foi a revanche! Nem ela nem eu pudemos esquecer, nos mais vivos de nossos arrebatamentos, a temível situação em que ela havia nos colocado. No meio dessa felicidade que ela veio buscar e me oferecer, ela estava, então, como que estupefata pelo ato que realizava com uma vontade, entretanto, tão firme, com uma obstinação tão inarredável. Isso não me surpreendia. Quanto a mim, estava realmente estupefato! Eu certamente carregava, sem dizer-lhe e sem demonstrar-lhe, a mais terrível ansiedade no coração, enquanto ela me pressionava, a ponto de me asfixiar, sobre o seu. Eu pressentia, por detrás de seus suspiros, por detrás de seus beijos, por detrás do aterrorizante silêncio que pesava sobre essa casa adormecida e confiante, uma coisa horrível: a possibilidade de a mãe se acordar, de o pai se levantar! E até por sobre suas costas, eu verificava se essa porta, da qual ela não tinha tirado a chave, pelo medo do ruído que podia fazer, não iria se abrir de novo e me mostrar, pálidas e indignadas, essas duas cabeças de Medusa, esses dois velhinhos, que nós enganávamos com uma vileza tão ousada, surgindo de repente na noite, imagens da hospitalidade violada e da Justiça! Até esses voluptuosos estalidos do marroquim azul, que o toque de alvorada do Amor tinha provocado, me faziam tremer de medo... Meu coração batia contra o seu, que parecia me repercutir suas batidas... Era inebriante e frustrante ao mesmo tempo, mas era terrível! Acostumei-me a tudo isso mais tarde. À força de renovar impunemente essa imprudência inominável, tornei-me tranquilo nessa imprudência. À força de viver nesse risco de ser surpreendido, tornei-me indiferente. Não pensava mais no que fazia. Não pensava senão em ser feliz. Desde aquela primeira e formidável noite, que devia ter o mesmo terror das outras, ela decidira que viria ao meu quarto de duas em duas noites, uma vez que eu não podia ir ao dela, ao seu quarto de moça que não tinha outra saída a não ser a que dava para o apartamento dos pais, e ela vinha ao meu quarto regularmente a cada duas noites; mas ela nunca perdeu a sensação, a surpresa da primeira vez! O tempo não produziu sobre ela o efeito que produziu sobre mim. Ela não se tornou indiferente ao perigo, que era afrontado a cada noite. Ela ainda continuava, até quando estava sobre meu coração, silenciosa, mal me falando com a voz, pois, de resto, o senhor pode perfeitamente adivinhar que ela era eloquente; e quando, mais tarde, a calma me voltou, por causa do risco afrontado e do sucesso, e quando eu lhe falei, como se fala à amante, daquilo que já tinha se passado entre nós, dessa frieza inexplicável e desmentida, uma vez que eu a tinha em meus braços, e sobre o que tinha acontecido durante suas primeiras audácias; quando eu lhe dirigi, enfim, todos os insaciáveis porquês do amor, que não passam, no fundo, de curiosidade, ela nunca me respondeu a não ser por longos abraços. Sua boca triste continuava inteiramente muda... a não ser pelos beijos! Há mulheres que lhe dizem: "Eu me perco por você"; há outras que lhe dizem: "Você vai certamente me desprezar"; e essas são maneiras diferentes de exprimir a fatalidade do amor. Mas ela, não! Ela não dizia uma palavra... Coisa estranha! Mais estranha ainda a pessoa! Ela me produzia o efeito de uma espessa e dura tampa de mármore que queimava, aquecida por baixo... Eu acreditava que chegaria um momento em que o mármore se fundiria, enfim, sob o calor ardente, mas o mármore não perdeu nunca sua rígida densidade. Nas noites em que vinha, ela não demonstrava mais abandono e não falava mais, e, permito-me esta palavra eclesiástica, ela continuou tão indisposta a se confessar quanto na primeira noite em que veio. Eu não conseguia extrair nada dela... No máximo, extraía um monossílabo de obsessão, desses belos lábios pelos quais eu estava tanto mais apaixonado por tê-los visto mais frios e mais indiferentes durante o dia, e, além disso, um monossílabo que não lançava grandes luzes sobre a natureza dessa jovem, que me parecia mais esfinge, ela sozinha, que todas as Esfinges cujas imagens se multiplicavam em torno de mim, nesse apartamento do tempo do Império.

– Mas, Capitão – interrompi mais uma vez –, isso tudo teve, entretanto, um fim? O senhor é um homem forte, e a Esfinge é um animal de fábula. Ela não existe na vida real, e o senhor certamente acabou por descobrir, claro! o que ela carregava no colo, essa sua amiguinha!

– Um fim! É verdade, teve um fim – disse o Visconde de Brassard, abrindo bruscamente a vidraça do compartimento, como se seu monumental peito tivesse dificuldade de respirar e como se ele tivesse necessidade de ar para concluir aquilo que tinha a contar. – Mas o colo – como diz o senhor – dessa singular jovem não se tornou mais aberto por isso. Nosso amor, nossa relação, nosso caso, chame-se isso como se queira, nos deu, ou, melhor, deu a mim, sensações que eu não acredito que tenha jamais experimentado desde então, com mulheres mais amadas que essa Alberte, que talvez não me amasse, que eu talvez não tivesse amado!! Nunca compreendi bem o que eu sentia por ela e o que ela sentia por mim, e isso durou mais de seis meses! Durante esses seis meses, tudo o que compreendi foi que era um tipo de felicidade de que não se tem ideia na juventude. Compreendi a felicidade daqueles que se escondem. Compreendi o gozo do mistério na cumplicidade, que, mesmo sem a esperança de ser bem-sucedido, ainda assim produziria conspiradores incorrigíveis. Alberte, à mesa dos pais, como em todos os lugares, era sempre a Senhora Infanta, que me tinha impressionado no primeiro dia em que a vi. Sua fronte neroniana, sob cabelos azuis de tão negros, que se encaracolavam todo e tocavam suas sobrancelhas, não deixavam transparecer nada da noite culpável, que não deixava em sua face nenhum traço de rubor. E eu, que tentava ser tão impenetrável quanto ela, mas que, estou certo disso, deveria me denunciar dez vezes se ficasse frente a observadores, eu me comprazia orgulhosa e quase sensualmente, no mais profundo de meu ser, com a ideia de que toda essa magnífica indiferença era certamente por minha causa e que ela tinha por mim todas as baixezas da paixão, caso a paixão possa, alguma vez, ser qualificada de baixa! Ninguém mais, além de nós, sobre a terra, sabia daquilo... e esse pensamento era delicioso! Ninguém, nem mesmo meu amigo Louis de Meung, com o qual eu era discreto desde que me tornei feliz! Ele provavelmente tinha adivinhado tudo, uma vez que era tão discreto quanto eu. Ele não me interrogava. Retomei, com ele, sem esforço, meus hábitos de intimidade, os passeios no pátio, vestidos de maneira formal ou informal, o jogo de cartas, a esgrima e a bebida! Por Deus! quando sabemos que a felicidade virá, sob a forma de uma bela jovem a quem dói-lhe o coração, nos visitar regularmente cada duas noites, à mesma hora, isso simplifica alegremente os dias!"

– Mas eles dormiam, pois, como os Sete Dormentes, os pais dessa Alberte? – disse eu, gracejando, e interrompendo repentinamente as reflexões do velho dândi com uma brincadeira, e para não parecer demasiadamente envolvido por sua história, a qual me envolvia, pois, com os dândis, quase não se tem outro recurso a não ser as brincadeiras para nos fazer respeitar um pouco.

– O senhor acredita, então, que procuro causar efeitos de contador de casos, ao contar coisas fora da realidade? – perguntou o Visconde. – Mas eu não sou romancista! Algumas vezes, Alberte não vinha. A porta, cujas dobradiças lubrificadas estavam agora macias como o algodão, simplesmente não se abriu uma noite, e o que ocorreu foi que, então, sua mãe a havia ouvido e pôs-se a gritar, ou foi o pai que a tinha percebido, quando ela fugia ou tateava através do quarto. Só que Alberte sempre encontrava, com sua cabeça fria, um pretexto. Ela estava doente... Ela estava procurando pelo açucareiro sem levar uma vela, com medo de despertar alguém...

– Essas cabeças frias não são tão raras quanto o senhor parece pensar, Capitão! – interrompi de novo. Eu estava a contrariá-lo. – Sua Alberte, afinal, não era mais forte que a jovem que recebia todas as noites, no quarto de sua avó, adormecida por detrás de suas cortinas, um amante que entrava pela janela e que, não tendo canapé de marroquim azul, se estabelecia, sem cerimônias, sobre o tapete... O senhor sabe tão bem quanto eu a história. Uma tarde, aparentemente provocado pela jovem demasiadamente feliz, um suspiro mais forte que os outros acordou a avó, que exclamou, de debaixo de suas cortinas: "Que tens, minha pequena?", o que fez a jovem se desvanecer contra o coração do amante; mas ela não deixou, por sua vez, de responder: "É a barbatana do espartilho, vovó, que me machuca, pois estou procurando a agulha que caiu no tapete e não consigo encontrá-la!".

– Sim, conheço a história, continuou o Visconde de Brassard, que eu creio ter humilhado, por ter feito uma comparação com sua Alberte. – A moça de que me fala era, se me recordo bem, da família Guise. Ela se comportou como uma jovem digna do sobrenome; mas o senhor não disse que, a partir dessa noite, ela não mais abriu a janela para seu amante, que era, creio, o Senhor de Noirmoutier, enquanto Alberte retornava no dia seguinte a essas terríveis complicações, e se expunha ainda mais ao perigo afrontado, como se nada tivesse acontecido. Eu não passava, então, de um subtenente bastante medíocre em matemática e dela me ocupava muito pouco; mas era evidente, para quem sabe o mínimo do cálculo das probabilidades, que um dia... uma noite... haveria um desenlace...

– Ah, sim! – disse eu, lembrando-me de suas palavras antes de começar sua história –, o desenlace que faria que o senhor conhecesse a sensação do medo, Capitão.

– Precisamente – respondeu ele, com um tom mais grave e que contrastava com o tom leve que eu afetava. – O senhor percebeu, não é mesmo? desde minha mão agarrada sob a mesa até ao momento em que ela surgiu naquela primeira noite, como uma aparição na moldura de minha porta aberta, Alberte não me havia poupado a emoção. Ela me tinha feito sentir mais de um tipo de frêmito, mais de um tipo de terror;

mas isso não tinha sido ainda maior do que a impressão das balas que silvam ao redor de nós e das balas de canhão de que sentimos o zunido; estremecemos, mas seguimos em frente. Pois bem! não foi mais assim. Foi o medo, o medo completo, o verdadeiro medo, e não mais por Alberte, mas por mim, e apenas por mim! O que experimentei foi positivamente essa sensação que torna o coração ainda mais pálido que o rosto; foi esse pânico que faz um regimento inteiro pôr-se em fuga. Este que lhe fala viu Chamboran fugir, a toda velocidade, o heroico Chamboran, levando, em seu amedrontado grupo, seu coronel e seus oficiais! Mas nessa época eu ainda não tinha visto nada, e conheci... aquilo que eu acreditava impossível.

"Escute, pois... Era uma noite. Com a vida que nós levávamos, não podia ser senão uma noite... uma longa noite de inverno. Não diria que era uma das mais tranquilas. Nossas noites eram todas tranquilas. Elas se tornaram tranquilas de tanto serem felizes. Dormíamos sobre esse canhão carregado. Não tínhamos a mínima preocupação, ao fazer amor sobre essa lâmina de sabre, colocada por cima de um abismo, como a ponte do inferno dos turcos! Alberte viera mais cedo que de costume, para ficar mais tempo. Quando ela vinha assim, minha primeira carícia, meu primeiro movimento de amor era por seus pés, seus pés que não calçavam mais, então, seus sapatinhos verdes ou cor de hortênsia, esses dois feitiços e essas minhas duas delícias, e que, nus para não fazer ruído, me chegavam transidos de frio, por causa dos tijolos sobre os quais ela havia andado, ao longo do corredor que levava do quarto dos pais ao meu quarto, situado no outro extremo da casa. Eu os aquecia, esses pés gelados por minha causa, que talvez pegassem, por mim, ao sair de uma cama quente, alguma horrível doença pulmonar... Eu sabia qual método utilizar para aquecer esses pés pálidos e frios e dar-lhes uma cor rosa ou vermelha; mas nessa noite meu método falhou... Minha boca foi impotente para fazer surgir no peito desse pé arqueado e fascinante a camada de sangue de um vermelho-papoula que eu muitas vezes adorava fazer aparecer... Alberte, nessa noite, estava mais silenciosamente amorosa que nunca. Seus abraços tinham esse langor e essa força que eram para mim uma linguagem, e uma linguagem tão expressiva que, se eu ainda lhe falava, se eu ainda lhe contava todas as minhas demências e todos os meus êxtases, eu não lhe exigia mais que ela me respondesse e que me falasse. Mas seus abraços, a esses eu escutava. De repente, eu não a escutei mais. Seus braços pararam de pressionar o meu coração, e pensei que ela tivera um desses desmaios que frequentemente tinha, embora em geral conservasse, em seus desvanecimentos, a força contraída do abraço... Não há pudores entre nós dois. Somos dois homens e podemos falar como dois homens... Eu tinha a experiência dos espasmos voluptuosos de Alberte, e quando eles a tomavam, eles não interrompiam minhas carícias. Eu continuava como estava, sobre seu coração, esperando que ela voltasse à vida consciente, e que o raio que a atingira a ressuscitasse ao voltar a atingi-la... Mas minha experiência se equivocou. Eu a olhei como ela estava, abraçada a mim, sobre o canapé azul, esperando o momento em que seus olhos, desaparecidos sob suas longas pálpebras, voltariam a me mostrar suas belas órbitas de veludo negro e de fogo; o momento no qual seus dentes, que se cerravam e rangiam a ponto de partir o esmalte ao menor beijo aplicado bruscamente sobre seu pescoço e prolongado longamente sobre suas costas, voltariam a deixar, ao se abrirem, passar seu hálito. Mas nem os olhos voltaram a se abrir, nem os dentes voltaram a se descerrar... O frio dos pés de Alberte subiu até seus lábios e sob os meus... Quando senti esse horrível frio, levantei-me a meio corpo para vê-la melhor; separei-me em sobressalto de seus braços, dos quais um deles caiu sobre ela e o outro pendia, do canapé em que ela estava deitada, sobre o chão. Apavorado, mas ainda lúcido, coloquei minha mão sobre o coração... Não havia nada! nada nos pulsos, nada nas têmporas, nada nas artérias carótidas, nada em lugar nenhum... uma vez que a morte estava por tudo, e já com sua terrível rigidez!

"Eu estava certo de sua morte... e não queria acreditar nisso! A cabeça humana tem dessas vontades estúpidas contra a clareza mesma da evidência e do destino. Alberte estava morta. De quê?... Eu não sabia. Eu não era médico. Mas ela estava morta; e embora eu visse com a claridade do dia que qualquer coisa que fizesse seria inútil, fiz, entretanto, tudo o que me parecia tão desesperadamente inútil. Na falta absoluta de tudo, de conhecimentos, de instrumentos, de recursos, esvaziei-lhe sobre a fronte todos os frascos de minha toalete. Golpeei-lhe firmemente as mãos, correndo o risco de provocar ruídos, nessa casa em que o menor ruído nos fazia tremer. Eu tinha ouvido um de meus tios, chefe de esquadrão do 4º Regimento de Dragões, dizer que um dia ele tinha salvado um dos seus amigos de uma apoplexia ao sangrá-lo imediatamente com uma dessas lancetas que se utiliza para sangrar os cavalos. Eu tinha uma porção de armas em meu quarto. Massacrei esse braço esplêndido de onde o sangue nem sequer corria mais. Algumas gotas se coagularam. Ela estava rígida. Nem beijos, nem chupões, nem mordidas puderam galvanizar esse corpo rígido, que se transformara em cadáver sob meus lábios. Não sabendo mais o que fazer, acabei por me estender por cima dela, que era o meio que empregavam (dizem as velhas histórias) os Taumaturgos ressuscitadores, não esperando fazer com que a vida aí se reanimasse, mas agindo como se eu o esperasse! E foi sobre esse corpo gelado que uma ideia, que não tinha se despregado do caos no qual a perturbadora morte súbita de Alberte me havia jogado, me surgiu claramente... e eu tive medo!

"Oh!... mas um medo... um medo imenso! Alberte morreu no meu quarto, e sua morte dizia tudo! Que iria ser de mim? Que seria preciso fazer?... Com esse pensamento, senti a mão, a mão física, desse medo terrível, em meus cabelos, que tinham se transformado em agulhas! Minha coluna vertebral se fundira em uma gelatina gelada, e eu queria lutar – mas em vão – contra essa desonrada situação... Disse a mim mesmo que era preciso ter sangue-frio... que eu era, afinal, um homem... que eu era militar. Coloquei a cabeça entre as mãos e, quando o cérebro me voltou ao crânio, esforcei-me por ponderar a situação horrível em que me colocara... e por deter, para fixá-las e examiná-las, todas as ideias que me fustigavam o cérebro como um pião cruel, e que iam, todas, a cada vez, se chocar com o cadáver que estava no meu quarto, com esse corpo inanimado de Alberte, que não podia mais voltar ao seu quarto, e que sua mãe encontraria no dia seguinte no quarto do oficial, morta e desonrada! A ideia dessa mãe, cuja filha eu tinha talvez matado, ao desonrá-la, me pesava mais sobre o coração que o próprio cadáver de Alberte... Não se podia ocultar a morte; mas a desonra, experimentada pelo cadáver em meu quarto, não haveria um meio de ocultá-la?... Essa era a questão que me fazia, o ponto fixo que via na minha cabeça. Dificuldade que aumentava à medida que eu a contemplava, e que tomava proporções de uma impossibilidade absoluta. Alucinação apavorante! por alguns momentos o cadáver de Alberte me parecia preencher todo o meu quarto e não poder dali sair. Ah! se o seu quarto não estivesse situado atrás do apartamento de seus pais, eu a teria, correndo todo o risco, levado de volta à sua cama! Mas poderia eu fazer, com seu corpo morto em meus braços, o que ela fazia, já tão imprudentemente, quando viva, e me aventurar, assim, a atravessar um quarto que eu não conhecia, no qual eu jamais entrara, e no qual repousavam, adormecidos do sono leve dos velhos, o pai e a mãe da infeliz?... E, entretanto, o estado de minha cabeça era tal, o medo do dia seguinte e desse cadáver que estava em meu quarto me perseguiam com tanta fúria que foi essa ideia, essa temeridade, essa loucura de levar Alberte de volta ao seu quarto que se apoderou de mim como o único meio de salvar a honra da pobre moça e de me poupar a vergonha das reprovações do pai e da mãe, de me livrar, enfim, dessa ignomínia. O senhor acreditaria? Custo a acreditar em mim próprio, quando penso nisso! Tive a força de tomar o cadáver de Alberte e, levantando-o pelos braços, colocá-lo sobre minhas costas. Horrível carga, mais

pesada, convenhamos, que a dos condenados do Inferno de
Dante! Foi preciso carregá-la, como eu o fiz, essa carga de
uma carne que me fazia ferver o sangue de desejo não havia
mais de uma hora e que agora me fazia enregelar!... Seria
preciso tê-la carregado para saber do que se tratava! Assim
carregado, abri a porta e, pés descalços como ela, para fazer
menos ruído, me enfiei pelo corredor que conduzia ao quarto
de seus pais, e cuja porta ficava no fundo, me detendo a cada
passo, pouco seguro sobre minhas pernas desfalecidas, para
escutar o silêncio da casa na noite, que eu não ouvia mais,
por causa das batidas de meu coração! Isso durou por muito
tempo. Nada se mexia... Um passo seguia um outro... Só que
quando cheguei, apesar de tudo, à terrível porta do quarto
de seus pais, pela qual eu precisava passar e que ela não tinha, ao se dirigir ao meu quarto, fechado inteiramente para
encontrá-la aberta ao retornar, e quando ouvi as respirações
longas e tranquilas desses dois pobres velhos que dormiam
com toda a confiança de sua vida, eu não ousei ir adiante!...
Não ousei ultrapassar esse limiar negro e escancarado nas
trevas... Eu recuei; fugi com meu fardo! Voltei ao meu quarto
cada vez mais apavorado. Voltei a colocar o corpo de Alberte
sobre o canapé e recomecei, agachado sobre os joelhos, ao
lado dela, a fazer as suplicantes perguntas: 'Que fazer? Como
isso terminará?...'. Na ruína que se abria diante de mim, a
ideia insensata e atroz de jogar o corpo da bela jovem, minha
amante por seis meses! pela janela, me percorreu o espírito.
Despreze-me! Abri a janela... afastei a cortina que o senhor
está vendo ali... e olhei para o buraco negro ao fundo do qual
ficava a rua, pois estava muito escuro nessa noite. Não se via
o calçamento. 'Vão achar que foi um suicídio', pensei eu, e
voltei a pegar Alberte e a levantei... Mas eis que uma luz de
bom senso atravessou minha loucura! 'De onde terá ela se
matado? De onde terá ela caído se for encontrada amanhã
sob minha janela?...', perguntava-me eu. A impossibilidade
daquilo que eu queria fazer me fustigava! Eu ia voltar a fechar
a janela cujo fecho rangia. Afastei a cortina da janela, mais

morto do que vivo por causa dos ruídos que eu fazia. De resto, pela janela, na escada, no corredor, onde quer que eu pudesse deixar ou jogar o cadáver, eternamente acusador, a profanação seria inútil. O exame do cadáver revelaria tudo, e o olho de uma mãe, tão cruelmente advertida, veria tudo o que o médico ou o juiz desejasse lhe esconder... O que eu experimentava era insuportável, e a ideia de me matar com um tiro de pistola, no vil estado em que se encontrava minha desmoralizada alma (uma palavra do Imperador que mais tarde vim a compreender!), me atravessou a mente, ao ver reluzir minhas armas contra a parede de meu quarto. Mas o que queria o senhor?... Serei franco: eu tinha dezessete anos e eu amava... minha espada. Era por gosto e sentimento de raça que eu era soldado. Eu nunca tinha visto o fogo de uma arma e queria vê-lo. Eu tinha a ambição militar. No regimento nós ridicularizávamos Werther, um herói da época, que nos causava piedade, a nós, os oficiais! O pensamento que me impediu de me subtrair, matando-me, ao ignóbil medo de que eu ainda estava tomado, me conduziu a um outro que me pareceu a própria salvação, no impasse em que eu me retorcia! 'E se eu fosse procurar o coronel?', perguntei-me. – O coronel é a paternidade militar, e me vesti como nos vestimos quando soa o toque de reunir, numa situação de surpresa... Peguei minhas pistolas por precaução de soldado. Quem sabia o que poderia acontecer?... Beijei, uma última vez, com o sentimento que se tem aos dezessete anos, e somos sempre sentimentais aos dezessete anos, a boca muda, e que sempre o tinha sido, dessa bela Alberte falecida, e que me satisfazia havia seis meses com seus mais inebriantes favores... Desci, nas pontas dos pés, os degraus da escada dessa casa em que eu deixava a morte... Ofegando como um homem que se salva, gastei uma hora (essa era, ao menos, minha impressão!) a destravar a porta da rua e a girar a grande chave em sua enorme fechadura, e, depois de tê-la voltado a fechar com a precaução de um ladrão, corri, como um desertor, para a casa de meu coronel.

"Toquei a campainha como se estivéssemos na batalha. Eu a toquei como uma trombeta, como se o inimigo estivesse raptando a bandeira do regimento! Derrubei tudo, até o ordenança que queria se opor a que eu entrasse a essa hora no quarto de seu superior, e, com o coronel despertado pela tempestade do barulho que eu fazia, contei-lhe tudo. Confessei-me de um só fôlego e a fundo, rápida e francamente, pois os minutos premiam, suplicando-lhe que me salvasse...

"Era um homem esse coronel! Ele logo viu o horrível abismo em que me debatia... Teve piedade do mais novo de seus meninos, como ele me chamava, e creio que eu estava, então, num estado de dar dó! Ele me disse, em linguagem clara e franca, que era preciso começar por sumir imediatamente da vila, e que ele se encarregaria de tudo... que ele visitaria os pais assim que eu partisse, mas que era preciso partir, tomar a diligência que iria fazer a troca dos cavalos em dez minutos no Hotel do Correio, chegar até uma vila que ele me indicou e para a qual ele me escreveria... Ele me deu dinheiro, pois eu havia me esquecido de apanhá-lo, tocou, cordialmente, o meu rosto, com seus velhos bigodes grisalhos, e, dez minutos depois dessa entrevista, eu subia (só havia um lugar vago) no andar superior da diligência, que fazia o mesmo percurso que esta na qual estamos agora, e passei a galope sob a janela (o senhor pode adivinhar que olhares eu lhe lançava!) do fúnebre quarto em que eu tinha deixado Alberte morta, e que estava iluminada como está esta noite."

O Visconde de Brassard se deteve, sua forte voz um pouco alquebrada. O silêncio não foi longo entre nós.

– E depois? – perguntei-lhe.

– Bem, aí é que está – respondeu ele. – Não houve um depois! É isso que há muito tempo atormenta minha curiosidade exasperada. Segui cegamente as instruções do coronel. Esperei com impaciência uma carta que me desse a conhecer o que ele havia feito e o que tinha acontecido após minha partida. Esperei por cerca de um mês; mas, ao fim desse mês, não foi uma carta que recebi do coronel, que não escrevia senão com seu sabre sobre a figura do inimigo; foi a ordem de mudança de regimento. Foi-me determinado que eu me reunisse ao 35º Regimento, que ia entrar em campanha, e que era preciso que, em vinte e quatro horas, eu chegasse ao novo regimento ao qual agora pertencia. As imensas distrações de uma campanha, e era a primeira! as batalhas das quais eu fazia parte, as fadigas e também as aventuras com mulheres que se seguiram àquela que aconteceu aqui me fizeram esquecer de escrever ao coronel, e me desviaram da lembrança cruel da história de Alberte, sem poder, entretanto, apagá-la. Eu a guardei como uma bala que não se pode extrair... Eu dizia a mim mesmo que, um dia ou outro, eu voltaria a encontrar o coronel, que me poria, enfim, ao corrente do que eu desejava saber, mas o coronel tinha morrido um mês antes à frente de seu regimento em Leipzig... Isso também é bastante desprezível – acrescentou o capitão –, mas tudo adormece mesmo na alma mais robusta, e talvez por ser ela a mais robusta... A curiosidade devoradora de saber o que se passou depois de minha partida acabou por me deixar tranquilo. Eu teria podido, passados tantos anos, e mudado como eu estava, ter voltado sem ser reconhecido a esta pequena vila e, ao menos, ter me informado sobre aquilo que se sabia, sobre o que havia transparecido de minha trágica aventura. Mas alguma coisa, que não é certamente o respeito da opinião alheia, que eu ridicularizei toda minha vida, alguma coisa que se assemelhava a esse medo que eu não queria sentir uma segunda vez, sempre me impediu de fazer isso."

Ele se calou novamente, esse dândi que tinha me contado, sem o menor dandismo, uma história de uma realidade tão triste. Eu sonhava, sob a impressão dessa história, e compreendia que esse brilhante Visconde de Brassard, a flor não das ervilhas, mas das mais altivas papoulas vermelhas do dandismo, o grandioso bebedor de vinho, à maneira inglesa, estava como que transformado num outro homem, um homem mais profundo do que aquele que aparentava ser. Voltou-me à mente a palavra que ele me havia dito, ao começar, sobre a mancha negra que, durante toda sua vida, tinha afligido seus prazeres de pessoa desregrada... quando, de repente, para me surpreender ainda mais, ele me tomou o braço bruscamente:

— Presta atenção! — disse-me ele. — Olha para a cortina!

A sombra esbelta de uma cintura de mulher acabava de passar por ali, desenhando-se na cortina.

— A sombra de Alberte! — disse o capitão. — O acaso está demasiadamente inclinado à zombaria esta noite — acrescentou ele com amargor.

A cortina tinha já voltado a deixar transparecer apenas sua vidraça vazia, vermelha e iluminada. Mas o segeiro, que, enquanto o Visconde falava, fazia o seu trabalho, tinha terminado sua tarefa. Os cavalos de revezamento estavam prontos e batiam os pés com impaciência, e fazendo o calçamento faiscar. O condutor do veículo, com seu boné de astracã sobre as orelhas, com o registro da viagem grudado aos dentes, tomou as rédeas e se levantou, e uma vez erguido sobre o banco da parte superior do carro, gritou, na noite, com sua voz clara, a palavra de ordem:

"A rodar!"

E nós rodamos, e logo ultrapassamos a misteriosa janela, que ainda vejo nos meus sonhos, com sua cortina carmesim.

D'AUREVILLY, Jules Barbey. Le Rideau cramoisi. *Les diaboliques*. 1. ed. Paris: Dentu, 1874.

História do abismo e da luneta

Pierrette Fleutiaux

I

O problema é controlar todos esses movimentos para além do grande abismo.

◇

Eu tenho, é claro, uma luneta; uma escada, das grandes (extensível, feita de aço, recém-chegada); uma escadinha, esta de madeira e toda gasta de tanto uso; planilhas com as medições; e ainda – ia me esquecendo, sempre me esqueço dele – o megafone.

A escada grande é minha, exclusivamente. Ninguém sonharia em se aventurar nela. Suas finas guardas laterais, de aço, têm um certo jeito, quando o sol brilha, de desaparecer em clarões de luz; quando o céu está para chuva, de desaparecer entre os fiapos de cinza; e, quando as brumas passam, de se apagar quase inteiramente, como se, leves demais de tanto se afinar, elas tivessem se deixado aspirar pelo firmamento. Com tempo normal, elas dão a impressão, sobretudo, de terem o ar como único ponto de apoio.

Ambiguidades desse tipo não afetam a escadinha. Ela já estava ali antes de mim, e gerações de observadores de visão curta já tinham, com certeza, subido e descido muitas vezes os seus poucos degraus. Espessa e pesada, agora não me serve mais a não ser para escorar a minha escada grande em caso de muito vento.

Tudo isso sobre a plataforma comum que utilizo como todo mundo, embora – devo reconhecer – me seja designado, a mim e à minha escada, o lugar mais recuado e menos frequentado.

◇

É a luneta que certamente me é mais útil. Tenho o modelo especial, para os observadores de visão longa. É um instrumento caro e que me exigiu muitos anos de esforços. Eu poderia certamente ter me contentado com uma luneta comum, de visão curta, que se obtém a pedido e mediante um simples certificado de assiduidade, mas eu tinha em vista o modelo mais sutil, o mais complicado, e também o mais difícil de manejar.

Não posso dizer que não fui prevenido dos riscos. Lembraram-me, com solenidade, que esse instrumento tão delicado se desajusta ao menor erro; que os erros são, às vezes, tão difíceis de detectar que a gente até pode nem se dar conta deles; que aqueles que o utilizam correm, assim, o terrível risco de passarem toda uma vida no erro, acreditando estarem ao abrigo no regaço da verdade; que, enfim, embora construído com o maior cuidado, ele pode se quebrar. E, quando se quebra, o dano é irremediável. Instrumentos desse tipo não podem ser substituídos nem consertados. O seu mecanismo interior é lacrado e apenas arranhões superficiais podem ser reparados.

Não quero ser daqueles que um acidente tão devastador deixa sem o equipamento ótico necessário. A gente os percebe, às vezes, à noite, vagando em torno das plataformas, enlouquecidos por uma proximidade que se lhes cola à retina, sem saber o que fazer com isso; a gente os percebe, silhuetas longínquas, se aproximando e se afastando da beira escura do abismo, o pescoço estendido em direção a essa distância que, sem o equipamento, eles não podem enxergar. A gente os percebe, às vezes. Ninguém lhes presta atenção, mas eu os tenho visto, e cuido bem da minha luneta.

◇

Em certos momentos, por outro lado, eu a acho incômoda, e me pergunto se minha obstinação não é pura tolice, se não teria sido melhor ter me contentado com o outro modelo, se não teria sido melhor ter esquecido essa luneta.
 É que, acima de tudo, ela exige tantos cuidados! Meus colegas de visão curta manejam seu modelo normal como um taco de golfe, como uma raquete de tênis, como um galho colhido ao acaso de um passeio, como um cano de gás, como um macaco, como um pé de abajur, uma vassoura ou um aspirador. Eles a jogam sobre as costas, balançam-na para cá e para lá, largam-na no chão, arrastam-na, empurram-na, levam-na de um lado para o outro, viram-na em todos os sentidos, passam com ela por batentes de porta e por cantos de parede sem a menor precaução.
 É preciso dizer que eles não arriscam grande coisa. Essas lunetas se compõem muito singelamente de dois tubos, um mais largo e outro mais fino, o mais fino corre por dentro do mais largo e é fixado a este por um pequeno fecho. De um lado e de outro do canudo assim formado, há uma lente, duas lentes ao todo, portanto. A parte constituída pelo tubo é feita da mesma matéria inoxidável que as panelas, a parte constituída pela lente de vidro, pelo mesmo tipo de material de que se fazem os vidros à prova de balas. Quanto ao funcionamento, túdo é mais ou menos automático. Basta avançar ou recuar o tubo inferior de acordo com a distância e, às vezes, acrescentar um filtro. Vê-se que não há, praticamente, nenhum motivo para inquietações.

◇

Enquanto a minha! Com suas múltiplas molas, seus mecanismos de relojoaria, suas lentes de refração e difração, microscópios embutidos, sistemas de gradação e de medida, suas ranhuras, convexidades, sistemas de correr, mil pequenos cantos para limpar, lubrificar, verificar, proteger da umidade e da secura, sem contar os cálculos que é preciso fazer e refazer a cada utilização. A minha exige reflexão, tino, treino. E mesmo assim não se está seguro de poder evitar os erros.

◇

Pois eu tenho cometido erros! Há tantas lentes diferentes a colocar no lugar, tantas escolhas a fazer a cada passo. É assim que, às vezes, a gente ajusta mal, que, às vezes, calcula mal os diferentes componentes da operação e que, em vez de obter uma visão comum e simplesmente aproximada, a gente se vê diante de um universo desconhecido, absolutamente anormal, louco.

◇

Esses outros mundos me assombram.
Um deslizamento fortuito de lentes, um olhar desviado para o lado, talvez, e eis que elas voltam, eis que elas se erguem diante da objetiva petrificada, e, uma vez percebidas, como esquecê-las? Não posso esquecê-las. Elas acompanham cada um de meus gestos, elas assombram minha visão. Será possível que essas paisagens nos rodeiem o tempo todo, será possível que seja suficiente não mais repeli-las para que logo, lentamente, elas voltem a se formar em torno de nós?
Relevo minucioso, de uma precisão de enlouquecer, detalhes se desdobrando em detalhes, cheio de segmentos que se mexem às sacudidas, como se movidos por articulações muito longínquas, reconhece-se aí, entretanto, disjunto, um sentido, mas onde, qual, e por que aos clarões e tão fugazes? Resultado da explosão de um *puzzle* antes dotado de coerência, já se movendo à deriva nos espaços da memória, mas, se, ao contrário, isso fosse a verdade, se aí estivesse a coerência? Então a gente recolhe a luneta em pânico, olha

em torno de si como se a gente estivesse saindo de um sonho trágico, e eis que tudo é como antes, a plataforma, as escadinhas e os colegas lá em cima, a luneta no olho, o megafone nos lábios, e a escada, e a escuridão horizontal do grande abismo ao longe, e depois... eles no além.

Simplesmente a luneta tinha sido ajustada como um microscópio eletrônico e, naturalmente, nesse caso, a paisagem buscada se dissolve em suas mais minúsculas partículas, cada uma delas igualmente, terrivelmente, presente.

O inverso também. Isso em outros dias, em outras circunstâncias. Aterrorizado talvez pelos erros precedentes, tem-se a tendência a deixar inteiramente de lado os mecanismos de microscopia. Faz-se isso demasiadamente rápido, talvez, simplificando ao máximo o cálculo das distâncias. Mas, quando a gente olha, o coração para, os dedos se congelam e se imobilizam; que outro mundo se projetou em todo o entorno? Grandes massas enevoadas, lentas, moventes, vaporosidade inapreensível, onde, mal se desenham, já se apagam as lembranças de um sentido: essa é a verdade e a gente vai ficar só, angústia absurdamente aguda, nesse lugar de ausência perpétua? Então, a gente recolhe a luneta em pânico, e eis que tudo é como antes, a plataforma, as escadinhas e os colegas lá em cima, a luneta no olho, o megafone nos lábios, e a escada, e a escuridão horizontal do grande abismo ao longe e, depois, eles, no além.

Eles, cujos movimentos, é preciso que eu lembre, nós controlamos, e nisso consiste nossa tarefa principal.

◇

Aventuras semelhantes não devem acontecer aos meus colegas de visão curta, com sua luneta de imagem única. A mim elas acontecem com frequência, elas acontecem sempre. Sei que não passam de erros, sei qual lente está mal colocada, qual medição mal feita causou aquilo que não é, afinal, senão uma falta de ajuste – não há por que duvidar disso –, eu o sei perfeitamente, eu tive e dei aulas sobre esse assunto, há ali, no meio da minha mente, esses esquemas perfeitamente claros e rigorosos no interior dos quais tudo se encadeia com lógica, conforme a ordem prevista e estudada.

No interior deles, sim, mas e fora? E como apagar da memória essas *outras* paisagens?

◇

Em todo caso, sobre a plataforma, no alto de minha escada grande, minha luneta em posição, devo confessar que tenho frequentemente grandes satisfações. As lentes bem alinhadas, a refração e a convergência funcionando bem, tenho uma visão de seus movimentos para além do grande abismo, perfeitamente límpida e sem névoa. Posso, pois, dar ordens quase que por uma diferença de centímetro. Posso detectar infrações até mesmo muito leves, e anunciá-las imediatamente ao megafone e exigir sua correção imediata. Essas sutilezas, percebo muito bem, surpreendem meus colegas. Assim, quando eles ouvem minha voz sair enfurecida do alto-falante, eu os vejo imediatamente sobressaltar-se, ajustar suas lunetas com vivacidade e escrutar o horizonte de um homem só.

Sempre tive a tentação, nesse momento, de correr até suas escadinhas, de comunicar-lhes minha emoção, de pedir-lhes sua opinião, em suma, de partilhar essa nova experiência. Mas muito rapidamente me dei conta de que essas confidências me faziam passar por uma pessoa complicada, pretensiosa, e, longe de me fazer ganhar a camaradagem que busco, elas, em vez disso, me alienavam.

A razão desse estado de coisas é simples e eu, felizmente, logo compreendi. Meus colegas muito simplesmente não veem o que eu vejo. Sua luneta (modelo comum, do tipo "visão curta") aproxima menos e de maneira menos exata, o que faz com que eles não detectem a não ser aquelas infrações que são mais acusadas, só levando em conta pequenas variantes, de acordo com os respectivos modelos. Por outro lado, é preciso, com toda certeza, que eu reconheça que esse tipo de visão é amplamente suficiente para nosso trabalho, e que a minha luneta não acrescenta, afinal, nada, e é melhor, provavelmente, que eu me cale.

Entretanto, nem sempre é fácil a gente se controlar. Tenho, como todos, necessidade de interação e, como todos, uma dose razoável de curiosidade intelectual. Se me contentasse com a luneta normal, a de visão curta, não penso que teria o mínimo problema e, neste momento, eu seria um ser feliz, cheio de amigos, satisfeito com meu trabalho, em acordo com as suas visões e as visões daqueles que os rodeiam. Mas em vez disso...

◊

Em vez disso, não posso deixar de mexer nas minhas múltiplas lentes, de refazer meus múltiplos cálculos, de recomeçar um ajuste diferente, ali, onde tudo já parecia perfeitamente correto, mas há sempre essa comichão, essa tentação de saber se a luneta não pode funcionar melhor, se uma outra combinação, talvez, não ultrapassaria a precedente, eu tento, eu tento, sempre voltado para o além do grande abismo, e é assim que descubro, a cada instante, quase de forma acidental, bolsões de irregularidade, ordens mal obedecidas, atrasos, para ser justo, descubro também, às vezes, heroísmos ocultos, desígnios tão perfeitamente exitosos que apenas uma luneta como a minha pode apreciá-los. Descubro intenções até mesmo antes que elas se formem. Meus elogios, ecoados pelo autofalante, surpreendem, então, os meus colegas tanto quanto meus já mencionados gritos. E cabe a mim, naturalmente, explicar, explicar uma vez mais e sempre.

Curiosamente, e ainda que eu passe por uma pessoa complicada e pretensiosa, eles, mesmo assim, escutam minhas explicações. Foi inclusive por causa dessas explicações – que eu nunca dei, entretanto, a não ser na excitação da descoberta, por falta de controle, poder-se-ia dizer, e estritamente no desejo perfeitamente humano de camaradagem –, foi por causa delas que me ofereceram a escada grande.

Eu a aceitei com alegria, é uma honra e não a desprezo, mas isso não virou a minha cabeça a ponto de me impedir de notar a injustiça dessa escolha. Com efeito, graças a essa escada mais alta, mais flexível, mais compassada, eu vou naturalmente poder ver mais, em um número maior de circunstâncias e por um tempo maior, o que vai inevitavelmente aumentar minha vantagem relativamente a meus colegas da plataforma, ou minha desvantagem, por outro lado, mas de toda maneira aumentar a distância que sinto haver entre nós.

Finalmente, tudo o que ganhei foi uma espécie de respeito distante. Ninguém vê o que eu anuncio ao alto-falante, isso não serve para ninguém, mas por ter uma visão longa, já que tenho uma escada alta, eles supõem, então, que está tudo bem. Eles me escutam e me deixam em paz.

No alto de minha cadeira, me sinto, pois, como um verdadeiro monumento, erigido à glória das lunetas de luxo e das escadas extensíveis. E se os pombos vêm depositar sobre mim seus excrementos brancos, eu não posso, parece, mais do que sorrir com benevolência e, sobretudo, não me melindrar.

Entretanto, eu me melindro, eu me melindro com violência, o que fez com que minha luneta me trouxesse um terceiro benefício que não busquei: passo agora por um observador excêntrico, dotado certamente de uma boa luneta e de uma boa escada, mas fundamentalmente não muito sério.

◇

Vê-se facilmente que não estou muito contente com minha sorte. E inclusive penso que a primeira ideia que virá à mente de todo mundo é a de perguntar: por que não mudar de luneta, por que não obter o modelo normal e atirar essa fonte de problemas na grama que cerca a plataforma? Essa questão me assombra. Ela está na minha mente a cada dia, a cada instante. Por que não, com efeito?

Eu teria, assim, direito à camaradagem tão buscada, eu poderia me juntar aos outros sobre suas escadinhas gastas, me queixar com eles do tempo que estraga a madeira, do trabalho que estraga os olhos, da falta de lugar, da falta de altura, dos que estão para além do abismo, eu poderia me queixar de tudo, bem abraçado a eles sobre a estreita superfície da última barra da escadinha, e, quando a noite chegasse, eu poderia, juntamente com eles, deixar minha luneta de lado – ah, a felicidade de deixar as coisas de lado! –, deixá-la muito simplesmente cair até a plataforma embaixo, ricocheteando até o chão, um pouco mais abaixo ainda, e, se ela se quebrar, simplesmente consertá-la! Ou substituí-la, ou simplesmente esquecê-la. E depois descer bem rapidamente, aliviado de um peso, se movimentar com os outros, dar um chute para a direita, para a esquerda, até mesmo contras as lunetas voando, só para jogar futebol com os outros, e depois caminhar no chão, andar, indo adiante por pura fadiga, o corpo mole, o pé pesado, e tanto pior para as lunetas ao longo do caminho, andar sem preocupação, se queixando agora com os outros da má qualidade desses instrumentos e de sua indiferença para com os lá de baixo, para além do abismo.

Mas, em vez de fazer isso, quando chega a noite, fico lá no alto, agarrado à minha escada extensível, deslocando minhas lentes de acordo com o sol poente, experimentando com a lanterna e o espelho quando o sol vai embora, e continuando a escrutar a noite negra para além do abismo ainda mais negro, buscando não sei qual combinação ainda escondida no interior do tubo reluzente de minha luneta, rebuscando essa noite trazida para perto e sempre tão opaca.

Depois vem o inevitável momento em que me volto, em que não há mais nada à volta a não ser as silhuetas fantasmáticas das escadinhas esvaziadas de seus ocupantes, em que não há mais nada a não ser os rastros pálidos de lunetas cobrindo o chão como ossadas brancas, e em que, sob os meus pés, um reflexo vago, bailando sobre as guardas da escada, parece uma nuvem esbranquiçada, à deriva pelos espaços. Intolerável, intolerável solidão!

É um desconcerto que toma conta de mim, um desconcerto propiciado, então, por uma luneta e, sobretudo, por uma luneta que pode se quebrar com o menor choque!

E depois, em algum lugar, na noite que se estende diante de meus olhos, para além de minha escada, para além da frente das plataformas, para além da barreira de arame farpado, ainda mais longe, há essa noite ainda mais profunda, um vazio negro, invisível. O grande abismo!

Então eu me apresso, me apresso tão rapidamente quanto me permite minha vertiginosa escada, e minha luneta que atrapalha, e minhas mãos que tremem. Junto minhas lentes, recolho meus tubos, dobro meus tripés, enxugo cada peça, arranjo-a em seu canto, arranjo tudo isso no estojo, e me ponho, enfim, a descer os degraus da escada. E aí, ainda, que dificuldade! Pois, com a chegada da noite, o orvalho já se depositou sobre os degraus de aço, fazendo de cada um deles uma sorrateira placa de gelo, e eu, minha incômoda luneta apertada contra meu coração, desço passo a passo, com toda precaução, contraído como um caracol sem carapaça.

E depois, naturalmente, posso perfeitamente correr, já faz tempo que não há mais ninguém e se, por acaso, encontro alguém que se atrasou, estou, então, tão ofegante que me é impossível tirar o menor proveito desse inesperado golpe de sorte.

Ninguém gosta de falar a uma pessoa desvairada, ofegante, contraída, titubeante e, além do mais, gaguejante. Ninguém, por outro lado, leva meu mal a sério. As pessoas se surpreendem que, com uma luneta mais aperfeiçoada e uma escada inteiramente nova, extensível, eu possa ter esse ar esgotado e nervoso. Não deveria eu, ao contrário, ser mais relaxado e menos fatigado que os outros? E eis que sou, assim, despojado, quando vem a noite, do mais agradável dos direitos, o de me queixar em grupo das fadigas da jornada.

◇

Trabalho tanto quanto os outros, trabalho até mesmo mais, pois minha luneta exige mais ajustes e manutenção, trabalho mais na solidão, sem conselho nem ponto de comparação, termino mais tarde e volto mais ofegante, e eis que não tenho direito à boa consciência, espessa e quente como uma sopa, que sustenta o ventre e libera o sono.

Por que, por que não me desfazer de minha luneta de visão demasiado longa?

◇

Não creiam que não o fiz. Já fiz.

E, por outro lado, é por isso que, mesmo entre aqueles que, como eu, têm uma luneta de luxo, não encontrei a camaradagem que busco.

Pois, entre os de visão longa, não há ato mais vulgar, ato mais baixo, mais desprezível, que o de retornar ao modelo comum. Trata-se de uma ofensa à confraria, tanto mais dolorosa de suportar quanto cada um não tem mais a quem acusar a não ser a si mesmo. Como se pôde confiar uma luneta de luxo a alguém que não foi mesmo capaz de apreciar sua beleza e superioridade? Como puderam se deixar enganar dessa maneira? Cada um, na confraria, se sente secretamente mortificado, maculado em seu julgamento, e se trata, em suma, de uma questão bem desagradável.

Apenas que, vejam só, não existe muitos deles. E os que existem estão naturalmente longe, acessíveis, certamente, em algumas ocasiões, desde que a gente queira, claro, se dar ao trabalho de encontrá-los, mas, enfim, eles não estão aí, na proximidade da vida cotidiana. Não há mais do que um por plataforma ou mesmo nenhum. E, para mim, um colega que está numa outra plataforma, a quilômetros de distância, um colega que existe apenas em teoria, já que eu não o vejo, é um colega que não existe.

◇

Foi após ter maduramente refletido sobre tudo isso que decidi um dia me livrar de minha luneta e obter uma luneta semelhante à das outras pessoas de minha plataforma.

Isso não se deu sem dificuldade. É muito difícil mudar a visão que a gente tem das coisas.

Eu me habituara – todo mundo se habituara – a me ver empoleirado sobre minha escada um pouco acima da linha das escadinhas, com minha luneta ultrapassando as outras lunetas como uma lança em meio a espadas, todo mundo se sentia confortável, e isso fazia com que parecesse indecente querer mudar seja lá o que fosse nessa venerável imagem, consagrada pelo tempo e pela tradição. Com efeito, no fundo, pouco importa o ocupante atual da escada, sempre houve escadas e escadinhas, os de visão longa e os de visão curta, trata-se de uma imagem que é preciso conservar, e quem sou eu para subvertê-la?

E foi assim que, em vez de me encontrar à vontade em meio à massa dos de visão curta, encontrei-me ainda mais isolado que antes.

Pois vocês haverão de concordar, no que toca a mim, eu fiz um gesto, um gesto inclusive pouco habitual, para chegar até eles, enquanto eles se achavam lá de forma completamente natural, eles tinham nascido, por assim dizer, no meio das lunetas comuns, o que lhes conferia um privilégio esmagador, um privilégio que nada no mundo pode compensar, e descobri que eu estava, afinal, melhor sobre minha escada, com minha visão longa.

◇

Para ser completamente honesto, não foi, por outro lado, exatamente desse jeito que a coisa se passou.

O que me faz me perguntar, às vezes, se é mesmo a camaradagem que busco, se, na verdade, eu não estou enganando a mim mesmo, se não estou representando uma enorme comédia.

Pois, enfim, para que eu me sentisse à vontade entre a massa dos de visão curta, teria sido preciso que esquecesse minha antiga luneta, que ela desaparecesse do campo da minha memória, que ela se tornasse, para mim, como para os outros, completamente estrangeira, uma imagem exterior e nada mais. Em suma, que eu reencontrasse a inocência em relação a ela. Uma vez que isso fosse conseguido, o restante viria junto, com toda naturalidade.

Mas não, foi justamente esse passo que não pude dar. Em suma, fiz o gesto de abandonar minha luneta, fiz todos os movimentos necessários, como no teatro, mas não se tratava, verdadeiramente, de outra coisa que não de teatro. E entre a multidão dos de visão curta, eu não passava talvez de um traidor, de um espião da pior espécie.

Pois, vocês acreditam que eu me apressei a fazer como todo mundo, o que era, de qualquer maneira, o meu objetivo ao passar da escada à escadinha? Não, nem por um segundo! Mal eu tive em mãos a luneta comum, com dois tubos e duas lentes, eu comecei a avaliá-la, a julgá-la, a criticá-la. E a partir desse momento tudo estava já perdido.

◊

Pois, enfim, eu chegara a esse ponto justamente para esquecer as lunetas, para descolar meus olhos de suas fascinantes lentes, para desprender meus olhos de seus mecanismos de fixação e de suas ranhuras e das linhas de refração e de difração e de suas gradações e de todo seu fascinante e sedutor sistema, eu chegara a esse ponto para *estar com os outros*, e se mudar de luneta era o meio necessário para tanto, eu estava disposto a passar por isso.

Mas é certamente evidente que a luneta deveria continuar sendo um meio, nada mais do que isso. Em suma, teria sido preciso que eu aprendesse a colocá-la no ponto, e a me utilizar dela – nem mais, nem menos – como de um taco de golfe, uma raquete de tênis, um galho colhido ao acaso de um passeio, como um cano, um macaco, como um pé de abajur, uma vassoura ou um aspirador.

Mas, vejam só, eu falava todo o tempo dessa maldita luneta. E me extasiava, sobretudo, com a esfericidade e a solidez de seu tubo, eu não saía desse tubo. Cada vez que eu o tomava nas mãos, que eu sentia sua firmeza simples e opaca, era preciso que eu comunicasse essa formidável impressão que ela me dava. Uma esfericidade que enchia a mão, nada mais que isso, sem que fosse preciso ajustá-lo, medi-lo, que estava ali em toda sua excelência, bem sólido, bem resistente, sem outra pretensão justamente que a de sua existência.

Como fazer para transmitir essas sensações por meio de palavras? Reconheço que eu devia ter a aparência de um louco, de um maníaco, ou talvez de um abominável vaidoso. Em princípio, não se devia falar delas.

E depois eu achava extraordinário que a gente pudesse, à noite, abrir as mãos e deixar cair a luneta, assim, sem mais nem menos, sem maiores preocupações, eu me maravilhava incansavelmente. Que singeleza, que simplicidade, que facilidade! Ao pensar nas minhas cuidadosas descidas da escada, nas minhas horas de limpeza e de verificações, nos meus perpétuos cuidados, eu era tomado de uma vontade de rir, eu me sentia tão feliz, e naturalmente era preciso que todo mundo soubesse, era preciso que todo mundo fosse aspergido pelos chuviscos de minha gratidão!

Como era agradável não ter de fazer cálculos a todo instante, chegar de manhã, pegar negligentemente sua luneta do monte de lunetas, subir a escadinha rodando a luneta nas mãos e, depois, colá-la aos olhos sem maiores cuidados!

E ali, ver como todo mundo, ver exatamente o que todo mundo vê: que segurança!

E que conforto também saber que o que se vê é *tudo* o que há para ver. Confortar-se, por meio dessas suas duas lentes, com a composição do mundo! Que delícia, que inefável delícia!

Prazeres de criança desde muito esquecidos, uma tarde de verão num jardim perfumado, junto da mãe, eu me derretia de prazer, eu acariciava essa modesta luneta como um bombom, como um brinquedo, oh, de uma forma um tanto ingênua e tola, mas tão irresistivelmente sedutora!

◇

Apenas que não era, de jeito nenhum, isso que teria sido preciso fazer. Porque assim, cantando a cada instante loas às lunetas comuns, eu não deixava, entretanto, de pensar nas lunetas. Ora, as pessoas normais, as das escadinhas, não pensam em sua luneta. Elas a utilizam, nada mais.

A luneta serve para olhar. Não para ser olhada.

Ocorre, entretanto, que as pessoas se queixam dela. Descobri também isso. Nada é assim tão simples, como desejariam fazer crer os de visão curta, e eles fazem às lunetas reprovações que a mim parecem bastante injustificadas.

Escolheram o modelo comum. Que poderiam esperar senão uma visão comum? E a luneta não pode, de qualquer maneira, ser responsabilizada pelas doenças, pelos tornados, pelos desabamentos de plataforma, pelos humores e pelas rebeliões dos lá de baixo, dos que estão para além do grande abismo e, em geral, por todos os males da terra.

É, entretanto, o que ocorre. Eles se queixam de não poder ver suficientemente perto, com suficiente precisão, eles se queixam de que a luneta não detectou a tempestade que se formava, ou o surgimento de um vírus, ou a fenda causada por um terremoto, ou então, sobretudo, as Turbulências em seu início, do outro lado do abismo.

Tudo isso me parece absurdo. É certamente evidente que a luneta que eles escolheram – nem talvez luneta alguma – não pode cumprir todas essas tarefas. Eles o sabem muito bem.

Quanto a mim, incapaz de me queixar exatamente como todo mundo, já me encontrava distanciado. Não, eu a achava boa, essa pobre luneta comum, e me era impossível menosprezá-la.

E quando, com o tempo, abalado por todas essas queixas, propus uma reunião geral com a finalidade de buscar aperfeiçoamentos, ninguém compareceu. Houve sorrisos, alguns olhares de esguelha e, na verdade, cada um falava já de alguma outra coisa. Eu havia, mais uma vez, tomado o caminho errado.

E naturalmente foi então que comecei a lastimá-la, a minha antiga luneta, a minha bela, bela luneta de visão longa.

Comecei a me cansar dessa paisagem sempre igual, dessa paisagem sem margem, sem duplo, sem direito nem avesso, dessa incansável presença, repetitiva à maneira dos idiotas.

Outrora, eram meus olhos que não conseguiam acompanhar o tobogã das possibilidades, eram meus olhos que se cansavam por detrás das lentes. Agora era o inverso. As lentes iam a passo lento e igual e, por detrás, meus olhos sapateavam com impaciência.

Então, por vezes, por nervosismo, por tédio, eu falava a meus vizinhos, eu falava, uma por vez, às escadinhas da plataforma.

Eu falava desses relevos em sucessão, de uma precisão de deixar louco, detalhes se desdobrando em detalhes, cheios de segmentos que se movimentam por sacudidelas, cada um deles igualmente, terrivelmente presente. E desses universos ausentes, grandes massas enevoadas, mal e mal desenhadas, terrivelmente distantes. Como apagar da memória essas outras paisagens? Sim, sei muito bem, um simples erro de lentes, mas erro relativamente a quê?

◇

De que adianta falar? Em todo caso, ganhei, assim, certa vantagem. Pois meus colegas decidiram que eu era um observador poético e conquistei, assim, certo grau de aceitação e, sobretudo, tive sossego.

◇

E, nesse sossego que regressava, acreditei ter-me tornado louco.

Não, ela não estava ali – no meio de todas as outras escadinhas e de todas as outras lunetas comuns –, não era a camaradagem que eu tanto tinha buscado, pela qual eu cheguei até a renegar minha luneta de luxo e abandonar minha escada extensível.

◇

Não era nem uma camaradagem, nem uma união, nem um intercâmbio; na verdade, não passava de uma infatigável contiguidade, de um infinito caminho de paralelas, sem nenhuma complicação, sem nenhuma esperança.

Sem a mínima esperança, paralelas coladas ao cimento no deserto, sem fissura, sem desvio.

Enquanto eu, lá no alto, sozinho na minha escada, com o universo à deriva, flutuando a cada instante na borda de minhas lentes, com os relâmpagos repentinos, os clarões brutais, as aproximações inesperadas, as rupturas iminentes, as possibilidades sempre furtivas entre duas lentes e meu contínuo estado febril, eu, lá no alto, tinha a esperança.

◇

Qual? De quê? Não sei. Mas voltei à minha situação anterior. Retomei minha luneta de visão longa, e todos os seus tubos e todas as suas lentes e todas as suas esperanças e desesperanças, e foi assim que tudo verdadeiramente começou.

II

É praticamente impossível dizer com exatidão quando começou. Deve ter começado bem antes de eu me dar conta. Talvez, no passado, eu tenha tangenciado várias vezes o acontecimento, mas, demasiadamente tênue ainda, ele não se impôs, ou então era eu que não estava pronto.

Agora, que estou seguro de minha descoberta, me pergunto, por vezes, se não foi essa descoberta antecipada que me manteve por tanto tempo no alto de minha escada, se não foi ela que me levou até lá depois que eu os deixei. Será que os meus olhos talvez tivessem visto, será que talvez tudo já estivesse inscrito sobre a minha retina, e apenas meu cérebro ainda se recusasse a compreender, a estabelecer as relações necessárias?

O passado se turva sob o impacto do presente. Como estar jamais seguro?

◊

Sem nossas lunetas, a olho nu, não vemos nada para além do grande abismo. Não temos deles, lá em baixo, a não ser o conhecimento teórico que nos dão os livros e nossos mestres.

Quanto ao que a gente vê com as lunetas comuns, agora eu sei. Espécies de células gigantes, em forma de sala de aula, caserna, edifícios populares para famílias de baixa renda, ou até mesmo países vistos do avião, geografia suscetível a mudanças de acordo com as ordens recebidas, mas que no conjunto continua, essencialmente, composta de células gigantes.

Com esse tipo de luneta, é difícil, praticamente impossível, detectar as segmentações. É por isso que os de visão curta não se dão conta das rebeliões a não ser quando já é demasiadamente tarde. Era de se acreditar que, por causa desse defeito que, entretanto, lhes custou muitos dissabores, eles prestassem atenção a nossas advertências, pois somos nós que detectamos as segmentações.

Mas as coisas raramente se passam desse jeito. São seres totalmente desprovidos de imaginação. Sua luneta de imagem única extinguiu neles a ideia do possível, eles não conseguem aceitar outras visões que não as que ela lhes dá, e eles zombam, em geral, de nossas previsões.

Eles riem delas com indulgência, chamando-as de "pressentimentos", mas não se trata de sentimentos, e sim de constatações, ou ainda eles os qualificam de neuroses, tensões, excessos de alma demasiadamente sensível, termos, todos eles, demasiadamente pejorativos na ótica de nosso mundo.

◇

Enquanto as Turbulências se produzem no outro lado do grande abismo, eles estão, neste momento, demasiadamente ocupados em enfrentá-las para se lembrar de nossas predições, e quando as Turbulências acabam, acaba também a memória deles. Às vezes, entretanto, eles escutam nossas predições, registram-na em seus relatórios, falam sobre elas, durante as pausas, empoleirados em suas escadinhas, e contam-nas às crianças à noite. Até aqui, não pude constatar que façam qualquer coisa de diferente. Acho que preferiria que eles se encolerizassem, que eles nos insultassem ou que destruíssem nossas escadas. Assim nós poderíamos nos defender, assim poderíamos nos fazer escutar, assim deixaríamos de servir para nada.

Eu digo "nós", mas é evidente que não sei como isso se passa nas outras plataformas. Presumo que é a mesma coisa que aqui, e que o conjunto "lunetas comuns e luneta de luxo" produza o mesmo resultado que o que descrevi aqui. Não tenho, para fundamentar tal suposição, a não ser meu conhecimento de mim mesmo e da lei da uniformidade. Nada ainda, infelizmente, me fez colocá-la em causa.

◇

Acho, entretanto, que compreendo por que os de visão curta se agarram tão obstinadamente às visões de suas lunetas e não tentam conseguir lunetas mais precisas.

Essa luneta, com efeito, lhes facilita muito o trabalho, e é talvez essa simplificação que eu também buscava quando abandonei minha escada para me juntar aos observadores das escadinhas. Durante esse curto período de minha vida, pude perceber que muitas de minhas ansiedades e de minhas angústias desapareciam sozinhas, escoando-se pelas duas únicas lentes situadas nas duas extremidades dos dois tubos deslizantes simples. E não fiquei o tempo suficiente entre eles para adquirir as ansiedades e as angústias que eles não deixam certamente de ter.

E que simplificação, com efeito! Com a luneta comum, a gente não vê, a gente não controla senão contornos, contornos de células gigantes que não necessitam mais do que um retoque nas bordas, instantaneamente, como se faz com um lápis.

Faz-se com que essa imensa massa se arranje em cadeia, em fileiras, em colunas, em dominós – o número de figuras é, afinal, bastante limitado –, faz-se com que essa massa se aproxime da passarela ou distancie-se dela, de acordo com as necessidades, e, quando uma figura é mal-feita, uma ordem mal-obedecida, a infração é logo visível a todos e muito claramente identificável. Os resultados tampouco deixam margem a qualquer dúvida, e a eficácia – ao menos imediata – é certamente uma das qualidades que se pode atribuir à luneta comum. Nunca nos faltou, ainda, nada. Os produtos nos chegam pela passarela com grande regularidade (ao menos na minha opinião, sei perfeitamente que os de visão curta encontram sempre o que dizer sobre isso, é inclusive uma das fontes de suas angústias e ansiedades).

◇

Falo aqui, claro, dos períodos em que não há Turbulências. Mas, mesmo quando elas se produzem, parece-me que isso não muda grande coisa em nossa situação e em nosso bem-estar.

Quando uma célula não se conforma à figura exigida, quando tremores e sombreados se produzem sobre seu contorno, as cadeias se rompem, as fileiras e as colunas se deslocam, os dominós desmoronam, a passarela se imobiliza e nada mais corre ao longo do rolamento, então os de visão curta vão logo buscar a Luneta de Raio.

◇

A Luneta de Raio!
Não há mais que uma dessas por plataforma. Nenhuma plataforma poderia ter duas ao mesmo tempo, menos ainda manejar duas. Tanto quanto se possa lembrar, nenhuma plataforma jamais teve necessidade de duas. Uma só é suficiente, e não sem motivo, um horrível motivo!

Falo aqui friamente, banalmente, como se fosse uma luneta comum. Mas não se trata de uma luneta comum. Que ela carregue, por outro lado, o nome de luneta é, além disso, uma ambiguidade da linguagem. Pois ela não serve para ver. Ela serve para cortar. Digo certo: para cortar. *Para cortar.*

◇

A Luneta de Raio é mais alta que o mais alto dos degraus de minha escada extensível e mais larga que toda a largura de nossa plataforma. Ela não pode ser armada a não ser em campo aberto, livre de todo obstáculo, e, quando ela é erguida, a sombra de seu topo se estende até ao abismo e sua base cobre o horizonte. Nenhum de nós escapa a essa visão, nenhum de nós pode se desviar dela.

É na parte de trás que nós a guardamos, desmontada em suas diversas partes, elas próprias espalhadas por diversos lugares, o que faz com que em tempos normais, quando não está armada, ela não seja percebida. Não poderia ser diferente, já que sua monstruosa silhueta tomaria toda a paisagem.

Já é suficiente que ela ocupe nossas memórias. Uma enorme, enorme máquina, que não se compara a nenhuma de nossas construções...

Cada escadinha se encarrega de uma parte importante da Luneta, e a cada um, empoleirado em sua escadinha – tal como fiquei sabendo quando de minha breve estada entre eles –, é atribuído um papel bem definido. A montagem da máquina, com efeito, deve ser feita em alguns poucos minutos, em qualquer momento do dia ou da noite, assim que soar a sirena de alarme. Ninguém pode ter acesso a uma escadinha e aí se instalar se não foi anteriormente submetido ao treinamento de montagem.

Por alguma antiga e profunda razão, os detentores de lunetas de visão longa estão dispensados do serviço de montagem e de manejo. Não lhes resta senão olhar, e disso, infelizmente, eles não podem ser dispensados.

Uma vez montada, a máquina se compõe de uma enorme base quadrada, encimada por um imenso tubo orientável, ele próprio munido, em sua extremidade, de um espelho enorme, semelhante a um olho sem pupila. Esse espelho coleta os raios do sol, toda a luz que se estende de uma extremidade à outra do horizonte, e a filtra para o seu centro.

Há, em toda essa operação, alguma coisa de aterrorizante que nunca deixou de me abalar.

O olho da Luneta priva brutalmente a Terra de sua luz. Qualquer que seja a hora do dia, uma obscuridade impenetrável desce sobre nossas cabeças e, nessa estranha noite, vive apenas o monstruoso pescoço da Luneta.

Erguida no ar, estendida, ela corta a noite com um longo rastro oblíquo, clarões correm ao longo das paredes cilíndricas e, bem no alto, em sua extremidade bojuda, uma fogueira ardente alimenta-se por si mesma, como uma enorme brasa em seu ponto de incandescência. Depois, mesmo essa brasa se apaga e de repente, do meio do espelho apagado, jorra um raio, raio único, gigantesco, um condensado de toda a luz difundida sobre a Terra, raio que não ilumina nada ao redor, mas rasga o ar como um grito ou como uma enorme flecha.

É um espetáculo que nenhum outro supera, vê-lo uma única vez significa ser atingido pelo terror, significa ser marcado pelo resto da vida. Esse é também o momento mais perigoso para nós, habitantes das plataformas. Esse raio monstruoso, uma vez colocado em ação, não pode ser detido. Mesmo que quiséssemos, é, nesse momento, impossível voltar atrás, o Raio deve continuar sua rota. Ele não volta ao seu centro a não ser que seja rebatido por uma superfície, um obstáculo. O menor erro de orientação pode ser mortal para nós, o que também explica a preparação minuciosa, o cuidado extremo, a preocupação contínua, o gasto de energia e de emoção, e as lendas às quais uma máquina dessas dá origem.

Uma vez que o Raio, qual um monstro pseudópodo, tenha avançado para além do abismo (é nesse momento que ele deixa de ser perigoso para nós), nós a abaixamos. No interior de sua base, uma calculadora se coloca, então, em atividade. Nós lhe fornecemos o código da figura desejada, cadeia, fileira, coluna ou dominós – o número de figuras é, afinal, bastante limitado –, e, assim que o Raio atinge o solo para além do grande abismo, os funcionários podem se retirar, não há mais nada a fazer.

A calculadora se põe a ronronar, e lá embaixo, bem longe, o Raio, num feixe de labaredas e centelhas, recorta para nós a figura desejada.

Recorta direto na carne das grandes células, recorta conforme seu código, e que importa se ele trespassa um ventre, entranhas? Com as lunetas comuns, não se vê mais que um contorno, contorno de uma massa cuja linha basta retificar, na hora, como com um lápis.

Quando a calculadora se apaga, o Raio se retrai, sobe pouco a pouco no espaço, qual uma gigantesca antena de caramujo, volta-se sobre si mesmo, encolhe-se, toca o espelho, e quase imediatamente a luz se difunde novamente sobre a superfície da Terra.

Os funcionários desmontam o aparelho, e cada um se precipita para sua luneta. Para além do grande abismo, percebe-se, então, a célula rebelde, agora ordenada de acordo com a figura exigida, perfeitamente recortada, sem manchas, sem sombreamentos. O trabalho recomeça, todos estão felizes.

Sou eu que vejo os sombreamentos e as manchas. Sou eu que os vejo com minha luneta de luxo, do alto de minha escada extensível. E o que vejo é uma coisa bem diferente de uma célula gigante de contorno único.

Vejo uma continuidade infinita de contornos, indeterminados, alguns em forma de corpos, outros confusos como traços de rosto, e, entre essas formas, mil variantes. O que vejo é uma segmentação contínua, uma movimentação sem fim, um entrelaçamento de contornos que se mexem sem parar. Nesse nível, é bastante difícil perceber a forma de conjunto que eles podem fornecer aos de visão curta. Nesse nível, é também bastante difícil falar de eficácia.

Pelo contrário, se não vejo os contornos do conjunto – e, por outro lado, de certa maneira, eu os vejo, apenas eles não são mais os contornos de um conjunto, mas os contornos justapostos de uma quantidade de formas individuais, o que não é, de qualquer modo, a mesma coisa –, se tenho dificuldade em apreender o conjunto, eu vejo as correntes que se formam, as divisões que se operam, as sublevações que se preparam, as acumulações, as segmentações.

E sei que esses movimentos inevitavelmente refluirão sobre as bordas, eu sei que, um dia, um ano, a corrente chegará ao exterior, e, se ela for protuberante o suficiente, os de visão curta a perceberão, os megafones e alto-falantes se colocarão em ação, e, se a linha de contorno não retomar sua forma original, então a grande Luneta se elevará, então a obscuridade voltará a cair, então o Raio se lançará.

E, nesse momento, que importarão minha luneta e sua bateria de lentes e seus filtros ultrassensíveis e todas as minhas medições?

◇   .

Desse Raio eu tenho medo. A obscuridade deposita em meu coração um terror que nada pode apaziguar, e é com angústia que observo o Raio recortar nossos desejos, bem longe, lá em baixo, para além do abismo. Eles, sobre as plataformas, não falam disso. Um odor de enxofre chega até nós, trazido pelos ventos. Para todos, esse odor não é mais do que o sinal de que tudo funciona como previsto. Esse odor me dá náuseas. Parece-me tê-lo já sentido, tê-lo já pressentido, numa outra vida, numa outra visão...

Não sei, eu me desespero, uma vez mais penso que minha luneta, minha luneta de luxo, não passa de uma bugiganga, que talvez, como todas as outras, não atinja o alvo, irremediavelmente erre o alvo, e que achar que ela é diferente me distancia simplesmente um pouco mais da verdade.

◊

Assim, muitas vezes, tremendo, eu escalei minha escada. Assim, muitas vezes, tremendo, eu ajustei minhas lentes. Mas o que eu encontrei, o que foi que eu encontrei?

Já fiz muitos relatórios sobre os efeitos do Raio. Já estudei o contorno, já vi os estranhos filamentos, os restolhos, os fragmentos, caídos ao lado, como após a passagem de uma serra. Já vi sobre a própria linha os buracos, uma série contínua de buracos, de forma tal que essa linha, embora tão nítida à luneta comum, aqui parece ser feita apenas de pontos desligados, ela parece prestes a se dissolver em suas escavações. E, por essa linha esburacada, eu sei que se filtrarão as futuras desigualdades, que o uso do Raio não faz nada mais do que apelar a um novo uso do Raio, e que, talvez, se trate apenas de uma solução definitivamente falsa. Estudei também a textura interior. Após a passagem do Raio, ela é, em geral, bastante achatada, quase imóvel, mas há grandes rompimentos quase por todo lado, que eu não consigo identificar, que me deixam desconfortável. E, depois, de novo, as longas calmarias entre os surgimentos do Raio, nas quais não se tem outra coisa a fazer senão olhar as células, estudar seu funcionamento, dirigir seus movimentos e acumular relatórios sobre relatórios.

Para além disso, nada.

◇

E um dia, encontrei-me, como de hábito, no alto de minha escada, e nada mais foi igual.

Pois eis que eu não conseguia fazer meu ajuste, que eu não conseguia nem mesmo escolher meu objetivo, que eu ziguezagueava de um extremo a outro, tomado por agitações incompreensíveis, e de repente uma impaciência me sacudiu, minhas preciosas lentes quase me escorregaram das mãos, e por um instante achei que tudo estava acabado para sempre, minha luneta, minha carreira, minha vida.

Alguns segundos depois, eu compreendi. Compreendi que se eu hesitava assim entre dois objetivos, se eu não conseguia fazer o ajuste, era porque eu não tinha vontade, era por que de repente isso *não me interessava mais*.

◇

De que serve incansavelmente anotar as diferenças, as consequências, de que serve essa incessante compilação?

E mesmo que hoje minhas lentes detectassem um contorno a mais, um contorno ainda nunca catalogado, não passaria de um contorno, não é mesmo? Não passaria, fundamentalmente, de uma Repetição, não é mesmo?

Enganadora repetição, escondida sob adornos sempre renovados, sob provocantes novidades, armada de orgulhos secretos, aumentada pelos impulsos do desejo, impelida pela ambição, pelo medo, pela sede de dominação, e alimentada também pelo desejo de avançar, pelo desejo de saber!

Saber! Não foi sobre essa esteira de treinamento que minha luneta me colocou? Não foi para "saber" que deixei as escadinhas, abandonando as lunetas comuns e retornando à minha luneta, sutil máquina de ilusões? E minha luneta, serviu apenas para me ocultar por mais tempo a eterna acumulação, a eterna repetição à qual estamos condenados?

Com a luneta comum, eu tinha logo visto que a visão não mudava, que era sempre irremediavelmente a mesma, estreitamente circunscrita por suas duas lentes e pelo comprimento de seus tubos, e nada mais.

Uma esperança feita à medida de uma lente espessa, presa ali dentro como um rato numa caixa.

Não havia mais nada a conhecer para sempre, e apenas um deslocamento no tempo possibilitava que se esquecesse essa terrível verdade. Se, talvez, nós todos tivéssemos permanecido imóveis ao redor desse círculo de visão, talvez nos tivéssemos dado conta da verdade. Mas, à noite, nós a depositávamos e pela manhã a retomávamos e, assim, nós saltávamos, metro a metro, ao longo do tempo, e durante a noite nós esquecíamos. É só esse deslocamento, perfeitamente falacioso, mas pelo qual nos deixamos tomar, que nos faz acreditar no progresso, no avanço, na mudança, na melhoria, na acumulação no objetivo de... ...no objetivo de...

A visão é, aí, tudo, ela não tem amanhã ou mais tarde. E, assim, cada uma de nossas visões é sempre a mesma, cada um de nossos gestos o mesmo, e não aprendemos nada.

◇

Tudo isso entrava pelos olhos com a luneta comum, e, se meus colegas das escadinhas não se davam conta disso, era, provavelmente, porque eles não tinham, como eu, o ponto de comparação de uma outra luneta.

No interior da monotonia, no interior da repetição, não se vê a monotonia, não se vê a repetição. Segue-se o movimento para o qual eles treinam a gente, os saltos, dia a dia, sendo suficientes para nos fazer acreditar na mudança, no progresso, etc.

E eu me surpreendia que eles pudessem se contentar em ver sempre essas mesmas grandes massas para além do grande abismo, que eles pudessem se contentar em fazê-las funcionar segundo seus desejos, que eles pudessem se contentar com a coincidência entre suas ordens e essas figuras, sem procurar saber mais sobre elas. Uma relação tão frustrante!

◇

Aí está: sem lunetas, não se vê nada para além do grande abismo. Com as lunetas, veem-se grandes massas. Com os alto-falantes, a gente faz com que essas massas ajam. Com o Raio, a gente corrige suas ações. Pela passarela, chegam os produtos de nossos desejos. É isso, isso e nada mais.

Mas, então, se sem lunetas a gente não vê nada, se com uma luneta a gente vê um pouco mais, então, dizia-me eu, é que há mais para ver, é que não é necessário parar aí. E foi certamente por isso que preferi a luneta de luxo à luneta comum. Mas o que foi que ganhei?

Evidentemente vejo traços no interior da grande massa. Às vezes, essa visão mais detalhada me é útil, mas, no conjunto, ela, em vez disso, prejudica a eficácia, pois, ao observar os traços e os detalhes no interior do conjunto, me esqueço do objetivo primeiro, aquele pelo qual nós estamos instalados sobre nossas escadinhas e nossas escadas em cima da plataforma, isto é, fazer com que essa massa aja no sentido que nos convém. Não ganhei nada no plano prático, e o que aprendi não é mais que variedade na repetição.

Finalmente, entre minha luneta e a luneta comum, não há, talvez, mais do que uma diferença de grau, não uma diferença de qualidade. Não há, talvez, nada de fundamentalmente diferente, nada que seja fundamentalmente *outra* coisa. E todas as minhas lentes não fazem mais do que retardar, para mim, essa esmagadora conclusão.

Que fazem eles, os meus colegas das lunetas de luxo? Descobriram, também eles, isso? Ou se contentam eles apenas em ir fazendo acréscimos, e cada vez mais acréscimos, ao mesmo saber repetitivo?

◇

O nervosismo crescia em mim como um turbilhão. Duas ou três vezes, pensei ter caído da escada. Mas mesmo lá embaixo, aonde ir?

Retornar às pessoas normais, às pessoas das escadinhas? E suportar, uma vez mais, a visão dessa paisagem limitada, se repetindo sempre a si mesma como um gaguejar!

Então, percorrer alguns quilômetros, ir até uma outra plataforma, partilhar minha agitação com um colega de visão longa como a minha? Mas justamente, nunca falamos das nossas agitações às pessoas de visão longa. Pois se possuímos uma luneta de visão longa, uma luneta de luxo, é porque não estamos sujeitos às agitações ou, no caso extremo, não somos, de qualquer maneira, capazes de dominá-las, embora seja como se não as tivéssemos dominado. As agitações de natureza pessoal não existem em nossa confraria. Só existem agitações de lentes, de molas, de convergência, de difração, etc., ou, ainda, as grandes Turbulências para além do abismo e desses nem se fala! Pois se eu descesse até lá, se falasse de repetição e de limitação, eu sei o que, imediatamente, aconteceria. Eles desmontariam as partes exteriores de meu aparelho, eles as limpariam, eles as verificariam, e pronto: tudo estaria dito. E eu voltaria para lá, para o alto, sozinho sobre minha escada extensível, e recomeçaria a olhar, a compilar, etc.

◊

E agora, o tempo me envolvia como um vazio, irrespirável, inumano, o vazio entre os planetas, entre os sóis, entre as estrelas. E de repente eu compreendia que todo nosso esforço era justamente para preencher esse vazio, para ocupá-lo por alguma espécie de sortilégio, eu compreendia que, até lá, como todos nós, eu tinha sempre colocado uma lente no interior de cada segundo, eu enfiava lentes ao correr do tempo, eu deslizava as lentes nas pérolas vazias dos segundos. Como todos nós, habitantes perdidos das plataformas.

Só que agora eu tinha chegado ao fim de minhas lentes, ao fim das paisagens que elas me davam, eu as tinha esgotado. Então, evidentemente, eu teria podido continuar, substituindo-as, ou ainda com as imagens de lentes, e com as imagens de imagens de lentes, e assim por diante, até a minha morte. E é o que eles fazem, eles, os de visão curta e os de visão longa, meus colegas, é o que eles fazem tranquilamente e sem maiores preocupações, sobre suas plataformas no imenso meio do vazio.

Então o que me aconteceu, a mim, para que de repente me encontrasse desse jeito, aconteceu já no fim da linha do tempo, no fim da fileira de lentes, e, estupefato, agora diante desse fio que pende, desse pequeníssimo fio que pende sobre o abismo, o que me aconteceu? Fui rápido demais, saltei os segundos, me enganei em algum lugar, ou então, ou então, me aconteceu um acidente?

Aconteceu-me um acidente um dia, sem que eu o soubesse, num arranjo fortuito de minhas lentes, numa febrilidade um pouco maior de meus gestos, passou-se alguma coisa entre o ponto de difração e o ponto de convergência, uma irradiação demasiadamente forte no centro do círculo focal, uma queimadura em algum lugar, num ponto talvez mais frágil na córnea ou no cérebro e que não deve nunca ser tocado para que a ilusão se prolongue?

Então, de repente, uma ofuscação se produziu diante de meus olhos. Fulgurando em minha luneta, desaparecida tão logo percebida, eu vi *alguma coisa*, minhas mãos se abriram, minha luneta caiu no chão.

◇

Tremo tão fortemente que preciso me agarrar aos degraus de minha escada, que preciso descer alguns metros e apoiar minha testa e todo meu corpo contra as grades e estreitar os dois pés da escada em meus braços e ficar o mais retesado possível contra esse grande vento que sopra para além do abismo, que sopra cada vez mais forte.

As seções de minha escada rangem umas contra as outras, e a mais alta, lá em cima, oscila como um mastro. Contragolpes violentos atingem os meus flancos, o megafone bate contra os degraus, às vezes se levanta como uma bandeira e torna a descer bruscamente, inclino-me para agarrá-lo, a escada se inclina junto comigo, se inclina, uma borrasca levanta-a brutalmente, o megafone voa em estilhaços contra os pés da escada, percebo que lá em baixo os outros deitam as escadinhas, percebo, em meio às folhas rodopiantes e às tábuas arrancadas, lunetas que voam no ar em todas as direções, o ruído de vidro quebrado se mistura ao bramido da tempestade, desço os degraus um a um, atinjo a segunda seção da escada e, então, por cima de minha cabeça, a seção superior, assim tornada mais leve, se destaca subitamente com um estalido seco e dispara horizontalmente pelo espaço, eu me inclino bruscamente, um pedaço de aço perdido passa a alguns centímetros de meus olhos.

Turbilhões de areia se erguem agora do chão, não vejo mais nada e desço tateando, procurando cada degrau sob meus pés e por vezes não encontrando. Ouço os degraus se partirem e se torcerem, as guardas da escada sob minhas mãos se entortarem, e por vezes meus pés só encontram uma ponta de aço ou um degrau que dá no vazio. Mas os mecanismos de dobramento estão bloqueados, não me resta outra coisa senão descer, descer tão ligeiro quanto possa. E subitamente não há mais nenhum degrau, não há mais um único degrau sob meus pés pendentes, as nuvens de areia rodopiam com furor, neste momento a escada se desgruda de meu corpo, caio de toda aquela altura, o solo sobe até mim como uma bofetada. Sobre a plataforma que balança, me levanto com dificuldade e ali, através da névoa amarela, a alguns metros, vejo se perfilar uma forma gigantesca, uma forma monstruosa que avança. Um grande grito se eleva da plataforma, misturado aos rangidos e aos clamores da tempestade, num terror sem nome, eu fujo, eu resvalo pela encosta. Um choque surdo se faz ouvir atrás, minha grande escada cai de lado, quebrando, na passagem, um grupo de escadinhas e soterrando um pedaço da plataforma.

◇

Parece que as nuvens se tornam mais espessas. Elas se tornam cada vez mais pesadas, cada vez mais opacas. Elas parecem tomadas por uma obscuridade densa, que se estende, que se estende.

◇

Então, com um choque, compreendo que tiram para fora a grande Luneta de Raio, compreendo que ela já está erguida e que a luz se retira, atraída pelo amante gigantesco, que o Raio mortífero já está reunido, que ele já aponta para o centro da noite.

E que minha escassa, minha frágil descoberta vai talvez desaparecer, engolida para sempre antes de ter chegado a mim. Ah, defendê-la, defendê-la a todo custo do Raio, do ordenamento das figuras, da eficácia, da repressão. Corro, atravessando os pedaços de vidro e de aço, atravessando os corpos e as escadinhas e as nuvens que cegam, corro até a base e ali, resfolegando, peço que detenham o Raio, que o detenham imediatamente.

◇

Mas não dá para deter o Raio. Uma vez colocado em atividade, ele só pode prosseguir seu caminho. Ele não volta ao seu centro a não ser se for rebatido por uma superfície, um obstáculo. Em meio aos ruídos de detonações, o chefe dos funcionários me pergunta o que quero, e se não sei que há, do outro lado do abismo, uma rebelião geral, que é preciso erradicar imediatamente e que, de qualquer maneira, o Raio não pode voltar? E, depois, o que faz um observador de visão longa neste lugar? E não é de se presumir que os de visão longa devem "olhar" nesses momentos de Turbulências?

◇

Calo-me, dando-me conta subitamente do absurdo do que eu estava fazendo.

Não passa de uma rebelião a mais lá embaixo, de uma tempestade a mais aqui. Em algumas horas, tudo voltará ao normal, minha escada será consertada, as escadinhas serão reerguidas, as lunetas reaparecerão, a passarela deslizará de novo, os produtos voltarão de novo a chegar. Em algum lugar, na retaguarda, as vítimas da tempestade serão tratadas, são tão poucas, todos sabem muito bem os gestos a fazer.

Um único ficará, talvez, para sempre enfermo, danificado como que pela passagem de uma catástrofe, nós não o veremos mais, nós nos esqueceremos dele. Não saberemos que, para ele, o banal um dia se tornou monstruoso.

Na noite densa, em que continua a rodopiar a tempestade, digo para mim mesmo, subitamente, que hoje eu escapei de ser aquele lá. Uma distração de alguns segundos e eu não teria ouvido o alarme, eu não teria fugido imediatamente, eu teria sido esmagado sob minha escada. O que sempre me pareceu tão fácil até agora – descer com agilidade os degraus, dobrar as seções e me distanciar de forma oblíqua a passos ligeiros, não há nenhuma necessidade de correr –, coisa que fiz cem vezes, mil vezes, sem nem mesmo pensar, foi aí que subitamente me dei conta de que se tratava de uma performance, que ela não era simples, justamente, a não ser na ausência de pensamento.

Todos esses perigos passados me voltam à memória, quantas vezes o Raio veio para fora? O passado se eriça com agulhas mortíferas, pedaços de vidro e aço, de gritos, de uivos, e eu, como consegui fazer tantos gestos de sobrevivência e ter vivido ao longo de tantos esquecimentos?

◇

Acima de mim, o Raio se desenvolve e se retrai, para além do abismo um feixe de chamas e de centelhas cresce e se extingue, a calculadora range e ronrona. Encolhido no chão, eu não me mexo.

◇

Depois, a luz volta. As escadinhas voltam a ficar na vertical, as lunetas voltam a aparecer na horizontal, a passarela se põe em atividade. Entre as plataformas, o céu é claro, para além do grande abismo o céu também parece azul e puro. Os de visão curta brincam entre eles, no chão os últimos pedaços de vidro foram varridos. Tudo é igual.

III

Tudo é igual e, para mim, o que resta?

◇

Nada mais que uma lembrança, confusa e desfocada, quem pode me assegurar de que não existe visão, visão pura da mente à qual meu corpo algum dia terá acesso?

◇

Sobre as plataformas, as escadinhas, agrupadas em pelotão, de forma que uma não passe à frente da outra, e as lunetas, apontadas em formação, fazem, de intervalo a intervalo, uma frente regular por detrás da cerca de arames farpados, arames farpados erguidos paralelamente à linha direita do abismo, ela própria alinhada ao horizonte paralelo ao céu, e sobre o céu minha escada, hastes de aço recortadas, perpendiculares, nas quais se erguem os degraus em espaçamentos sobrepostos, e sobre cada degrau as lentes circulares nas quais cintila a luz, não é isso o que de mais belo, de mais justo existe sobre a Terra? E como uma pequena tempestade insuflada para além do abismo poderia sequer roçar esta indestrutível construção?

◇

Nada mais que uma lembrança, e, se não passou de um relâmpago, raio perdido deslizando ao acaso das superfícies erráticas, reflexo lateral de arranjos à deriva no fundo dos céus, caídos de anos-luz, se não passou disso, então, o que importa?

Que importa o que se passa em todo o universo, as manobras do sol, os deslocamentos das nuvens, a passagem dos planetas, a flutuação das poeiras, nós não temos que dar conta de tudo isso, nós não temos que nos imiscuir nessas histórias cósmicas. Nosso espaço, o espaço que nos pertence, é bem-definido, nós conhecemos os seus elementos desde a infância e nunca se pensou em acrescentar outros, é esse espaço, marcado por nossas lunetas por cima da imensa deriva, que importa, o resto não nos diz respeito. E desde que nosso trabalho o mantenha lá, desde que nossa visão o sustente lá, por que iríamos nos preocupar com outra coisa? Por que iria eu me preocupar com outra coisa? E o fato de que um reflexo passe por mim, fugindo como um cometa, através da cerrada rede de nossas vistas, o que isso, uma vez mais, importa? Não me resta senão deplorar que seja a mim que isso aconteça, que seja por mim – malha frouxa – que ele tenha passado, que tenham sido minhas lentes mal-encaixadas que o tenham deixado penetrar.

Ou, em vez disso, não me resta senão me felicitar por não ter havido nada de mais grave, que esse acidente não me tenha tornado cego para todo o sempre, que esse raio fútil não tenha provocado um incêndio no foco de minhas lentes, que uma imensa conflagração não se tenha desencadeado no interior de nosso espaço, carregando nossas plataformas, nossas escadinhas, nossas lunetas e até mesmo o grande abismo e eles, aqueles que estão para além dele.

◊

Do alto de minha escada, pergunto-me se coisa semelhante já lhes aconteceu, a todos os meus colegas que vejo ali em baixo proseando tranquilamente, enquanto olham um círculo de fumaça que se desfaz no céu.

E se isso não fosse mais do que um fato banal, que um dia ou outro, talvez todos os dias, se apresenta diante de todos, tão banal que é até mesmo inútil assinalá-lo, que nunca se fala dele, e o extraordinário não é apenas que isso não me tenha nunca acontecido antes? E se estivesse aí a causa desse curioso fosso que sinto entre mim e meus colegas?

Desses fatos banais que são o cimento invisível da solidariedade. Assim, eu, então, que acreditava mergulhar mais fundo com minha luneta de luxo, não teria eu, na verdade, não teria, na verdade, senão ficado apenas na superfície entre os meus, e seria por isso, por isso, que tenho sempre esse insaciável, esse dilacerante desejo de camaradagem? E, finalmente, os de visão longa, com sua luneta de luxo, não são eles, todos eles, senão grandes retardados, inocentes inofensivos, abandonados pelos outros no alto de inúteis escadas e condenados a realizar inúteis exercícios?

◇

Ah, no círculo dessas lunetas, como nós rodamos incansavelmente, quer pertençamos ao grupo dos de visão curta, quer pertençamos ao grupo dos de visão longa, como eu rodei! Como eu não rodarei mais...

◇

Minha luneta jaz ao pé da escada, no chão, aparentemente intacta. Mas ela está quebrada. Quando uma luneta de visão longa se quebra, o dano é irremediável, não se conserta nem substitui esse tipo de instrumento. Sim, foi o que me disseram. Mas, quando a gente não vê mais tão longe, a gente vê mais perto. Olhe ali, olhe a poucos metros! Sobre a passarela, a cada dia, as lunetas chegam, em caixas, em pacotes, sob as escadinhas as lunetas se amontoam, em fileiras, em estojos, comuns ou de luxo, basta se inclinar e estender os braços, e sabem vocês que se pode até mesmo juntar as diversas peças como uma maquete, que não há nenhuma feitiçaria nisso, que se trata de uma técnica ao alcance do primeiro que chega?

Ah, não me enganem mais, elas não são insubstituíveis, as lunetas de vocês, seus discos não são o Santo Graal, sua perda não é o Apocalipse. E o que se passa quando elas se quebram é uma coisa bem diferente. O que se passa é que a gente não as vê mais, é que a gente não quer mais seus tubos e suas lentes e sua visão restrita que nos arrebata inteiramente e não nos dá nada. Foi disso que nos *livramos*.

◇

Minha luneta está quebrada: um grito de viva! E quanto a mim, não subirei mais cada manhã, resfolegante, ao alto de minha escada, não tirarei mais meus tubos e minhas lunetas, não brandirei mais minha luneta ao grande sol, não serei mais um visão longa, nem um alto-falante. Nunca mais precisarei calcular e predizer, vociferar e aplaudir, não precisarei mais ser um grande observador, orgulho das escadinhas, elite das plataformas, e não precisarei mais empilhar relatório sobre relatório para nossas torres de Babel e a maior glória de nossas lunetas.

◇

Minha luneta está quebrada. Nunca mais me inclinarei obliquamente na extremidade de um tubo de aço. Minha luneta está quebrada. Nunca mais serei como eles.

Olhem para eles, olhem para eles todos, agarrados a suas visões lenticulares, acuados em suas paralelas, apertados em pencas sobre as plataformas, e fora disso nenhuma salvação, fantoches perdidos caídos dos tubos extensíveis, inteiramente dispostos a errar à noite sobre a borda do abismo, incapazes de utilizar seus olhos.

Olhem as escadinhas em pelotão, as lunetas em formação, os *bunkers*, as cercas de arame farpado, Fosso, Raio, olhem-nos: quanto a mim, não os olharei mais.

◇

A grama cresceu sob a escada, entre as tábuas da plataforma. As guardas de aço da escada ficaram desbotadas, o megafone está jogado no chão, meio deteriorado, como um fóssil, e os relatórios espalhados voam com o vento.

Divina ignorância. Olho minhas mãos vazias, minha luneta quebrada ao lado, o silêncio em torno de mim, sou esse deus do qual nunca falamos.

Foi nesse silêncio que ouvi o rangido da corrente sob a passarela.

Rangido regular, incessante, que está sempre no fundo do espaço, ao qual nunca prestamos atenção. Rangido da passarela, por cima do grande abismo, da passarela... Nada mais do que isso. Poderia ser diferente, seria suficiente?

Quando a noite cai, eu vou até ao abismo, subo até a passarela, dou uns passos e desço do outro lado.

◇

Paro do outro lado da passarela.

Eles estão por todos os lados, alguns em grupo, inclinados sobre instrumentos de ótica, outros montados nas escadinhas, nas escadas. Nossos semelhantes, nossos semelhantes, exatamente. Eu me volto. Para além do grande abismo, sobre o rio de onde venho, o sol poente arde como um farol, e em meus olhos cegados dançam, sozinhos, os contornos negros de uma monstruosa célula.

◇

Nossos semelhantes, exatamente, e havia um semelhante a mim, ao pé da passarela, que me esperava. Com esse, andei de uma borda a outra do abismo, refazendo o longo trajeto dessa espantosa aventura, e foi, então, subitamente, que olhei sob meus pés, e não havia mais, onde antes estava o abismo, senão uma pálida sombra sobre um terreno plano.

Não havia mais que um sol infinitamente plano sobre o qual se podia começar a andar, enfim, sobre o qual se podia começar a viver, com meu semelhante, meu duplo, inteiro, enfim, enquanto se distancia, em um apocalipse de tempestades, de fogo e de enxofre, esse longo pesadelo de escadas, de lunetas, de Células, do Raio, círculo cada vez menor, já minúsculo no horizonte.

Nota da autora à 2ª edição (2003)

Gilles Deleuze dá uma interpretação de dois contos desta coletânea, "História do abismo e da luneta" e "O último ângulo de transparência", que me emociona particularmente. Digamos que há, ali, ressonância, convergência com certos conceitos que ele desenvolveu. Remeto os interessados ao capítulo 8 de seu livro *Mille Plateaux* (Minuit).

Traduzido de: FLEUTIAUX, Pierrette. Histoire du gouffre et de la lunette. In: *Histoire du gouffre et de la lunette*. Paris: Actes Sud, 2003, p. 11-61. Com a devida autorização da editora. A primeira edição (1976) é da editora Julliard.

Na gaiola

Henry James

1

Tinha-lhe ocorrido, logo no começo, que, na sua situação – a de uma pessoa jovem que, confinada atrás de uma grade de arame, levava a vida de um porquinho da índia ou de uma arara –, ela devia conhecer muitíssimas pessoas sem que elas se dessem por conhecidas. Isso tornava ainda mais viva – embora singularmente rara, e sempre, mesmo assim, em um estado ainda muitíssimo reprimido – a emoção de ver entrar qualquer pessoa que ela conhecia de fora da agência postal, como ela dizia, qualquer pessoa que pudesse acrescentar alguma coisa à aridez de sua função. Sua função consistia em ficar sentada ali com dois rapazes – o outro telegrafista e o balconista; ficar atenta ao "vibrador" do telégrafo, que estava sempre soando, distribuir selos e encomendas postais, pesar cartas, responder perguntas idiotas, fazer trocos difíceis e, mais do que qualquer outra coisa, contar palavras tão inumeráveis quanto o número de grãos de areia do mar – as palavras dos telegramas que eram empurrados, de manhã à noite, pelo buraco que havia no gradeado superior e que iam parar na prateleira abarrotada que fazia doer seu antebraço de tanto roçá-la. Essa tela transparente dividia, deixando fora ou dentro, dependendo do lado do estreito balcão em que a sorte humana era jogada, o canto mais sombrio de uma sala saturada, quase sempre, no inverno, pelo veneno de um gás perpétuo, e sempre, pela presença de presunto, queijo, peixe seco, sabão, verniz, parafina e outros sólidos e fluidos que acabara por conhecer perfeitamente por seus respectivos cheiros, mas que ela se negava a conhecê-los por seus nomes.

A barreira que separava a pequena agência postal – um misto de correio e telégrafo – da mercearia era uma frágil estrutura feita de madeira e arame; mas a separação, social, profissional, era um golfo que o destino, por um golpe bastante notável, tinha-lhe poupado da necessidade de contribuir expressamente, sob qualquer forma, para diminuir. Quando os rapazes do Sr. Cocker saíam de trás do outro balcão para trocar uma nota de cinco libras – e a situação do Sr. Cocker, que tinha como clientes a nata do "Guia da Corte" e os habitantes dos mais cobiçados edifícios de apartamentos mobiliados (com nomes tais como Simpkin's, Ladle's, Thrupp's), localizados logo ali, na próxima esquina, era tão especial que seu estabelecimento era inteiramente perpassado pelo cristalino tilintar desses símbolos –, ela empurrava as libras de ouro como se o cliente não fosse, para ela, mais do que uma das aparições momentâneas, praticamente indistinguíveis, da grande procissão; e isso, com mais força ainda, pelo fato mesmo da conexão (que ela só reconhecia, na verdade, quando estava do lado de fora) à qual ela se prestara com uma inconsequência ridícula. Ela reconhecia os outros ainda menos porque ela tinha reconhecido, finalmente, de uma forma extremamente reservada, extremamente irredimível, o Sr. Mudge. Seja lá como fosse, ela estava um pouco envergonhada de ter de admitir para si mesma que a promoção do Sr. Mudge para uma esfera mais alta – isto é, para uma posição de maior autoridade, embora para um bairro de classe mais baixa – deveria ser caracterizada como um privilégio e não como a simples solução para uma situação embaraçosa, que era como ela se contentava em caracterizá-la. Ele tinha deixado, de qualquer maneira, de estar o dia todo diante de seus olhos, e isso fazia com que eles tivessem algo novo com o qual pudessem ocupar o seu descanso dominical. Durante os três meses dessa feliz permanência do Sr. Mudge no estabelecimento do Sr. Cocker, e que se seguiram ao consentimento que ela dera ao noivado entre eles, ela tinha, muitas vezes, se perguntado o que o casamento poderia acrescentar a uma familiaridade que parecia já ter sido totalmente esgotada. No lado oposto, por trás do balcão do qual, com sua estatura superior, com seu avental mais branco, com seus cacheados mais densos e seus agás mais aspirados, demasiadamente aspirados, ele tinha sido, por uns bons dois anos, o principal ornamento, *ele* tinha ora se aproximado, ora se afastado dela, no diminuto e arenoso solo do futuro de seu noivado. Ela estava consciente agora da vantagem de não ter de assumir seu presente e seu futuro de uma vez só. O máximo com que ela podia lidar era considerá-los de forma separada.

Ela tinha, entretanto, que pensar seriamente naquele assunto sobre o qual o Sr. Mudge havia outra vez lhe escrito, que consistia na ideia de ela se candidatar a uma transferência para um estabelecimento muito parecido com este – ela ainda não podia ter expectativas de ser transferida para um estabelecimento maior –, no qual estivesse sob o mesmo teto em que ele era o chefe, de forma que, colocado diante dela a cada minuto do dia, ele poderia vê-la, como dizia ele, "a toda hora", e num bairro distante na zona nordeste da cidade, economizaria, com sua mãe, só com o aluguel de seus dois quartos, quase três xelins. Estava longe de ser fascinante trocar Mayfair por Chalk Farm e a incomodava muito o fato de ele nunca desistir de um assunto; mas não tanto quanto a *tinham* incomodado as preocupações dos primeiros tempos de uma vida de grande miséria, não apenas a sua, mas também a de sua mãe, e a de suas irmãs mais velhas – as quais, tirando a completa fome, tinham passado por toda espécie de necessidade, quando, como mulheres escrupulosas e descrentes, subitamente enlutadas, traídas, destruídas, tinham resvalado cada vez mais rápido pela íngreme ladeira de cujo fundo apenas ela própria tinha voltado. A mãe, da mesma forma que não conseguira se reerguer no meio do caminho, nunca se levantara do fundo; só tinha deslizado e resmungado ladeira abaixo, não fazendo, a respeito de tragos noturnos, tópicos de conversação e "modos", nenhum esforço de qualquer ordem – o que significava simplesmente cheirar a uísque a maior parte do tempo.

2

Reinava uma grande calma no estabelecimento do Sr. Cocker enquanto o contingente dos habitantes do Ladle's e do Thrupp's e de todos os outros edifícios importantes estavam no almoço ou, como os jovens funcionários costumavam vulgarmente dizer, enquanto os animais estavam se alimentando. Ela tinha quarenta minutos antes desse horário para ir para casa fazer sua própria refeição. E, quando ela voltava e um dos rapazes assumia seu turno, havia frequentemente uma meia hora durante a qual ela podia pegar algum trabalho de agulha ou um livro – um livro do lugar onde ela tomava emprestado romances, muito sebosos, numa letra minúscula e todos sobre gente fina, pela quantia de meio xelim ao dia. Essa pausa sagrada era uma das muitas maneiras pelas quais o estabelecimento ficava a par da moda e entrava no ritmo da vida mais ampla. Essa pausa teve algo a ver, num certo dia, com a particular exibição de importância de uma senhora cujas refeições eram aparentemente irregulares, mas que a jovem estava destinada, como depois descobriu, a não esquecer. A garota afetava um ar *blasée*; nada podia se ajustar mais, como ela sabia perfeitamente, ao intenso caráter público de sua profissão; mas ela tinha uma mente caprichosa e um sangue-frio surpreendente; ela estava sujeita, em suma, a lampejos repentinos de antipatia e de simpatia, rubras cintilações em meio às cinzentas, irregulares urgências para ficar atenta e "tomar conta", estranhos impulsos de curiosidade. Ela tinha uma amiga que havia inventado uma nova profissão para as mulheres – a de ir periodicamente às casas das pessoas para cuidar de suas flores. A Sra. Jordan tinha uma maneira própria de assinalar essa circunstância; "as flores", em seus lábios, situavam-se em bairros fantásticos, em lares felizes; eram tão comuns quanto o carvão destinado ao aquecimento ou os jornais diários. Ela tomava conta dessas flores, de qualquer maneira, em todos os aposentos, mensalmente, e as pessoas logo descobriam o que significava transferir esse estranho dever dos bem-tratados pela vida à viúva de um clérigo. A viúva, por sua vez, estendendo-se a respeito das oportunidades que assim se lhe abriam, tinha se mostrado efusiva à sua jovem amiga sobre como a deixavam tomar conta das maiores das casas como se fossem suas – sobre como, especialmente quando preparava mesas para jantares, muitas vezes postas para vinte pessoas, ela sentia que um único passo a mais seria suficiente para transformar toda a sua posição social. Quando perguntada, então, se ela se limitava a circular em uma espécie de solidão tropical, com os serviçais domésticos de grau superior no lugar de nativos pitorescos, e com ela tendo que se conformar com esse olhar condescendente para com suas limitações, ela tinha encontrado uma resposta à pergunta invejosa da garota. "Você não tem nenhuma imaginação, minha querida!" – isso porque uma porta aberta um pouco mais da metade para uma vida mais elevada não podia ser chamada senão de uma tênue divisória. A imaginação da Sra. Jordan simplesmente ignorava a impenetrabilidade existente.

Nossa jovem amiga não havia aceitado a imputação, ela a tratava com espírito leve, porque sabia perfeitamente como julgá-la. Era uma de suas mais caras queixas e, ao mesmo tempo, um de seus consolos mais secretos o fato de que as pessoas não a compreendiam e, como consequência, lhe era indiferente que a Sra. Jordan não a compreendesse, embora a Sra. Jordan, cuja amizade datava dos primeiros tempos da decadência social de sua família e também ela vítima de reveses, fosse a única pessoa de seu círculo que ela via como igual. Ela estava perfeitamente ciente de que a vida imaginativa dela era a vida em que ela gastava a maior parte de seu tempo; e estava pronta a argumentar, se realmente fosse preciso, que, uma vez que sua ocupação exterior não a matava, essa vida imaginativa devia ser mesmo forte. Combinações de flores com coisas verdes, ora, ora! Combinações de homens com mulheres, disse para si mesma, isso é que era uma coisa com a qual *ela* podia lidar facilmente. A única fraqueza de sua ocupação vinha da absoluta abundância de seu contato com a horda humana; isso era tão constante, tinha um tal efeito no aviltamento de seu prazer, que havia longos períodos nos quais a inspiração, a intuição e o interesse desciam a níveis bastante baixos. O importante eram os lampejos, as súbitas reanimações, todos eles simples acidentes, e nem uma coisa nem outra era algo com que contar ou a opor resistência. Bastava alguém, às vezes, passar-lhe uma moeda para pagar um selo e tudo nela mudava. Ela era de uma natureza tão estranha que esses eram literalmente os momentos que compensavam – compensavam a prolongada rigidez de ficar ali sentada nos tocos de madeira, compensavam a maliciosa hostilidade do Sr. Buckton e a importuna solidariedade do balconista, compensavam a carta diária e terrivelmente floreada do Sr. Mudge, compensavam até mesmo a mais aterradora de suas preocupações, a raiva, em certos momentos, de não saber como sua mãe "pegou o hábito".

    Ela tinha se entregado, além disso, recentemente, a uma certa expansão de sua consciência; algo que podia, talvez, ser vulgarmente explicado pelo fato de que, à medida que a explosão da temporada de férias soava cada vez mais alta, à medida que as flutuações se refletiam cada vez mais sobre o balcão, havia mais impressões a serem colhidas e realmente – pois era isso o que importava – mais vida a ser vivida. Sim, não havia dúvida, foi na época em que o mês de maio já ia bem adiantado que o tipo de companhia que ela mantinha no estabelecimento do Sr. Cocker começou a aparecer-lhe como um motivo – que ela quase podia apresentar para justificar sua decisão de adiar as coisas. Parecia uma coisa tola, obviamente, naquele momento, alegar um tal motivo, especialmente na medida em que a fascinação que o lugar exercia sobre ela era, afinal, uma espécie de tormento. Mas era um tormento em que ela se comprazia; era um tormento do qual ela sentiria saudade em Chalk Farm. Era inteligente e nada ingênuo, portanto, da parte dela, deixar que a amplitude que Londres lhe concedia durasse um pouco mais, distanciando-a, assim, da austeridade da vida que a esperava em Chalk Farm. Em suma, embora ela ainda não tivesse tido a coragem de dizer ao Sr. Mudge que qualquer oportunidade que ela tivesse para exercer sua imaginação, numa semana qualquer, valia os três xelins que ele desejava ajudá-la a economizar, ela viu, ainda assim, acontecer algo ao longo do mês que, no mais íntimo de seu coração, valia como uma resposta para a delicada questão de decidir se ela deixava ou não seu emprego para ir viver em Chalk Farm com o Sr. Mudge. Esse acontecimento estava ligado, precisamente, à aparição da memorável dama.

3

Ela empurrou três formulários garatujados que a mão da moça foi rápida em pegar, pois o Sr. Buckton tinha em abundância um perverso instinto para atrair, antes dela, qualquer olhar que prometesse o tipo de prazer pelo qual ela tinha uma particular predileção. As diversões dos cativos estão plenas de uma desesperada inventividade, e um dos romances baratos lidos por nossa jovem amiga tinha sido a cativante história de Picciola. Era naturalmente a lei do local que eles nunca deviam prestar qualquer atenção particular, como dizia o Sr. Buckton, a quem estavam atendendo; mas isso tampouco impedia que se praticasse, incluindo certamente o mencionado cavalheiro, o que ele gostava de descrever como jogo de mão. Os dois colegas dela, aliás, não faziam qualquer segredo do número de favoritas que eles tinham entre as mulheres; apesar dessas doces familiaridades, ela tinha, repetidamente, surpreendido cada um deles em equívocos e enganos, confusões de identidade e erros de observação que nunca deixavam de lembrá-la como a esperteza dos homens acaba onde a das mulheres começa. "Marguerite, Regent Street. Prova às seis. Todo em renda espanhola. Pérolas. O comprimento inteiro." Aquele foi o primeiro; não tinha assinatura alguma. "Sra. Agnes Orme, Hyde Park Place. Impossível hoje à noite, jantando Haddon. Ópera amanhã, Fritz prometeu, mas podia tocar quarta. Trocaria Haddon pelo Savoy, e qualquer coisa no mundo que você queira, se você puder conseguir Gussy. Domingo, Montenero. Visitar Mason segunda, terça. Marguerite horrorosa. Cissy." Esse foi o segundo. O terceiro, a garota notou, ao pegá-lo, que estava escrito em formulário estrangeiro: "Everard, Hotel Brighton, Paris. Só compreenda e acredite. Dias 22 a 26, e certamente 8 e 9. Talvez outros. Venha. Mary."

Mary era muito bonita, a mulher mais bonita, ela percebeu no mesmo instante, que ela jamais tinha visto – ou talvez fosse apenas Cissy. Talvez fosse ambas, pois ela tinha visto coisas mais estranhas que aquela – mulheres passando telegramas para diferentes pessoas sob diferentes nomes. Ela tinha visto todo tipo de coisas e feito ligações entre todo tipo de mistérios. Houve uma, certa vez, fazia muito tempo, que, sem pestanejar, enviou cinco telegramas sob cinco diferentes assinaturas. Talvez representassem cinco diferentes amigas que lhe tinham pedido para passar os telegramas para elas – todas as mulheres, exatamente como, talvez agora, Mary e Cissy, ou uma ou outra delas, estavam telegrafando por procuração. Algumas vezes ela investia muito nisso – muito de seu próprio sentimento; outras vezes ela investia muito pouco; e, em qualquer dos casos, depois tudo acabava, muitas vezes, voltando para ela, pois tinha uma capacidade extraordinária para guardar pistas. Quando ela notava, ela notava; não tinha outro jeito. Havia dias e dias, até semanas às vezes, de vazio. Isso se devia, com frequência, aos demoníacos e bem-sucedidos subterfúgios do Sr. Buckton para mantê-la junto ao cubículo do telégrafo sempre que parecesse surgir algo que a divertisse; o cubículo do telégrafo, que estava, igualmente, sob a responsabilidade do Sr. Buckton, era a cela mais recôndita do cativeiro, uma gaiola dentro da gaiola, separada do resto por uma armação de vidro fosco. O balconista poderia ter feito o jogo dela; mas o balconista estava realmente reduzido à idiotia como efeito de sua paixão por ela. Além disso, em virtude da desconfortável visibilidade dessa paixão, ela orgulhosamente se congratulava por nunca ter se permitido ficar lhe devendo favor. O máximo que podia fazer era transferir-lhe, sempre que podia, o registro de cartas, uma tarefa que ela particularmente odiava. De qualquer maneira, após os longos períodos de letargia, quase sempre surgia, de repente, o pungente sabor de alguma coisa; ele estava em sua boca antes que ela soubesse; estava em sua boca agora.

Ela via sua curiosidade se voltar, num jato, para Cissy, para Mary, não importava o nome, numa muda efusão que refluía para ela, como uma maré vazante: a cor viva e o esplendor da bela cabeça, a luz dos olhos que pareciam refletir coisas muitíssimo diferentes das medíocres coisas que eles realmente tinham diante de si; e, sobretudo, a parcimoniosa e elevada consideração, própria de uma conduta que, mesmo em maus momentos, constituía um hábito magnífico e fazia parte da própria essência das inumeráveis coisas – sua beleza, seu berço, seu pai e sua mãe, seus primos e todos os seus ancestrais – das quais sua possuidora não poderia se livrar mesmo que quisesse. Como podia nossa obscura e insignificante funcionária pública saber que para a senhora dos telegramas este era um mau momento? Como podia ela adivinhar todo tipo de coisas impossíveis, tais como, quase no exato momento em que aconteciam, o desenrolar de um drama em seu estágio crítico e a natureza do vínculo com o cavalheiro do Hotel Brighton? Mais do que nunca, flutuava até ela, através das barras da jaula, a compreensão de que essa era, afinal, a suprema realidade, a perturbadora verdade que ela tinha, até agora, apenas esboçado e enriquecido – em suma, ela era uma das criaturas em quem todas as condições para a felicidade realmente se reuniam, e que, na atmosfera que elas criavam, florescia com involuntária insolência. Do que a garota se deu conta foi a maneira pela qual essa insolência era atenuada por algo que era igualmente parte da vida de distinção, o costume de inclinar-se, feito flor, diante dos menos afortunados – uma fragrância exalada, um simples e rápido hálito, mas que, de fato, penetrava e persistia. A aparição era muito jovem, mas certamente casada, e nossa fatigada amiga tinha um estoque suficiente de comparações mitológicas para poder reconhecer o porte de Juno. Marguerite podia ser "horrorosa", mas ela sabia como vestir uma deusa.

Pérolas e rendas espanholas – ela própria, com certeza, podia imaginá-las, e também o "comprimento inteiro", e também os laços de veludo vermelho, os quais, dispostos na renda de uma maneira particular (ela poderia tê-los colocado com um rápido torneio da mão) – eram, naturalmente, como num retrato, para adornar a frente de um vestido negro de brocado. Entretanto, nem Marguerite, nem Lady Agnes, nem Haddon, nem Fritz, nem Gussy constituíam o motivo pelo qual a pessoa que portaria essa vestimenta tinha vindo. Ela tinha vindo por Everard – e esse, sem dúvida, tampouco era o *verdadeiro* nome *dele*. Se nossa jovem amiga não tinha nunca, antes, chegado a tais conclusões, era simplesmente porque ela nunca fora tão afetada. Ela compreendera tudo. Mary e Cissy tinham se juntado, em sua única e esplêndida pessoa, para vê-lo – ele devia morar na próxima esquina. Elas tinham descoberto que, em consequência de algum problema pelo qual elas tinham vindo, precisamente, para fazer as pazes ou para fazer outra cena a respeito, ele tinha ido embora – tinha ido embora de propósito, para fazer com que elas se comovessem; com o quê, elas tinham vindo, juntas, ao estabelecimento do Sr. Cocker, já que essa era a agência postal mais próxima; onde elas tinham preenchido os três telegramas, em parte para não preencher apenas o tal. Os outros dois serviam, de alguma maneira, para encobrir o que era importante, para abafá-lo, para dissimulá-lo. Ah, sim, ela compreendera tudo, e isso constituía um exemplo de como ela frequentemente agia. Ela reconheceria de novo aquela caligrafia, em qualquer momento. Era tão elegante quanto tudo o mais nela e ela própria. Ela própria tinha, ao saber de sua fuga, conseguido passar despercebida pelo criado de Everard e se introduzir em seu quarto; tinha escrito a missiva na mesa dele e com a sua caneta. Tudo isso, em cada um de seus detalhes, chegava junto com o leve perfume que ela exalava e que deixava no seu rastro a emanação que, como eu disse, permanecia no ar. E entre as coisas de que a garota estava certa constava o fato de que, felizmente, voltaria a vê-la.

4

Ela a viu, de fato, e apenas dez dias mais tarde; mas não sozinha desta vez, e era exatamente isso que constituía a parte de sorte da coisa. Não sem certa consciência – dado o que ela havia observado, como poderia não tê-la? –, da gama de possibilidades que lhe estavam sendo oferecidas, nossa jovem amiga tinha, desde então, em sua mente, uma dúzia de teorias conflitantes sobre que espécie de homem seria Everard; relativamente às quais, no instante em que eles entraram no local, ela sentiu, com uma pancada que parecia, de alguma maneira, dirigida diretamente ao seu coração, que a questão estava resolvida. Esse órgão começou literalmente a bater mais forte com a aproximação do cavalheiro que desta vez estava com Cissy, e que, visto da gaiola, transformara-se instantaneamente na mais feliz das circunstâncias com as quais sua mente tinha investido o amigo de Fritz e Gussy. Ele era, de fato, uma circunstância muito feliz, quando, com o cigarro nos lábios e a familiar e interrompida fala sorvida por sua acompanhante, ele colocou sobre o balcão a meia dúzia de telegramas que lhes tomaria, em conjunto, vários minutos para despachar. E, aqui, ocorreu, muito estranhamente que, se, pouco antes, o interesse da garota na acompanhante tinha aguçado sua sensibilidade para as mensagens que eram então transmitidas, a visão imediata dele em pessoa produziu o efeito, enquanto ela contava suas setenta palavras, de impedi-la que as compreendesse. As palavras *dele* eram simples números, elas não lhe diziam absolutamente nada; e, depois que ele foi embora, ela não possuía nenhum nome, nenhum endereço, nenhum significado, nada, a não ser um som vago e doce e um enorme impacto. Ele não estivera lá por mais do que cinco minutos, ele soltara a fumaça do cigarro em seu rosto, e, ocupada com os telegramas dele, com o lápis golpeando o papel e com a consciência do perigo, da odiosa traição que viria de um engano, ela não pudera se dar ao luxo de lançar olhares indiscretos ou se valer de algum tortuoso truque. E mesmo assim ela o tinha aferido; ela sabia tudo; ela tinha se resolvido.

 Ele tinha voltado de Paris; tudo tinha sido rearranjado; o par estava, outra vez, lado a lado, em seu elevado encontro com a vida, em seu imenso e complicado jogo. Para a nossa jovem amiga, a silenciosa e sutil pulsação desse jogo estava no ar enquanto eles permaneceram na loja. Enquanto eles permaneceram? Eles permaneciam o dia todo; a presença deles continuava e ficava com ela, estava em tudo o que ela fazia até o cair da noite, nos milhares de outras palavras que ela contava, que ela transmitia, em todos os selos que ela separava e nas cartas que ela pesava e nos trocos que ela dava; ela estava, de forma igualmente inconsciente e infalível, em cada uma dessas tarefas, e sem que ela, à medida que a agitação na pequena agência aumentava, no período da tarde, levantasse os olhos para um só dos horríveis rostos que se sucediam interminavelmente diante do seu guichê, sem que ela realmente ouvisse as estúpidas perguntas que ela, paciente e perfeitamente, respondia. Toda a paciência do mundo era possível agora, depois das perguntas dele todas as outras eram estúpidas, todos os rostos eram horríveis. Ela estava certa de que veria a dama outra vez; e agora ela talvez a veria, provavelmente a veria, até mesmo com certa frequência. Mas quanto a ele, era totalmente diferente; ela nunca, nunca mais, o veria. Ela queria tanto, tanto, vê-lo. Havia um tipo de desejo que ajudava a torná-lo real – ela havia chegado, com sua rica experiência, a essa generalização; e havia outro tipo que era fatal. E desta vez era do tipo fatal; ele impediria sua realização.

Bem, ela o viu logo no dia seguinte, e nessa segunda ocasião foi bem diferente; o sentido de cada sílaba pela qual ele estava pagando era muitíssimo diferente; ela, na verdade, sentia que o progresso de seu lápis, esfregando, como se com uma leve carícia, as marcas do dele, punha vida em cada um de seus movimentos. Ele ficou lá por um bom tempo – ele não havia trazido seus formulários já preenchidos, tendo que fazê-lo em um canto do balcão; além disso, havia outras pessoas – um aglomerado cambiante e exigente –, e ela tinha que se preocupar com todos ao mesmo tempo e fazer, interminavelmente, o troco certo e dar as informações necessárias. Mas ela conseguiu acompanhá-lo o tempo todo; ela continuava tendo com ele, na sua imaginação, uma relação tão próxima quanto aquela que, por trás do odioso vidro polido, o Sr. Buckton continuava alegremente a ter com o aparelho telegráfico. Nesta manhã, tudo havia mudado, mas em direção à monotonia; ela foi obrigada a engolir a rejeição de sua teoria sobre desejos fatais, o que ela fez sem dificuldade e, na verdade, com total tranquilidade; entretanto, se era agora flagrante que ele morava bem perto dali – no edifício Park Chambers – e pertencia notavelmente à classe que telegrafava tudo, até mesmo seus dispendiosos sentimentos (de maneira tal que, embora ele nunca tomasse nota, sua correspondência lhe custava, semanalmente, libras e libras, e ele podia entrar e sair da loja cinco vezes por dia), havia, mesmo assim, na visão de futuro que se abria diante dela, e em razão de seu claro excesso de luz, uma perversa melancolia, uma infelicidade gratuita. Com isso, situo, de uma vez, todas essas coisas em uma ordem de sentimentos sobre a qual devo falar em seguida.

Entrementes, por um mês, ele foi bastante constante. Cissy, Mary não voltaram a aparecer com ele; ele estava sempre só ou acompanhado apenas por algum cavalheiro que sumia no brilho de sua glória. Havia outro sentido, entretanto – e, na verdade, havia mais do que um –, no qual ela se via, em geral, incluindo a esplêndida criatura com a qual ela o tinha originalmente vinculado. Ele não se dirigia a essa correspondente nem como Mary nem como Cissy; mas a garota estava certa quanto a quem, em Eaton Square, ele estava constantemente telegrafando – e tudo de uma maneira tão irrepreensível! – sob o nome de Lady Bradeen. Lady Bradeen era Cissy, Lady Bradeen era Mary, Lady Bradeen era a amiga de Fritz e de Gussy, a cliente de Marguerite e a íntima aliada (essa era a ideia correta, só que a garota não encontrara ainda o termo que a descrevesse), em suma, do mais magnífico dos homens. Nada podia igualar a frequência e a variedade das comunicações que ele fazia à nobre dama a não ser a extraordinária, a admirável propriedade desses telegramas. Tratava-se apenas do tipo de conversa – tão profusa, às vezes, que ela se perguntava o que sobrava para seus encontros reais – que era própria das pessoas mais felizes do mundo. Seus encontros reais deviam ser constantes, pois a metade das mensagens era constituída apenas de sugestões e alusões, todas flutuando em um mar de mais alusões ainda, enredadas em um complexo de questões que davam uma maravilhosa imagem da vida que os dois levavam. Se Lady Bradeen era Juno, tudo era certamente olímpico. Se a garota, não conhecendo as respostas, ou seja, as mensagens da nobre dama, refletia em vão que o estabelecimento do Sr. Cocker poderia ser um dos escritórios maiores, que não apenas enviasse mas também recebesse uma quantidade enorme de telegramas, havia, ainda assim, algumas maneiras pelas quais, de modo geral, ela trazia o romance para mais perto de si, em virtude, exatamente, da quantidade de imaginação que ele exigia e consumia. Os dias e as horas desse novo amigo, que é como ela passou a denominá-lo, estavam agora, de qualquer maneira, revelados e, não importando o que mais ela pudesse saber, ela desejava ir mais além. Na verdade, ela foi mesmo mais além; ela foi bem longe, bastante longe.

Mas ela praticamente não podia, entretanto, mesmo após um mês, distinguir se os cavalheiros que vinham com ele eram os mesmos ou outros; e isso a despeito do fato de que eles estavam sempre expedindo cartas e passando telegramas, lançando-lhe a fumaça dos cigarros no rosto e assinando, ou não assinando, seus telegramas. Quando ele estava lá, os cavalheiros que vinham com ele não eram nada. Em outras ocasiões, eles apareciam sozinhos – apenas então ela podia, de alguma maneira, situá-los. Era ele, quer estivesse presente, quer estivesse ausente, que era tudo. Ele era muito alto, muito claro, e tinha, a despeito de suas graves preocupações, um bom humor que era esplêndido, sobretudo porque era esse bom humor que, muitas vezes, fazia com que ele permanecesse por mais tempo na agência. Ele poderia passar na frente de qualquer pessoa e qualquer uma delas – não importa quem – o teria permitido; mas ele era de uma cortesia tão extraordinária que, muito pacientemente, esperava na fila, nunca balançando coisas no ar na sua direção, fora de sua vez, nem dizendo "aqui!", com uma estridência insuportável. Ele esperava por velhas e lentas senhoras, por estúpidos criados, pelos perpétuos porteiros de libré do edifício Thrupp; e em tudo isso o que ela mais teria gostado de pôr à prova era a possibilidade de lhe dar uma identidade pessoal que pudesse ter, de forma particular, uma atração. Havia momentos nos quais ele realmente lhe dava a impressão de que estava do lado dela, de que estava disposto a ajudá-la, a apoiá-la, a salvá-la.

Mas tão singular era o espírito de nossa jovem amiga que ela conseguia fazer, para si própria, com uma certa pontada de dor, a advertência de que quando as pessoas – pessoas dessa classe – tinham modos assim tão educados era porque esses modos não faziam distinção. Esses modos eram iguais para todo mundo, e poderia ser desgraçadamente vão para um pobre indivíduo em particular pretender ser objeto de tratamento especial e diferente. O que ele considerava natural era ter à disposição todo tipo de conforto; e sua extrema simpatia, a maneira como ele reacendia os cigarros enquanto esperava, as oportunidades que ele, inconscientemente, dava para os outros, os favores, os obséquios, tudo isso fazia parte de sua magnífica segurança, do instinto que lhe dizia que não havia nada, numa existência como a dele, que ele algum dia pudesse perder. Ele era, de alguma maneira, muito alegre e muito sério ao mesmo tempo, muito jovem e imensamente formado; mas, não importando como ele se mostrasse em um momento qualquer, tratava-se sempre, tanto quanto tudo o mais, da simples frescura de sua felicidade. Ele era, às vezes, Everard, como ele tinha sido no Hotel Brighton, e, às vezes, o Capitão Everard. Ele era, às vezes, Philip, com seu sobrenome e, às vezes, Philip, sem ele. Em alguns círculos, ele era simplesmente Phil, em outros, ele era simplesmente Capitão. Havia relações nas quais ele não era nenhuma dessas coisas, mas uma pessoa bem diferente – "o Conde". Havia vários amigos para os quais ele era Williams. Havia vários para os quais, em alusão, talvez, à sua aparência, ele era o "Rosado". Uma vez, por sorte apenas uma vez, ele tinha sido – coincidindo comicamente, milagrosamente, com outra pessoa também próxima dela – "Mudge". Sim, seja lá o que ele fosse, isso fazia parte da felicidade dele – seja lá o que ele fosse e provavelmente o que ele não fosse. E a felicidade dele fazia parte – foi uma coisa que foi acontecendo aos poucos – de algo que, quase a partir do momento em que começou a trabalhar no estabelecimento do Sr. Cocker, ela trazia profundamente consigo.

5

Essa era, nem mais nem menos, a estranha extensão de sua experiência, a vida dupla que, na gaiola, ela se acostumara, afinal, a levar. À medida que as semanas passavam, ela vivia cada vez mais no mundo de aromas e olhares e descobria que seus pressentimentos se produziam mais rapidamente e se tornavam mais abrangentes. À medida que a pressão aumentava, formava-se uma visão prodigiosa, um panorama alimentado de fatos e figuras, inundado por uma torrente de cor e acompanhado por uma música maravilhosa, vinda do mundo exterior. O que isso produziu, nesse período, foi, sobretudo, uma imagem de como Londres podia se divertir; e isso, juntamente com as contínuas observações de uma testemunha que não passava disso, resultava, quase sempre, num endurecimento do coração. O nariz dessa observadora era roçado pelo buquê, mas ela não podia realmente arrancar nem mesmo uma simples margarida. A única coisa que ainda continuava fresca em sua rotina diária era a enorme disparidade, a diferença e o contraste, de uma classe para outra, entre cada instante e cada movimento. Havia momentos nos quais todos os telegramas do país pareciam ter origem naquele cubículo recortado por um buraco no qual ela batalhava por ganhar a vida, e no qual, no arrastar dos pés, no farfalhar dos "formulários", na confusão dos selos e no tilintar dos trocos sobre o balcão, as pessoas que ela se habituara a recordar e a associar com outras e sobre as quais ela tinha suas teorias e interpretações desfilavam diante dela sua longa procissão e constante rotatividade. O que fazia mexer o bisturi em seus órgãos vitais era a maneira pela qual os indecorosamente ricos espalhavam em torno de si, numa extravagante tagarelice sobre seus extravagantes prazeres e pecados, uma quantidade tal de dinheiro que poderia ter sustentado, por toda a vida, o miserável lar de sua aterrorizante infância, sua pobre e sofrida mãe e seu atormentado pai e seu desnorteado irmão e sua faminta irmã. Durante suas primeiras semanas, ela tinha, muitas vezes, perdido a respiração diante das somas que as pessoas estavam dispostas a pagar pelas palavras que transmitiam – os "com todo o meu amor", os "horrorosos" arrependimentos, os elogios e as manifestações de surpresa e os vãos e vagos gestos que custavam o preço de um novo par de sapatos. Ela tinha então adquirido um jeito de olhar curiosamente os rostos das pessoas, mas não demorou a aprender que, se quisesse se tornar uma telegrafista, tinha que parar, imediatamente, de se mostrar maravilhada. Seu olho para tipos de pessoas chegava, entretanto, à genialidade, e havia os de que ela gostava e os que ela odiava; seu sentimento para com os últimos tinha se transformado numa verdadeira obsessão, num instinto de observação e dedução. Havia as mulheres atrevidas, que era como ela as chamava, da alta e da baixa sociedade, cujos gastos e apegos, cujos embates e segredos e casos amorosos e mentiras ela rastreava e punha na conta delas, ao ponto de ter, em alguns momentos, quando a sós, uma triunfante e perversa sensação de domínio e desembaraço, a sensação de carregar seus tolos e censuráveis segredinhos em seu bolso, em seu pequeno e retentivo cérebro e, portanto, de saber muito mais sobre elas do que elas suspeitavam ou gostariam de acreditar. Havia aquelas que ela gostaria de trair, de colocar em apuros, de humilhar com palavras irônicas e definitivas, o que se devia a uma hostilidade pessoal provocada pelos mais sutis sinais, por detalhes no tom e na atitude dessas pessoas, pelo tipo particular de relação que essas pessoas faziam questão de manter com ela e que ela sempre acabava, instantaneamente, por perceber.

Havia impulsos de vários tipos, que se alternavam entre o suave e o severo, aos quais ela era, por temperamento, inclinada, e os quais eram determinados pelos menores acidentes. Ela era inflexível relativamente à norma de fazer com que os próprios clientes colassem os seus selos, e encontrava, a esse respeito, um prazer especial em se encarregar do atendimento de algumas das damas que se achavam demasiadamente importantes para realizar essa tarefa. Ela se orgulhava, assim, de saber exercer um refinamento e uma sutileza que eram maiores do que qualquer refinamento ou sutileza de que ela pudesse ser o objeto; e embora as pessoas fossem, em sua grande maioria, demasiadamente estúpidas para se dar conta disso, tratava-se de algo que lhe proporcionava um número incontável de pequenas compensações e vinganças. Ela reconhecia, na mesma proporção, aquelas pessoas de seu sexo que ela teria gostado de ajudar, de aconselhar, de resgatar, de ver mais vezes; e esse outro lado de seu temperamento também se punha em ação pelo acaso da simpatia pessoal, por sua facilidade para ver as tramas de prata que se teciam e os raios de lua que deixavam seu rastro e por seu talento para guardar na memória as pistas que ela percebia e encontrar, assim, seu caminho no emaranhado da vida. As tramas de prata e os raios de lua apresentavam-lhe, em certos momentos, a única imagem do pouco que ela poderia fazer para ser feliz. Por mais que toda essa visão se tornasse, muitas vezes, inevitavelmente ou misericordiosamente, confusa e vazia, ela podia, ainda assim, olhando por entre fendas e gretas, se mostrar surpreendida, especialmente por algo que, a despeito de todos os atenuantes, atingia o local mais doído de sua consciência: a revelação de que havia uma chuva de ouro flutuando no ar sem que sobrasse nem sequer um fio dourado para ela própria. Nunca deixou de parecer-lhe uma coisa prodigiosa a quantidade de dinheiro que seus refinados amigos eram capazes de gastar para obter ainda mais dinheiro ou até mesmo para se queixar aos refinados amigos deles próprios sobre a necessidade por que passavam. Os prazeres que eles propunham só se igualavam àqueles que eles recusavam, e eles, muitas vezes, gastavam tanto para marcar seus compromissos sociais que ela se perguntava sobre a natureza desses deleites, quando sua simples via de acesso estava pavimentada com tanto dinheiro. Ela se arrepiava, às vezes, só em pensar nessa ou naquela pessoa que ela simplesmente gostaria de ter a chance de *ser*. Sua presunção, sua desconcertante vaidade eram possivelmente enormes; ela, certamente, se entregava, muitas vezes, à insolente convicção de que ela seria capaz de fazer tudo isso muito melhor do que essas pessoas. Mas o seu maior consolo estava, sobretudo, na visão comparativa que ela tinha dos homens; com isso estou me referindo àqueles que eram, inconfundivelmente, verdadeiros cavalheiros, pois ela não tinha nenhum interesse nos ilegítimos ou nos descuidados, nem a mínima misericórdia pelos que eram pobres. Quando estava do lado de fora da jaula, ela podia dar uma moeda a alguém que aparentasse necessidade; mas sua imaginação, tão alerta sob certos aspectos, não mostrava o menor sinal de reação diante de qualquer sinal de pobreza. Além disso, os homens cujos passos ela acompanhava, ela o fazia, sobretudo, com respeito a uma única relação, aquela relação, ela acreditava, que a vida na gaiola tinha lhe convencido, mais do que qualquer outra coisa, ser certamente a mais bem-difundida de todas.

Em suma, ela flagrava suas damas quase sempre em comunicação com seus cavalheiros, e seus cavalheiros com suas damas, e ela era capaz de ler, na imensidão de suas interações, histórias e significados sem fim. Incontestavelmente, ela se acostumara a pensar que os homens faziam o melhor papel; e, nesse particular, como em muitos outros, ela chegou a uma filosofia própria, toda feita de observações e descrenças pessoais. O que era mais surpreendente na sua atividade, por exemplo, é que eram muito mais as mulheres, em geral, que estavam atrás dos homens do que o contrário. Era literalmente visível que a atitude geral de um dos sexos constituía em ser o objeto que era perseguido e que estava na defensiva, o objeto que se desculpava e que procurava atenuar as coisas. Por outro lado, a compreensão que lhe proporcionava a natureza de seu próprio sexo ajudava-a a deduzir, com certo grau de exatidão, qual era a atitude do outro sexo. Talvez ela própria tenha chegado a ceder um pouco ao costume de ser perseguida, ao afrouxar ocasionalmente seu rigor, mas só em benefício dos cavalheiros, quanto à questão da colagem dos selos. Em suma, ela tinha, bem cedinho, naquele dia, decidido que eles tinham as melhores maneiras; e, se ela não notava nenhum deles quando o Capitão Everard estava lá, havia muitos que ela podia situar e traçar e nomear em outras ocasiões, muitos que, por seu jeito de se mostrarem "simpáticos" para com ela e de lidar, como se seus bolsos fossem caixas registradoras pessoais, com massas misturadas e soltas de prata e ouro, constituíam visões tão agradáveis que ela os podia invejar sem nenhum traço de hostilidade. *Eles* nunca tinham que lhe dar troco – eles só tinham que recebê-lo. Eles percorriam toda a gama, todos os níveis da fortuna, o que, evidentemente, incluía, na verdade, uma grande quantidade tanto de má quanto de boa sorte, descendo até mesmo ao nível em que se situava o Sr. Mudge e suas modestas mas seguras economias, e subindo, por arranques violentos e voos vertiginosos, quase até as proximidades daquilo que ela considerava como sendo o mais alto padrão. Assim, de mês a mês, ela os acompanhava, a todos, através de mil altos e baixos e mil tormentos e indiferenças. O que virtualmente acontecia era que, na horda mista que passava diante dela, a maior parte simplesmente passava – apenas uma certa proporção, mas igualmente apreciável, permanecia. A maior parte das pessoas passava direto, em ondas flutuantes, perdidas no mar sem fundo das pessoas pouco notáveis e, ao fazê-lo, realmente deixavam uma página em branco. Na límpida superfície, portanto, aquilo que ela realmente retinha destacava-se de maneira nítida; era isso que ela prendia e agarrava, que ela revolvia e entrelaçava.

6

Ela encontrava a Sra. Jordan quando podia, e por ela ficara sabendo, cada vez com mais detalhes, que as pessoas importantes, depois de sentirem seu gentil aperto de mão e depois de terem se cansado de comprar tudo o que precisavam nas lojas comuns, estavam se dando conta da vantagem de colocar nas mãos de uma pessoa realmente refinada como ela aquela tarefa à qual os comerciantes dessas lojas davam o nome vulgar de "decorações florais". Esses comerciantes podiam ter sua utilidade; mas havia, por outro lado, uma mágica especial no exercício do gosto de uma dama que apenas tinha que se lembrar, ainda que com algum esforço, de todas as delicadas mesas que ela tinha posto na casa em que ela vivia com o vigário, de todos os delicados potes e de todos os delicados jarros e de todos os outros delicados arranjos e também da maravilha em que ela tinha transformado o jardim da casa paroquial. Esse pequeno domínio, que sua jovem amiga nunca tinha visto, florescia no discurso da Sra. Jordan como um novo Éden, e ela convertia o passado em um canteiro de violetas, a julgar pelo tom com o qual ela afirmava: "naturalmente, você sempre soube dessa minha paixão!". De qualquer forma, ela, obviamente, vinha, agora, ao encontro de uma grande e contemporânea necessidade, que podia ser medida pela rapidez com que as pessoas estavam sentindo que podiam confiar nela sem a mínima vacilação. Isso lhes dava uma tranquilidade que, especialmente durante o quarto de hora que precedia o jantar, tinha, para elas, um valor que o reles pagamento que elas lhe tinham feito não poderia jamais expressar. Um reles pagamento que era feito, entretanto, de maneira razoavelmente pontual; o contrato que ela fazia era mensal, pois ela se encarregava de tudo. Devemos dizer, em respeito à nossa heroína, que houve uma tarde na qual a senhora voltou à carga para tentar convencê-la a assumir, juntamente com ela, esse tipo de atividade. "As encomendas não param de crescer, e vejo que tenho realmente que dividir o trabalho. Preciso de uma sócia – mas de uma sócia que seja como eu, compreende? Você sabe a aparência que elas querem dar aos arranjos florais – elas querem que eles pareçam ter vindo não de uma florista, mas de uma pessoa de seu próprio meio. Bem, estou convencida de que você pode dar essa aparência, porque você é desse tipo. Assim, nós *certamente* venceremos. Portanto, só lhe peço que venha trabalhar comigo."

"E deixar a agência postal?"

"Use a agência postal, a partir de agora, simplesmente para receber suas próprias cartas. Você receberá muitíssimas, tenho certeza: encomendas, principalmente, e depois de certo tempo, elas virão em profusão." Era daí que, no devido tempo, viria a grande vantagem: "Parece que passamos a viver de novo com as pessoas de nossa classe". Foi necessário que se passasse certo tempo (elas haviam se separado, imersas na agitação de seus problemas, para, depois, à pálida luz da aurora, finalmente, se verem novamente) até que cada uma delas pudesse admitir que a outra era, em seu círculo privado, a única que podia ser considerada sua igual; mas essa aceitação veio, quando veio, com um sincero lamento; e já que a igualdade *tinha sido* nomeada, cada uma delas via uma grande vantagem pessoal em exagerar a singular importância da outra. A Sra. Jordan era dez anos mais velha que a outra, mas sua jovem amiga estava admirada com a pouca importância que isso tinha agora: tinha tido importância, por outro lado, na época em que, mais como uma amiga de sua mãe do que dela mesma, a enlutada senhora, sem um centavo de poupança e vivendo de trabalhos temporários, tal como sua própria família, tinha pedido emprestado – através do sórdido espaço para o qual se abriam as portas opostas das casas onde viviam essas duas infelizes senhoras e ao qual elas estavam fatalmente presas – carvão e guarda-chuvas, que eram pagos com batatas e selos postais. Não tinha sido nenhuma vantagem, naquela época, para mulheres que se afundavam, que se debatiam, que se matavam para sobreviver, que davam braçadas para permanecer vivas, o fato de que elas *fossem* mulheres; mas isso podia ser uma vantagem na medida em que outras vantagens desapareciam, e tinha se tornado uma vantagem bastante grande agora, numa época em que o fato de serem mulheres era o único vestígio de vantagem que lhes restava. Elas tinham visto com seus próprios olhos como essa vantagem ia tomando para si uma parte da substância de cada uma das outras vantagens que iam desaparecendo. E era prodigioso que elas pudessem, agora, falar sobre isso entre elas, que elas pudessem olhar retrospectivamente para isso, considerando o deserto de resignado aviltamento pelo qual tinham passado, e, sobretudo, que elas pudessem, juntas, cultivar certo otimismo relativamente a isso, um otimismo a que nenhuma delas poderia, separadamente, ter chegado. O que era realmente impressionante era que a necessidade que elas sentiam de cultivar muito mais essa lenda, depois de terem mergulhado seus pés e mantido seus estômagos na mais obscura profundidade, era muito maior do que a necessidade que elas haviam sentido na atmosfera superior dos frequentes sobressaltos. O que elas podiam agora mais frequentemente dizer uma à outra era que elas sabiam do que estavam falando; e o sentimento de que, em geral, elas sabiam o que sabiam equivalia, praticamente, a uma promessa de não mais se separarem.

Neste momento, a Sra. Jordan estava bastante excitada sobre a questão da forma como, na prática de sua bela arte, que era como ela a chamava, ela mais do que simplesmente observava a casa dos outros – ela penetrava nelas. Não havia nenhuma dessas casas importantes – e se tratava naturalmente apenas desse tipo de casa, verdadeiras casas de luxo – na qual ela não percorresse, dada a velocidade com que as pessoas adquiriam agora coisas, todos os seus cantos. Diante dessa imagem, a garota sentiu, tal como ela sentia quando estava na gaiola, o frio hálito dos deserdados da sorte; ela sabia, além disso, o quanto ela deixava que isso transparecesse, pois a experiência de pobreza tinha começado muito cedo em sua vida, e sua ignorância das exigências das casas de luxo tinha desenvolvido nela, juntamente com outros saberes que ela tinha, uma profunda simplificação do que aí se passava. Como consequência, ela tinha se dado conta, no início, que, nessas conversas, podia apenas fingir que compreendia. Educada muito rapidamente, como tinha sido, pelas oportunidades que ela tivera nos estabelecimentos do Sr. Cocker, havia, ainda assim, estranhas lacunas em sua aprendizagem – ela nunca teria sabido, tal como podia a Sra. Jordan, como se virar em uma única das "casas". Pouco a pouco, entretanto, ela tinha conseguido compensar essas lacunas, sobretudo ao observar de que forma a recuperação da Sra. Jordan a tinha transformado materialmente, quase que outorgando-lhe, embora os anos e as lutas não tivessem, obviamente, contribuído para corrigir qualquer de seus traços físicos, certo ar de distinção. Havia mulheres que entravam e saíam do estabelecimento do Sr. Cocker que eram bastante simpáticas e que, apesar disso, não tinham boa aparência; enquanto que a Sra. Jordan tinha boa aparência e, apesar disso, com seus dentes extraordinariamente protuberantes, não era, absolutamente, simpática. Parecia que, de algum modo que não dava para entender, essa carência de simpatia vinha realmente de toda a grandeza com a qual ela convivia. Era agradável vê-la falar tão frequentemente da preparação de ceias para vinte pessoas e de como ela as preparava, dizia ela, exatamente da maneira como ela queria. Ela falava, aliás, como se fosse ela que fizesse os convites. "Eles simplesmente me *fornecem* a mesa – o resto, todos os outros efeitos, vêm depois."

7

Então, você *realmente* os vê?", a garota perguntou outra vez.

A Sra. Jordan hesitou e, na verdade, esse assunto tinha sido, antes, tratado de forma ambígua.

"Você quer dizer os convidados?"

Sua jovem amiga, cautelosa quanto a uma exposição indevida de ingenuidade, não estava muito segura. "Bem – as pessoas que vivem lá."

"Lady Ventnor? A Srta. Bubb? Lorde Rye? Sim, querida. Claro, eles *gostam* das pessoas."

"Mas as pessoas os *conhecem* pessoalmente?", continuou nossa jovem amiga, já que essa era a forma de se falar. "Quero dizer, socialmente, você sabe, como você me conhece?"

"Eles não são tão simpáticos quanto você!", retrucou, de forma encantadora, a Sra. Jordan. "Mas eu *vou* ver, cada vez mais, um número maior deles."

Ah, essa era a velha história. "Mas quando isso acontecerá?"

"Bem, qualquer dia desses. Naturalmente", a Sra. Jordan francamente acrescentou, "eles estão quase sempre fora."

"Então por que eles querem flores por todos os lugares da casa?"

"Oh, isso não faz a menor diferença." A Sra. Jordan não estava filosofando; ela só tinha, evidentemente, decidido que não *devia* fazer a menor diferença. "Eles estão terrivelmente interessados em minhas ideias, e é inevitável que eles me recebam em suas casas."

Sua interlocutora podia ser bastante insistente. "O que você chama de suas ideias?"

A resposta da Sra. Jordan foi refinada. "Se você me visse algum dia com mil tulipas, você descobriria."

"Mil?" – a garota ficara impressionada com a revelação da escala do empreendimento; ela se sentiu, por um momento, um tanto fora de lugar. "Bem, não é verdade que eles, realmente, nunca a encontram pessoalmente?", insistiu, ainda assim, de forma pessimista.

"Nunca? Eles *frequentemente* me encontram sim – e evidentemente, de forma propositada. Nós temos longas e importantes conversas."

Havia algo em nossa jovem amiga que ainda a impedia de pedir à Sra. Jordan que fizesse uma descrição pessoal dessas aparições, o que deixaria à mostra a ansiedade que ela tinha por saber mais. Mas, enquanto pensava, ela olhou, de cima abaixo, como se pela primeira vez, a viúva do pastor. A Sra. Jordan não podia esconder a protuberância de seus dentes; em troca, suas mangas mostravam claramente sua ascensão no mundo social. Mil tulipas a um xelim cada claramente fazia uma pessoa subir mais na escala social mais que mil palavras a um centavo cada; e a noiva do Sr. Mudge, cuja percepção de que a vida era uma competição, era sempre aguda, deu por si perguntando-se, com uma pontada de sua exacerbada inveja, se, também para ela, não seria, afinal, melhor, isto é, melhor do que onde ela estava atualmente, ir por esse caminho. No lugar onde ela atualmente estava, o cotovelo do Sr. Buckton podia atingir, à vontade, seu lado direito, e a respiração do balconista – havia algo errado com seu nariz – podia penetrar em seu ouvido esquerdo. Não era pouca coisa ter um emprego em um estabelecimento que trabalhava para o Governo, e ela sabia muito bem que havia lugares ainda piores que a loja Cocker; mas não era preciso ter o gosto muito refinado para poder comparar, desfavoravelmente, a imagem de servidão e promiscuidade que estava associada a seu emprego com a visão de liberdade que lhe era prometida pela proposta da Sra. Jordan. O aperto na gaiola era tão grande e sua margem de liberdade era tão pequena que ela precisava de muito mais astúcia do que a que jamais poderia ter para ao menos fingir que podia ter, com uma pessoa que ela conhecesse – digamos, com a própria Sra. Jordan, que corria para a agência, como frequentemente acontecia, para passar um telegrama amigável para a Sra. Bubb –, qualquer relação que pudesse ser qualificada como de "elegante intimidade." Ela se lembrava do dia em que a Sra. Jordan tinha, de fato, por uma grande sorte, entrado na loja com cinquenta e três palavras para Lorde Rye e uma nota de cinco libras para pagar pelo telegrama. Foi dessa forma dramática que elas tinham se reencontrado – o momento em que elas se deram conta de que elas já se conheciam de outros tempos foi um grande evento! A garota podia, no início, vê-la apenas da cintura para cima e pouco compreendia do longo telegrama para Lorde Rye. Foi uma daquelas estranhas voltas que a vida dá que converteu a viúva do pastor em um membro daquela classe social que ia além dos seis tostões.

O mais importante é que nada do que se passara naquela ocasião jamais se apagou de sua memória; menos ainda o jeito com o qual, enquanto sua amiga, já recobrada, erguia a cabeça, parando de contar as palavras, a Sra. Jordan tinha simplesmente proclamado, à guisa de explicação, através dos dentes e através das barras da gaiola: "Eu *trabalho* com flores, compreende?". Nossa jovem amiga sempre tivera, com seu dedo mínimo levemente curvado, um jeito gracioso de contar as palavras de um telegrama. E ela não tinha esquecido a pequena e secreta vantagem – um sentimento exacerbado de triunfo, na verdade, é como se podia chamar o que ela sentira – que ela tivera nesse momento, ao pensar na incoerência da mensagem de sua amiga, que consistia numa ininteligível enumeração de números, cores, dias, horas, o que a fez sentir-se vingada. A correspondência das pessoas que ela não conhecia era uma coisa; mas a correspondência das pessoas que ela conhecia tinha um significado especial para ela, até mesmo quando ela não podia compreendê-la. O discurso por meio do qual a Sra. Jordan tinha definido sua posição e anunciado sua nova profissão foi como o soar de uma campainha. Mas, no que lhe dizia respeito, a única ideia que ela tinha sobre flores era que as pessoas as recebiam nos seus funerais, e o único vestígio de brilho que ela, nesse momento, via nas flores era que os lordes provavelmente eram os que as recebiam em maior quantidade. Quando, um minuto depois, ela observou, através das barras da gaiola, o farfalhar da saia de sua visitante, ao sair, a visão que ela então teve foi da cintura para baixo. E quando o balconista, depois de uma olhada tipicamente masculina, dissera, com intenção claramente perversa, "Mulher bonita!", ela lhe dirigira a mais fria de suas frases: "Ela é a viúva de um bispo". Ela achava que nunca conseguia dar o tom exato ao falar com o balconista, para fazê-lo sentir qual era seu lugar, pois o que ela desejava era demonstrar-lhe o máximo de seu desprezo, mas esse era um elemento de seu temperamento que não estava bem-definido. A expressão "um bispo" *era* a expressão exata para fazê-lo sentir qual era seu lugar, mas as insinuações do balconista eram realmente odiosas. Na noite que se seguiu a esse episódio, quando, tendo todo o tempo do mundo, a Sra. Jordan mencionou as longas e importantes conversas que tinha com seus clientes, a garota trouxe, finalmente, o assunto à baila: "Eu os verei, quero dizer, se eu *decidisse* deixar tudo para trabalhar com você?".

Ao ouvir isso, a Sra. Jordan retrucou, não sem certa malícia: "Eu a encarregaria de atender todos os solteiros!".

Uma observação desse tipo podia lembrar à jovem telegrafista que ela, em geral, impressionava sua amiga por sua beleza. "Eles têm suas flores?".

"Milhares. E elas são das mais especiais." Ah, tratava-se de um mundo maravilhoso! "Você deveria ver as de Lorde Rye!"

"Suas flores?" "Sim, e suas cartas. Ele me escreve páginas e páginas – com os mais adoráveis desenhos e esboços. Você deveria ver seus diagramas!"

8

A garota tivera, no decorrer do tempo, toda oportunidade para inspecionar esses documentos, e eles a tinham desapontado um pouco; mas, nesse ínterim, houvera outras conversas, numa das quais, como se a garantia que lhe dava sua amiga de uma vida de elegância não fosse muito certa, ela fora levada a dizer: "Encontro todos no meu trabalho".

"Todos eles?"

"Uma porção de gente importante. Eles vêm aos bandos. Moram todos aqui por perto, compreende? E o lugar se enche de pessoas interessantes, de pessoas envolventes, aquelas cujos nomes estão nos jornais – mamãe ainda assina o *Morning Post* – e que vêm para o verão."

A Sra. Jordan recebeu o comentário com muita habilidade. "Sim, e ouso dizer que *eu* lido com alguns desses seus mesmos clientes."

Sua companheira consentiu, mas fez uma distinção. "Duvido que você 'lide' com eles do mesmo jeito que eu! Seus problemas, seus compromissos e arranjos, seus joguinhos e segredos e vícios – todas essas coisas passam diante de mim."

Esse era o tipo de imagem que podia deixar arquejante, de maneira nada imperceptível, a viúva de um pastor; era, além disso, como que uma réplica dirigida, não sem intenção, ao comentário das mil tulipas. "Seus vícios? Eles têm vícios?"

Nossa jovem crítica arregalou os olhos ainda mais abertamente e disse, então, com uma pontinha de desprezo em seu deleite: "Você não descobriu *isso*?". As casas de luxo não tinham, pois, tantas coisas a oferecer. "*Eu* descubro tudo."

A Sra. Jordan, no fundo uma pessoa muito terna, estava visivelmente impressionada. "Compreendo. Você realmente os 'enxerga'."

"Ah, isso não me interessa. Que vantagem me traz?"

A Sra. Jordan, após um instante, recobrou sua superioridade. "Não... não leva a muita coisa." Suas próprias iniciativas claramente levavam a muita coisa. Ainda assim... no fim das contas; e ela não era invejosa: "Deve haver um gostinho nisso".

"Em vê-los?" Com isso, a garota subitamente entregou-se. "Eu os odeio. Aí está o gostinho!"

A Sra. Jordan ficou, outra vez, boquiaberta. "Os 'interessantes' *de verdade?*"

"É assim que você qualifica a Sra. Bubb? Sim... agora me lembro: conheço a Sra. Bubb. Não creio que ela tenha vindo em pessoa, mas há coisas que têm sido trazidas por sua criada. Bem, minha querida!" – e a jovem telegrafista da agência Cocker, lembrando-se dessas coisas e refletindo sobre elas, parecia, subitamente, ter muitas coisas a dizer. Ela não as disse, entretanto; ela se conteve; apenas deixou escapar: "Sua criada, que é horrível... *essa* deve enxergá-la bem!". E, então, ela continuou, com indiferença: "Eles são *demasiadamente* reais! Eles são uns selvagens egoístas".

A Sra. Jordan, refletindo a respeito, adotou finalmente o plano de tratar a questão com um sorriso. Ela queria se mostrar liberal. "Ora, é claro que eles realmente se exibem."

"Eles me aborrecem mortalmente", sua companheira insistiu, um tanto mais moderadamente.

Mas isso estava indo longe demais. "Ah, isso é porque você não tem nenhuma simpatia por eles!"

A garota deu uma gargalhada irônica, apenas replicando que ninguém que tivesse que contar, o dia todo, todas as palavras existentes no dicionário podia tê-la; um argumento que a Sra. Jordan até aceitava, ainda mais que ela tremia diante da ideia de algum dia perder exatamente o dom ao qual ela devia a moda – a onda, ela diria – que a tinha arrebatado. Sem simpatia, ou sem imaginação, pois tudo se resumia, de novo, a isso, como conseguiria, no caso dos grandes jantares, chegar até os cômodos do meio, para não falar dos mais remotos? O problema não eram os arranjos, que eram facilmente administráveis: a tensão estava nas simplicidades inefáveis, aquelas sobre as quais sobretudo os solteiros, e Lorde Rye, talvez mais do que qualquer outro, despejavam – expelidos como baforadas de cigarro – tantos esboços. A prometida do Sr. Mudge, de qualquer maneira, aceitou a explicação, a qual tivera o efeito, como tendia a acontecer com quase todos os fraseados da conversa delas, de conduzi-la, de novo, à formidável questão daquele cavalheiro. Atormentava-a o desejo de extrair da Sra. Jordan, sobre esse assunto, aquilo que, ela tinha certeza, estava no fundo da mente da florista; e extraí-lo, estranhamente, nem que fosse apenas para descarregar a irritação que esse assunto lhe causava. Ela sabia o que sua amiga já teria se arriscado a dizer se ela não tivesse sido tímida e confusa: "Deixe-o... sim, deixe-o: você verá que, com as oportunidades que certamente terá, ficará muito melhor".

Nossa jovem amiga intuía que bastaria que aquela possibilidade lhe fosse apresentada com uma pitada de desprezo pelo pobre Sr. Mudge para que ela, prontamente, como era seu dever moral, a repudiasse. Ela estava consciente de que ainda não a tinha repudiado desse jeito. Mas percebia que a Sra. Jordan também estava consciente de algo e que havia certo nível de consciência ao qual estava esperando chegar pouco a pouco. Houve um dia em que a garota teve um vislumbre do que ainda estava faltando à sua amiga para fazê-la sentir-se forte; nada menos do que a possibilidade de, no futuro, ser capaz de anunciar a culminação de vários sonhos pessoais. A associada da aristocracia tinha certos cálculos pessoais, o que lhe dava matéria para devanear e sonhar e até mesmo escusas para espiar, não sem uma migalha de esperança, por detrás das cortinas de isolados aposentos. Em suma, se ela fizesse arranjos de flores para os solteiros, não esperava ela que isso tivesse consequências muito diferentes daquelas da perspectiva, que ela declarara inteiramente sem esperanças, de quem trabalhava na agência Cocker? A verdade é que parecia haver algo de auspicioso na mistura de solteiros e flores, mesmo que, quando olhada diretamente nos olhos, a Sra. Jordan ainda não estivesse preparada para dizer que ela esperava que fosse surgir uma proposta definitiva por parte de Lorde Rye. Apesar disso, nossa jovem amiga tinha chegado, finalmente, a uma visão definida do que se passava na mente da Sra. Jordan. Era o forte pressentimento de que a prometida do Sr. Mudge certamente a odiaria, a menos que fosse antecipadamente tranquilizada pela perspectiva de um feliz resgate da vida que presentemente levava, no dia em que ela tivesse que anunciar uma certa e muito especial novidade. De que outra maneira poderia essa infeliz jovem suportar ouvir aquilo que, sob a proteção de Lady Ventnor, era, afinal, muito possível de acontecer?

9

Nesse meio tempo, como a irritação servia, algumas vezes, para aliviá-la, a prometida do Sr. Mudge sentia-se em débito com aquele seu admirador em números que eram perfeitamente proporcionais à fidelidade que lhe devotava. Ela sempre passeava com ele aos domingos, geralmente no Regent's Park, e com muita frequência, uma ou duas vezes ao mês, ele a levava, ao Strand ou algum outro local próximo, para ver uma peça que estava sendo representada. As produções a que ele sempre dava preferência eram as realmente boas – Shakespeare, Thompson ou alguma peça cômica norte-americana; o que dava a ele motivo, uma vez que ela também odiava peças vulgares, para fazer a ela o que era provavelmente o mais amável de seus agrados, a teoria de que seus gostos eram, por sorte, exatamente os mesmos. Ele estava sempre lembrando-a desse fato, regozijando-se com isso e mostrando-se cioso e cônscio dessa concordância. Havia momentos em que ela se perguntava por que cargas-d'água conseguia "suportá-lo", por que conseguia suportar qualquer homem tão presunçosamente ignorante do quanto ela era diferente. Era justamente por essa diferença, se é que ela realmente tivesse que ser amada, que queria ser amada, e se essa não fosse a fonte da admiração do Sr. Mudge, ela se perguntava qual, por amor de Deus, *poderia* ser? Ela não era diferente em apenas um aspecto, ela era completamente diferente; exceto, talvez, na verdade, por ser praticamente humana, coisa que a mente dela mal admitia que ele também fosse. Ela fazia enormes concessões em outras esferas: não havia qualquer limite, por exemplo, para as que teria feito ao Capitão Everard; mas a que acabei de mencionar era o máximo que ela estava disposta a fazer no caso do Sr. Mudge. Era porque *ele* era diferente que, muito estranhamente, ela gostava dele ao mesmo tempo que o deplorava; o que, afinal, constituía prova de que a disparidade, chegassem eles ao ponto de francamente reconhecê-la, não seria necessariamente fatal. Ela sentia que, embora untuoso, demasiadamente untuoso, ele era, de alguma forma, comparativamente primitivo: ela o tinha visto uma vez, no período em que o horário de trabalho dele, no estabelecimento do Sr. Cocker, coincidiu com o dela, pegar pelo pescoço um soldado bêbado, um homem enorme e violento que, tendo vindo, com um colega, para descontar um vale postal, tinha passado a mão no dinheiro antes que seu amigo pudesse pegá-lo e tinha, assim, provocado, em meio aos porquinhos da índia e aos queijos e aos locatários do edifício Thrupp, com as represálias que imediatamente se seguiram, uma cena de escândalo e consternação. O Sr. Buckton e o balconista tinham se agachado no interior da gaiola, mas o Sr. Mudge tinha feito – com um movimento bastante sutil, mas rápido, em volta do balcão, demonstrando o ar de uma autoridade em pleno controle da situação, detalhe que ela nunca esqueceria – sua triunfal intervenção no tumulto, separando os combatentes e dando uma chacoalhada no delinquente. Ela se orgulhara dele naquele momento e sentira que se o caso deles não estivesse ainda decidido, a higiene de sua execução teria vencido a sua resistência.

O caso deles tinha sido decidido por outras coisas: pela evidente sinceridade da paixão dele e pela sensação de que seu amplo e branco avental se assemelhava a uma fachada de muitos andares. Tinha pesado bastante o fato de que ele montaria um negócio que chegaria à altura de seu queixo, que ele mantinha sempre erguido. Seria apenas uma questão de tempo; ele conseguiria ter todo o Piccadilly na caneta que carregava atrás da orelha. Isso era, em si mesmo, um mérito para uma garota que sabia o que ela sabia. Havia momentos em que chegava a achá-lo bonito, embora, francamente, não podia haver nenhum prêmio para seu esforço por imaginar, de parte de um alfaiate ou um barbeiro, algum tipo de tratamento de sua aparência que pudesse fazê-lo se parecer, ainda que remotamente, com um cavalheiro da alta sociedade. Sua real beleza era a beleza de um merceeiro, e o melhor dos futuros não ofereceria absolutamente nenhuma oportunidade para que ela se desenvolvesse. Ela tinha se apegado, em suma, à perfeição de um tipo, e quase qualquer coisa bem-talhada e suave e inteira tinha um peso para uma pessoa ainda consciente, ela própria, de ser um simples e avariado fragmento de um navio naufragado. Mas ajudava muitíssimo, no presente momento, seguir as duas linhas paralelas de sua experiência na gaiola e de sua experiência fora dela. Após ter se mantido calada, por algum tempo, sobre essa oposição, subitamente, numa tarde de domingo, sentada em uma cadeira das que se alugam por dois pênis, no Regent's Park, ela, caprichosa e surpreendentemente, deu-lhe a entender o que isso implicava. Ele vinha, naturalmente, insistindo, cada vez mais, que ela se transferisse para um local onde ele pudesse vê-la a toda hora, e que reconhecesse que, como ela não lhe tinha, até agora, dado qualquer razão sensata para adiar essa decisão, ele nem precisava descrever sua incapacidade para imaginar o que ela tinha em mente. Como se, com as absurdas e péssimas razões que tinha, ela pudesse começar a contar-lhe o que se passava! Às vezes pensava que seria divertido jogá-las todas na cara, pois sentia que desistiria dele a menos que, de vez em quando, o surpreendesse; e algumas vezes ela pensava que isso seria repugnante e até mesmo fatal. Ela gostava, entretanto, que ele pensasse que ela era uma tola, pois isso lhe proporcionava a margem de manobra que, na melhor das hipóteses, ela sempre exigiria; e a única dificuldade, quanto a isso, era que ele não tivera suficiente imaginação para satisfazê-la. Isso produziu, entretanto, algo do efeito desejado, que era deixá-lo simplesmente se perguntando por que, quanto à questão de trabalharem juntos, ela não cedia a seus argumentos. Então, finalmente, como se simplesmente por acaso e apenas para espantar o tédio, num dia bastante comum, ela absurdamente apresentou seus próprios argumentos. "Bom, espera um pouco. Onde estou, ainda vejo coisas." E falava com ele de maneira ainda pior, se é que isso era possível, do que tinha falado com a Sra. Jordan.

Pouco a pouco, para seu próprio espanto, foi se dando conta de que ele estava tentando aceitar a coisa da maneira que ela queria e de que ele não estava surpreso nem zangado. Ah, o comerciante britânico... isso dava-lhe uma ideia dos recursos que ele próprio possuía! O Sr. Mudge só ficaria zangado com uma pessoa que, como o soldado bêbado na loja, pudesse causar um efeito desfavorável sobre os negócios. Ele parecia, por enquanto e sem a mínima indicação de ironia ou ataque de riso, realmente compreender os caprichosos motivos do prazer que ela extraía da clientela do estabelecimento do Sr. Cocker e, instantaneamente, calcular tudo aquilo a que essa situação, como tinha dito a Sra. Jordan, podia levar. O que ele tinha em mente não era, claro, o que a Sra. Jordan tivera em mente: estava inteiramente fora de suas cogitações, como é óbvio, que sua namorada pudesse encontrar um marido. Ela podia perfeitamente ver que ele nem sequer pensara, em momento algum, que ela pudesse sonhar com tal possibilidade. O que ela fizera fora simplesmente dar à sua sensibilidade mais um impulso em direção à indistinta amplitude do mundo dos negócios. Para isso ele estava todo alerta, e ela tinha agitado diante dele a suave fragrância de uma "conexão". Isso era o máximo que ele podia ver em qualquer explicação dos motivos pelos quais ela desejava continuar mantendo contato, por quaisquer e indiretos meios, com a aristocracia; e quando, chegando ao fundo da questão, ela rapidamente passou a mostrar-lhe o tipo de inspeção a que ela submetia esse tipo de gente e a dar-lhe uma ideia do que isso havia revelado, ela o reduziu àquele especial estado de prostração no qual ele ainda conseguia diverti-la.

10

"São uns grandes infelizes, posso lhe assegurar... toda essa gente lá."

"Então por que você quer continuar no meio deles?"

"Meu querido, justamente porque o *são*. Isso faz com que eu os odeie tanto."

"Odeia-os? Pensei que você gostasse deles."

"Não seja tolo. O que eu 'gosto' é precisamente de odiá-los. Você não imagina o que passa diante de meus olhos."

"Então por que você nunca me contou? Você não mencionou qualquer coisa antes de eu sair de lá."

"Ah, ainda não tinha me dado conta. É o tipo de coisa em que no começo não acreditamos; temos que olhar um pouco em volta e então passamos a compreender. Vamos elaborando a ideia aos poucos." "Além disso", a garota continuou, "esta é a época do ano em que chegam os da pior espécie. Eles simplesmente se amontoam naquelas ruas elegantes. Não me venha falar da quantidade de pobres! O que *eu* posso garantir é que há uma grande quantidade de ricos! Há novos ricos a cada dia e eles parecem se tornar cada vez mais ricos. Ah, eles realmente surgem!", exclamou ela, fazendo, para seu próprio deleite, uma imitação – ela estava certa de que o Sr. Mudge não a ouviria – do tom de voz grave do balconista.

"E de onde eles surgem?", perguntou, de forma sincera, seu acompanhante.

Ela teve que pensar um pouco; mas logo depois encontrou o que dizer. "Das 'reuniões da primavera'. Eles apostam somas enormes."

"Bom, eles apostam bastante em Chalk Farm, se é disso que se trata."

"Não é *apenas* isso. Isso é apenas uma milionésima parte!", retrucou ela, com alguma rispidez. "É uma grande diversão" – ela *tinha* que atormentá-lo. Então, tal como ouvira a Srta. Jordan dizer e tal como as senhoras que frequentavam o estabelecimento do Sr. Cocker às vezes escreviam nos telegramas, ela disse: "É muito horrível!". Ela podia sentir plenamente que era a extrema polidez do Sr. Mudge – ele tinha horror às atitudes grosseiras e frequentava uma igreja metodista – que o impedia de perguntar por detalhes. Mas, mesmo sem ele perguntar, ela lhe forneceu alguns dos detalhes mais inócuos, fazendo-o ver como, nos edifícios Simpkin e Ladle, eles faziam chover dinheiro. Era, na verdade, o que ele gostava de ouvir: a conexão não era direta, mas as pessoas se encontravam, de alguma forma, no lugar certo, onde chovia dinheiro, e não onde ele estava caindo de forma escassa e rara. Essa excitação estava no ar, ele tinha que reconhecer, muito menos em Chalk Farm do que no distrito no qual sua amada tão estranhamente desfrutava sua localização. Ela lhe passava, podia perceber, a inquietante sensação de que eram conhecimentos que não deviam ser descartados; germes, possibilidades, pálidas antevisões – só Deus sabia dizer o quê – do ingresso em algo que se mostraria lucrativo quando, no devido tempo, ele tivesse seu próprio negócio em um paraíso desses. O que, de fato, visivelmente o tocava era o fato de que ela podia estimulá-lo, com não mais do que a simples força de um lembrete, mantendo diante dele, como que pelo abanar de um leque, o exato farfalhar das velozes notas de dinheiro e o atrativo da existência de uma classe que a Providência tinha criado para a felicidade dos merceeiros. Ele gostava de pensar que essa classe estava lá, que sempre esteve lá, e que sua noiva contribuía, em grau modesto mas apreciável, para mantê-la à altura. Ele teria sido incapaz de formular uma teoria sobre a questão, mas a exuberância da aristocracia era a vantagem do comércio, e tudo formava uma trama cujo padrão era de uma tal riqueza que era um prazer segui-lo com as pontas dos dedos. Ele se sentia, assim, confortável ao ser assegurado de que não havia nenhum sintoma de decadência. O que fazia o "vibrador", que era como ela chamava o aparelho telegráfico, quando agilmente manejado, senão manter a coisa andando?

O que isso significava para o Sr. Mudge, portanto, era que todos os prazeres estavam, por assim dizer, interligados, e que, quanto mais as pessoas tinham, mais elas queriam ter. Quanto mais flertes houvesse, como ele grosseiramente diria, mais queijos e picles haveria. Ele tinha até mesmo, do seu próprio e modesto jeito, ficado levemente impressionado com o vínculo entre a paixão amorosa e o champanhe barato. O que ele teria gostado de dizer, se fosse capaz de desenvolver seu pensamento até o fim, era: "Eu compreendo, eu compreendo. Incite-os, pois, conduza-os, faça com que continuem: algo disso não deixará, em algum momento, de acontecer *conosco*". Ele se perturbava, entretanto, com a suspeita de sutilezas da parte de sua consorte que arruinavam essa visão linear. Ele não conseguia compreender que as pessoas odiassem aquilo de que gostavam ou que gostassem daquilo que odiavam; magoava-o, sobretudo, em alguma parte dele – pois ele tinha suas próprias sensibilidades –, a ideia de que se pudesse extrair outra coisa que *não* fosse dinheiro dos que estavam acima dele. Ser curioso demais ou tomar qualquer outra liberdade relativamente à pequena nobreza era vagamente errado; a única coisa que era claramente correta era ser próspero a qualquer preço. Não era só porque eles estavam lá no alto que eles eram endinheirados? Ele chegou, de qualquer maneira, a uma conclusão, que comunicou à sua jovem amiga: "Se é impróprio para você permanecer no estabelecimento do Sr. Cocker, então isso vai na exata direção das outras razões que eu lhe apresentei para a sua saída".

"Impróprio?" – seu sorriso transformou-se num demorado e amplo olhar dirigido a ele. "Meu caro rapaz, não existe ninguém como você!"

"Ousaria concordar", ele deu uma risada, "mas isso não resolve a questão."

"Bom", ela retrucou, "não posso renunciar a meus amigos. Estou ganhando mais do que a própria Sra. Jordan."

O Sr. Mudge refletiu. "Quanto *ela* está ganhando?"

"Oh, meu querido tolinho!" e, apesar de todo o Regent's Park, ela deu-lhe um tapinha em sua bochecha. Era num momento como esse que ela se sentia inteiramente tentada a dizer-lhe que ela gostava de estar perto do edifício Park Chambers. Fascinava-a a ideia de testar se, à menção do Capitão Everard, ele não faria o que ela achava que ele faria; não pesaria contra a óbvia objeção a ainda mais óbvia vantagem. A vantagem, naturalmente, só podia parecer-lhe, na melhor das hipóteses, bastante fantástica; mas era sempre bom manter o controle quando se *tinha* o controle, e tal atitude também envolveria, afinal, um alto tributo à fidelidade dela. De uma coisa ela certamente nunca duvidou: o Sr. Mudge confiava nela com toda a confiança! Aliás, ela própria confiava nela: se havia uma coisa no mundo da qual ninguém poderia acusá-la era de que ela pudesse ser o tipo da garçonete da classe baixa que limpava copos e vivia falando gíria. Mas ela se absteve, por enquanto, de falar; ela não tinha falado nem mesmo para a Sra. Jordan; e o silêncio que, em seus lábios, rodeava o nome do Capitão mantinha-se como uma espécie de símbolo do sucesso que, até o momento, tinha acompanhado alguma ou outra coisa – ela não conseguiria ter dito o quê – que ela se comprazia em chamar, sem palavras, de sua relação com ele.

11

Ela teria admitido, na verdade, que essa relação não ia muito além do fato de que, apesar das suas ausências, frequentes e longas, ele sempre acabava retornando. Não era da conta de mais ninguém no mundo a não ser dela própria que esse fato continuasse a ser suficiente para ela. Não era, naturalmente, suficiente apenas em si mesmo; o que fora decisivo para torná-lo suficiente fora a extraordinária posse de certos elementos da vida dele que sua memória e sua atenção tinham, afinal, lhe fornecido. Chegou um dia em que essa posse por parte da garota realmente parecia gozar entre eles, quando os seus olhos se encontravam, de um reconhecimento tácito que era uma brincadeira e, ao mesmo tempo, uma solenidade profunda. Ele sempre lhe desejava agora "bom dia"; muitas vezes, tirava-lhe o chapéu com certo exagero. Fazia algum comentário quando havia tempo ou oportunidade, e uma vez ela chegou ao ponto de lhe dizer que fazia "séculos" que não o via. "Séculos" foi a palavra que ela consciente e cuidadosamente, embora de modo levemente trêmulo, utilizou; "séculos" era exatamente o que ela queria dizer. A isso ele replicou em termos escolhidos, sem dúvida, com uma ansiedade menor, mas, talvez por isso mesmo, não menos notáveis. "Ah, sim, não tem estado terrivelmente úmido?" Era uma amostra do "toma lá, dá cá" entre eles; servia para alimentar a fantasia dela de que nenhuma outra forma tão transcendente e destilada de relacionamento havia jamais sido instituída na terra. Tudo, desde que tivessem escolhido que assim fosse, podia significar quase qualquer coisa. A falta de margem de liberdade de movimento dentro da gaiola, quando ele espiava através das barras, deixava de ter qualquer importância. Era uma limitação apenas nas transações superficiais. Com o Capitão Everard, ela simplesmente tinha a margem de liberdade do universo. Pode-se imaginar, portanto, como a muda referência deles a tudo o que ela sabia sobre ele podia, nessa imensidão, ser exercitada com toda a tranquilidade. Cada telegrama que ele lhe entregava era um acréscimo ao seu conhecimento: que outra coisa o constante sorriso pretendia assinalar se não pretendesse assinalar isso? Ele nunca entrava na agência telegráfica sem dizer-lhe desta maneira: "Ah, sim, você me tem, neste momento, tão completamente em suas mãos que não importa em nada o que eu vou lhe entregar agora. Você se tornou um consolo para mim, isso posso lhe assegurar!".

Ela tinha apenas dois tormentos; o maior dos quais era que ela não podia, nem mesmo uma ou duas vezes, falar com ele sobre nenhum fato específico. Ela teria dado qualquer coisa para poder ser capaz de aludir a um dos amigos dele pelo nome, a um de seus compromissos pela data, a um de seus problemas pela solução. Ela teria dado quase tanto apenas pela oportunidade certa – teria que ser extremamente certa – para mostrar-lhe, de alguma forma incisiva, delicada, que ela tinha perfeitamente compreendido o maior desses problemas e vivia agora, com a posse desse conhecimento, numa espécie de heroísmo fundado na simpatia. Ele estava apaixonado por uma mulher para quem, e por qualquer ângulo pelo qual ela olhasse, uma telegrafista, e especialmente uma telegrafista que vivia uma vida entre presuntos e queijos, era como poeira no chão; e o que seus sonhos desejavam era a possibilidade de que ele, de alguma forma, compreendesse que o interesse que ela própria tinha por ele podia fazê-la aceitar uma pura e nobre explicação para tal entusiasmo e até mesmo para tal impropriedade. Mas, por enquanto, ela só podia ir convivendo com a esperança de que um acidente, mais cedo ou mais tarde, pudesse dar-lhe o empurrão necessário para sair-se com algo que pudesse surpreendê-lo e, talvez, até mesmo, um belo dia, ajudá-lo. Além disso, o que podiam querer as pessoas – pessoas vulgarmente sarcásticas – que não se davam conta de tudo o que se podia extrair do tempo? *Ela* se dava conta de tudo, e parecia se dar mais conta, literalmente, quando cometia erros evidentes, falando dos dias abafados como sendo frios, dos dias frios como sendo abafados, revelando, assim, que não tinha como saber, dentro de sua gaiola, se fazia tempo bom ou tempo ruim. Na agência telegráfica Cocker o ar era, aliás, sempre sufocante, e ela, finalmente, resolveu se fixar na afirmativa segura de que o tempo lá fora estava sempre "mudando".

Parecia verdadeira qualquer coisa que fizesse com que ele concordasse de maneira tão radiante.

Essa era, na verdade uma pequena amostra de como ela cultivava formas insidiosas de tornar as coisas fáceis para ele – formas às quais, naturalmente, ela não podia estar absolutamente segura de que ele fizesse real justiça. A justiça real não era deste mundo: ela fora muito frequentemente obrigada a voltar a essa conclusão; entretanto, estranhamente, a felicidade era, e as armadilhas para esse efeito tinham que ser armadas de maneira a não serem percebidas pelo Sr. Buckton e pelo balconista. O máximo a que ela podia aspirar, tirando a questão, que constantemente tremeluzia e depois se apagava, da divina sorte de ele gostar dela de forma consciente, seria que, sem analisá-la, ele deveria chegar à vaga sensação de que o estabelecimento do Sr. Cocker era, digamos, atrativo; mais cômodo, mais simpático, socialmente mais brilhante, levemente mais pitoresco, em suma, mais propício, em geral, aos pequenos casos dele, do que qualquer outro estabelecimento perto dali. Ela estava bastante consciente de que eles não podiam, num buraco tão apertado, ser particularmente ágeis; mas ela viu vantagem na lentidão – ela certamente podia suportá-la se *ele* podia. O grande tormento era que as agências postais perto dali estavam tão extraordinariamente cheias. Ela estava sempre vendo-o, na imaginação, em outros lugares e com outras garotas. Mas ela desafiaria qualquer outra garota a segui-lo como ela o seguia. E embora eles não fossem, por muitíssimas razões, ágeis na agência do Sr. Cocker, ela podia agilizar as coisas para ele, quando, em virtude de algum indício tão tênue quanto o ar, ela se dava conta de que ele estava com pressa.

Melhor ainda, quando a agilidade era impossível, devia-se à mais prazerosa de todas as coisas: o componente particular do contato entre eles – a "amizade entre eles" era como ela o denominava – que consistia num tratamento um tanto engraçado do feitio de algumas de suas palavras.

Eles talvez não tivessem nunca se tornado tão íntimos se ele não tivesse, prezem os céus, desenhado algumas de suas letras de maneira um tanto estranha... Era inegável que a estranheza dificilmente poderia ter sido maior se ele tivesse exercitado isso com o deliberado propósito de fazer com que suas cabeças, tanto quanto era possível para cabeças que se situavam em lados opostos da grade de arame, se juntassem em cima do formulário. Ela não precisou realmente de mais do que uma ou duas vezes para dominar esses truques, mas, ao custo de lhe dar a impressão, talvez, de ser estúpida, ela ainda podia pô-los à prova quando as circunstâncias eram favoráveis. A mais favorável delas era que ela, algumas vezes, realmente acreditava que ele sabia que ela apenas fingia perplexidade. Se ele o sabia, era, então, porque o tolerava; se o tolerava, ele retornava; e se retornava é porque gostava dela. Esse era o seu sétimo céu; e ela não exigia muito desse gosto que ele podia sentir por ela – ela só pedia que atingisse o ponto em que ele não se afastasse por causa do gosto que ela mesma sentia por ele. Ele tinha, às vezes, que se afastar durante semanas; ele tinha que levar sua vida; ele tinha que viajar – havia lugares para os quais ele estava constantemente telegrafando para reservar "quartos": tudo isso ela admitia que ele fizesse, ela o perdoava por tudo isso; na verdade, no final, ela literalmente o bendizia e o agradecia por isso. Era precisamente por ter de levar sua vida que ele a levava, em grande parte, pelo telégrafo: a benção chegava, portanto, quando ele podia. Isto era tudo o que pedia – que ele não a deixasse inteiramente de fora.

Algumas vezes, ela praticamente sentia que ele não poderia tê-la deixado de fora mesmo que quisesse, em virtude da rede de revelações que tinha se formado entre eles. Ela tremia só de pensar no que uma garota má faria com tanto material. Seria uma cena melhor do que muitas das que ocorriam nos romances baratos que ela tomava emprestados, essa de ir visitá-lo, ao cair da noite, no edifício Park

Chambers e dar-lhe, enfim, a notícia. "Sei agora demasiadas coisas sobre uma certa pessoa para não lhe dizer – perdoe-me por ser tão direta – que mais lhe valeria comprar meu silêncio. Vamos, pois, compre-me!" Houve um ponto, na verdade, em que essas evasões da realidade tiveram de ser novamente abandonadas – o ponto de uma inaptidão para nomear, quando chegasse a hora, a moeda de compra. Não seria certamente nada tão vulgar quanto dinheiro, e a questão, por consequência, permanecia meio vaga, tanto mais que *ela* não era uma garota má. Não era por nenhuma razão desse tipo, que poderia ter atiçado a imaginação de uma simples aproveitadora, que ela, muitas vezes, esperava que ele trouxesse outra vez Cissy. A dificuldade disso, entretanto, estava sempre presente no seu espírito, pois o tipo de comunhão que o estabelecimento do Sr. Cocker tão ricamente estimulava dependia do fato de que Cissy e ele estavam muito frequentemente em lugares diferentes. Agora ela conhecia todos esses lugares – Suchbury, Monkhouse, Whiteroy, Finches – e até mesmo como se compunham as festas nessas ocasiões; mas sua sutileza encontrou formas de fazer com que seu conhecimento ficasse bastante protegido e de garantir que, como ela ouvira a Sra. Jordan dizer, eles continuassem em contato. Assim, quando ele, algumas vezes, realmente sorria como se de fato sentisse o desconforto de lhe dar, outra vez, um dos mesmos e antigos endereços, todo o seu ser se expandia no desejo – que seu rosto deve ter expressado – de que ele reconhecesse sua recusa em criticar como um dos sacrifícios mais nobres e ternos que uma mulher já fizera por amor.

12

De qualquer maneira, ela se sentia ocasionalmente afligida pela sensação de que esses sacrifícios, por maiores que pudessem ser, não eram nada em comparação com os que a sua própria paixão tinha imposto; se, na verdade, não fosse, em vez disso, a paixão da cúmplice dele que o tinha arrebatado e o estava fazendo girar como a enorme roda de uma máquina a vapor. Ele estava, de qualquer modo, impelido pelo furioso vento que era sua vida, nas firmes garras de um esplêndido e vertiginoso destino. Não surpreendia ela, em seu rosto, às vezes, até mesmo por detrás do seu sorriso e do seu jeito alegre de ser, a cintilação daquele pálido brilho com que uma desnorteada vítima apela, ao passar, a algum par de olhos compassivos? Talvez nem mesmo ele soubesse o quanto estava assustado; mas *ela* sabia. Eles estavam correndo perigo, o Capitão Everard e Lady Bradeen, eles estavam correndo perigo: era algo que ia além de qualquer dos romances da loja de empréstimo. Ela pensou no Sr. Mudge e na certeza do sentimento dele; pensou em si própria e ficou ainda mais envergonhada de sua contrapartida pouco entusiasmada. Era um conforto para ela, em tais momentos, achar que, em outra relação – em uma relação que proporcionasse aquela afinidade com a sua natureza que o Sr. Mudge, iludida criatura, nunca proporcionaria –, ela teria sido mais entusiasmada que aquela nobre senhora. Suas mais profundas auscultações consistiram, em duas ou três ocasiões, em se perceber como estando quase certa de que, se ela ousasse, o amante da nobre senhora teria encontrado consolo em se "abrir" para ela. Ela literalmente imaginou, uma ou duas vezes, que, compelido como ele estava em direção à sua sina, seus próprios olhos chamaram-lhe a atenção, enquanto o ar atroava em seus ouvidos, como o único par de olhos compassivos em meio à multidão. Mas como podia ele falar com ela enquanto ela permanecesse ali sentada, espremida entre o balconista e o cubículo do telégrafo?

    Ela tinha, há muito, em suas idas e vindas, se tornado familiarizada com o edifício Park Chambers e refletia, enquanto erguia os olhos para sua magnificente fachada, que *ele*, naturalmente, propiciaria o cenário ideal para a conversa ideal. Não havia nenhum objeto em Londres que, antes do fim da temporada, estivesse mais gravado em sua mente. Tinha que dar uma volta para passar por ele, pois não ficava no caminho; andava pelo lado oposto da rua e sempre olhava para cima, mas levou muito tempo para descobrir qual era o conjunto de janelas de seu apartamento. Ela chegou, finalmente, a essa descoberta por um ato de audácia que, na época, tinha quase feito parar o seu coração e que, ao recordá-lo, deixava-a intensamente ruborizada. Num fim de tarde, ela tinha se detido por mais tempo e tinha ficado esperando – esperando um pouco até que o porteiro, que estava uniformizado e geralmente ficava postado nos degraus da entrada do edifício, tivesse entrado com um visitante. Então, audaciosamente, ela também entrou, calculando que ele tinha conduzido o visitante a um andar superior e que o saguão estaria livre. O saguão *estava* livre, e a luz elétrica dançava sobre o painel dourado que mostrava, em grandes letras, os nomes e os números dos ocupantes dos diferentes andares. O que ela queria saltava-lhe aos olhos – o Capitão Everard estava no terceiro. Era como se, na imensa intimidade dessa situação, eles estivessem, por um instante e pela primeira vez, frente a frente, fora da gaiola. Ai, ai! eles estavam frente a frente, mas apenas por um segundo ou dois: ela foi violentamente tomada pelo pânico de que ele poderia estar entrando ou saindo naquele exato momento. Esse pânico, na verdade, nunca estava, em seus atrevidos desvios de rota, muito distante dela, e estava sempre, da maneira mais estranha, misturado com depressões e desapontamentos. Era aterrorizante, enquanto ela tremia toda, correr o risco de olhar para ele como se ela estivesse sempre, de forma humilhante, rondando por ali; e, contudo, era também aterrorizante ser obrigada a passar por ali apenas nos momentos que tornavam tal encontro impossível.

Na terrível hora em que ela chegava, no início da manhã, à agência postal, ele sempre estava – era o que se podia supor – aninhado na cama; e na hora em que ela deixava o posto telegráfico, no fim do dia, ele, obviamente, estava

– ela tinha tudo isso nas pontas dos dedos – se vestindo para a ceia. Não é preciso dizer que, se ela não podia ficar rondando seu edifício até que ele tivesse terminado de se vestir, era simplesmente porque um tal processo, para uma pessoa como ele, podia ser terrivelmente demorado. Quando ela saía, no meio da tarde, para fazer seu próprio almoço, ela tinha muito pouco tempo para fazer qualquer outra coisa que não fosse ir direto para casa, embora se deva acrescentar que, estivesse ela realmente certa de poder encontrá-lo, ela teria alegremente pulado aquela refeição. Ela tinha decidido que não havia, afinal, nenhum pretexto decente para justificar o fato de ficar rondando por ali, como que por acaso, às três horas da manhã. Era a hora na qual, se os romances baratos que ela lia não estivessem todos errados, ele provavelmente voltava para casa, dando a noite por encerrada. Ela estava, pois, reduzida à mais vã das fantasias de um milagroso encontro contra o qual conspirava uma centena de impossibilidades. Mas se nada era mais impossível que o fato, nada era mais intenso que a imaginação. O que não se passa – não podemos senão especular – na percepção subitamente embotada de uma jovem de alma ardente? Toda a distinção natural de nossa modesta amiga, o refinamento devido à inclinação pessoal, à hereditariedade, ao orgulho encontravam um refúgio naquele pequeno e pulsante ponto; pois quando ela estivesse mais consciente do caráter abjeto de sua vaidade e do aspecto patético de seus pequenos arrebatamentos e manobras, seria, então, mais certo que o consolo e a redenção cintilariam diante dela na forma de algum signo que mal se podia discernir. Ele realmente gostava dela!

13

Ele nunca trouxe Cissy de volta, mas Cissy veio um dia sem ele, tão fresca quanto antes, das mãos de Marguerite, ou apenas, no fim da temporada, um nada menos fresca.

Ela estava, entretanto, distintamente menos serena. Ela não tinha trazido nada com ela e olhava ao redor, com impaciência, procurando os formulários e um lugar para escrever. O local destinado a isso era escuro e pouco apropriado, e sua voz clara tinha um leve tom de desagrado – nunca demonstrado por seu amante – quando ela respondeu com um "Lá?" de surpresa ao gesto feito pelo balconista em resposta à sua abrupta pergunta. Nossa jovem amiga estava ocupada com uma meia dúzia de pessoas, mas ela as tinha despachado da sua maneira mais profissional no momento em que a nobre dama lançou, através das barras, essa luz de reaparição. Então, a presteza com que a garota deu um jeito de receber a missiva que vinha junto com ela era o resultado da concentração que a tinha feito fazer os selos voar em suas mãos durantes os poucos minutos ocupados pela redação da carta. Essa concentração, por sua vez, pode ser descrita como o efeito do pressentimento do alívio iminente. Tinham se passado dezenove dias, minuciosamente contados e recontados, desde que ela tinha visto o objeto de sua reverência; e, assim como, caso ele estivesse em Londres, ela poderia estar segura, dados os seus hábitos, de vê-lo frequentemente, ela estava, agora, prestes a saber qual outro local sua presença poderia por acaso, neste exato momento, estar santificando. Pois ela pensava neles, os outros locais, como extasiadamente cônscios dela, expressivamente felizes com ela.

Mas, Deus meu, como era *bonita* a nobre dama, e que valor agregado dava a ele o fato de que o ar de intimidade que ele exalava tivesse fluído originalmente de uma tal fonte! A garota fitou diretamente, através da gaiola, aqueles olhos e aqueles lábios que deveriam ter estado muito frequentemente tão perto dos dele – fitou-os com uma estranha paixão, que, por um momento, tivera o efeito de preencher algumas das lacunas, fornecendo as respostas que faltavam na correspondência dele. Então, ela se deu conta de que as feições que ela assim examinava e ligava pareciam ignorar totalmente o exame que ela fazia, que brilhavam tão somente com o colorido de pensamentos que eram bem outros e que não se deixavam, de maneira alguma, adivinhar, mas isso só aumentava o seu esplendor, dando à garota a mais vívida das impressões jamais recebida das elevadas e inacessíveis planícies celestiais, fazendo, entretanto, ao mesmo tempo, com que ela vibrasse com a sensação da augusta companhia da qual ela, de alguma forma, partilhava. Ela estava com o ausente por intermédio da nobre dama e com a nobre dama por intermédio do ausente. A única coisa que a afligia – mas isso não tinha importância – era a demonstração, naquele admirável rosto, na cega absorção de sua possuidora, de que essa não tinha nenhuma noção dela. Sua loucura chegara ao ponto de quase acreditar que o outro participante da aventura devia, às vezes, dizer alguma coisa, em Eaton Square, a respeito da extraordinária criaturinha que trabalhava no local de onde ele tão frequentemente passava seus telegramas. Contudo, a percepção da indiferença da visitante ajudava, na verdade, essa extraordinária criaturinha, no instante seguinte, a encontrar consolo numa reflexão que podia ser tão altiva quanto ela quisesse. "Quão pouco ela sabe, quão pouco ela sabe!", a garota exclamava para si própria; pois que outra coisa aquilo provava, afinal, senão o fato de que a confidente telegráfica do Capitão Everard era o fascinante segredo do Capitão Everard? A inspeção que nossa jovem amiga fez do telegrama da nobre dama foi literalmente prolongada por uma breve estupefação: o que nadava entre ela e as palavras, fazendo-a vê-las como se através das ondas de águas rasas, banhadas pela luz do sol, era a perpétua correnteza do "Quanto eu sei – quanto eu sei!". Isso fez com que ela demorasse um pouco a compreender que, aparentemente, essas palavras não lhe forneciam o que ela queria, embora ela tivesse quase imediatamente se lembrado de que o que ela compreendia era, a metade do tempo, justamente o que *não* estava aparente. "Srta. Dolman, Pousada Parade,

Colina Parade, Dover. Faça-o saber imediatamente o local certo, Hotel de France, Ostend. Especifique sete nove quatro nove seis um. Telegrafe-me alternativa Burfield's."

A garota contou lentamente. Então ele estava em Ostend. A ficha caiu com um estalido tão abrupto que, para não sentir que estava, de maneira igualmente rápida, deixando tudo lhe escapar, ela teve que segurá-lo por mais um minuto e fazer algo a respeito. Assim, ela fez, nessa ocasião o que nunca tinha feito antes – saiu-se com um "Resposta paga?", que soou como algo formal, mas que ela meio que compensou ao, deliberadamente, colar os selos e esperar até ter terminado essa tarefa para, então, dar-lhe o troco. Ela dispunha, para tanta frieza, da força que lhe dava o pensamento de que ela sabia tudo sobre a Srta. Dolman.

"Sim, pago." Ela viu todo tipo de coisas nessa resposta, até mesmo um pequeno e reprimido sobressalto de surpresa por ter feito uma dedução tão correta; até mesmo uma tentativa, no minuto seguinte, de mostrar um renovado ar de indiferença. "Incluindo a resposta, quanto devo pagar?" O cálculo não era difícil, mas nossa intensa observadora precisou de um momento para fazê-lo, o que propiciou à nobre dama o tempo suficiente para repensar a questão. "Ah, espera um instante!" A mão branca e cheia de joias, agora sem as luvas, para poder escrever, ergueu-se, num súbito nervosismo, para ir pousar naquele maravilhoso rosto que, com ansiosos olhos pelo papel sobre o balcão, ela aproximou mais das barras da gaiola. "Acho que tenho que alterar uma palavra!" Ela recuperou, assim, seu telegrama e o examinou outra vez; mas ela tinha um novo, um óbvio problema, e o estudava, sem tomar uma decisão, e com o grande efeito de fazer com que a jovem a observasse.

Essa personagem, nesse meio tempo, à vista da expressão dela, tinha tomado, no mesmo instante, uma decisão. Se ela sempre teve certeza de que eles corriam perigo, a expressão da nobre dama era, possivelmente, o melhor sinal disso. Havia uma palavra errada, mas ela tinha esquecido a certa, e muitas coisas claramente dependiam de ela poder lembrá-la de novo. A garota, portanto, calculando razoavelmente a entrada de clientes e a distração do Sr. Buckton e do balconista, resolveu arriscar e forneceu-lhe a palavra. "Não é Cooper's?"

Foi como se ela tivesse fisicamente saltado – como se tivesse voado por cima do balcão da gaiola para ir cair sobre sua interlocutora. "Cooper's?" – o olhar foi reforçado por um rubor. Sim, ela tinha feito Juno ruborizar.

Mais razão ainda para ir adiante. "Quero dizer, em vez de Burfield's."

Nossa jovem amiga quase teve pena dela; ela a tinha tornado, por um instante, muito desamparada, mas nem um pouquinho arrogante ou ofendida. Ela estava apenas confusa e assustada. "Ah, você sabe...?"

"Sim, eu sei!" Nossa jovem amiga sorriu, encontrando os olhos da outra e, tendo feito Juno ruborizar, pôs-se a tratá-la com condescendência. "Pode deixar que *eu farei* isso", disse ela, estendendo uma mão experiente. A nobre dama, confusa e surpresa, toda a presença de espírito tendo se evaporado, limitou-se a se submeter; e no momento seguinte o telegrama estava na gaiola outra vez, e sua autora, fora da agência postal. Então, rapidamente, ousadamente, sob os olhos de quantos podiam ter testemunhado sua adulteração, a extraordinária criaturinha da agência postal Cocker fez a mudança apropriada. As pessoas eram realmente muito estúpidas, e, se elas *fossem*, em um certo caso que conhecemos, descobertas, não seria por culpa de sua magnífica memória. Pois não tinha ficado estabelecido semanas antes que a Srta. Dolman seria sempre "Cooper's"?

14

Mas as "férias" de verão trouxeram uma nítida diferença; eram férias para quase todo mundo, exceto para os animais na gaiola. Os dias de agosto eram monótonos e sem graça e, com tão pouca coisa para alimentá-los, ela estava consciente do refluxo de seu interesse nos segredos dos refinados. Ela estava numa posição que lhe permitia rastrear os refinados a ponto de saber – eles tinham feito tantos de seus arranjos com sua ajuda – exatamente onde eles estavam; mas, para ela, era como se o espetáculo não estivesse mais em ação e a banda tivesse parado de tocar. Ocasionalmente, aparecia um membro extraviado da última, mas as comunicações que passavam diante dela diziam respeito agora, quase sempre, a quartos em hotéis, preços em casas mobiliadas, horários de trem, datas de saída dos navios e arranjos para que fossem "recebidos"; ela achava essas coisas, em grande parte, prosaicas e vulgares. A única coisa boa era que eles deixavam entrar, em seu sufocante cubículo, uma lufada de ar dos prados alpinos e dos lagos escoceses que era a mais pura que ela jamais poderia pretender inalar; além disso, havia, em especial, senhoras gordas, encaloradas e enfadonhas que lhe falavam, à exaustão, das diárias das pousadas litorâneas, que a impressionavam pelo elevado preço, e do número igualmente impressionante de leitos reservados: tudo isso em referência a lugares cujos nomes – Eastbourne, Folkestone, Cromer, Scarborough, Whitby – atormentavam-na, um pouco como o som do ruído de água que assombra o viajante no deserto. Fazia cerca de doze anos que ela não saía de Londres, e a única coisa que dava algum sabor às semanas mortas de agora era o tempero de um crônico ressentimento. Os raros clientes, as pessoas que ela realmente via, eram as pessoas que estavam "de saída" – de saída para o convés de iates de velas ao vento, de saída para o ponto mais extremo de rochosos cabos onde soprava precisamente aquele tipo de brisa cuja falta, dizia ela para si mesma, a punha doente.

Num certo sentido, pois, num período como esse, as grandes diferenças que caracterizavam a condição humana podiam exercer uma pressão sobre ela que era maior do que nunca; uma circunstância que ganhava força renovada, na verdade, exatamente pelo fato de que a sorte, para variar, veio, afinal, diretamente ao seu encontro – a sorte de estar "de saída" por um momento, para um lugar quase tão distante quanto o de todo mundo. Eles se revezavam na escala de férias, na gaiola, tal como se revezavam tanto na mercearia quanto em Chalk Farm; ela ficara sabendo, nesses dois meses, que em setembro ela teria nada menos que onze dias para suas próprias férias. Grande parte de sua conversa recente com o Sr. Mudge tinha consistido em falar das esperanças e dos temores, manifestados principalmente por ele, da possibilidade de eles conseguirem as mesmas datas – uma possibilidade que, em proporção, à medida que o prazer parecia assegurado, esparramava-se por um mar de especulações a respeito da escolha do onde e do como. Durante todo o mês de julho, nas tardezinhas de domingo e em qualquer outra oportunidade inesperada que pudessem aproveitar, ele tinha inundado as conversas entre eles com as ondas mais furiosas de cálculo. Estava praticamente decidido que eles deviam juntar suas economias para viajar, juntamente com a mãe, para algum ponto da "costa sul" (uma frase cujo som lhe agradava); mas, como ele não parava de falar sobre isso, ela já estava começando a achar essa perspectiva um tanto cansativa e desgastante. Isso tinha se tornado o único assunto das conversas dele, o tema, igualmente, de suas mais solenes ponderações e de suas mais insípidas brincadeiras, diante do qual qualquer oportunidade levava à repetição e à recapitulação e no qual a mais minúscula flor de antegozo era arrancada tão logo era plantada. Desde os primeiros dias, ele tinha prontamente declarado – caracterizando a coisa toda, a partir daquele momento, como os "planos" deles, nome sob o qual ele tratava a questão como um consórcio financeiro trata um empréstimo ao governo chinês ou qualquer outro tipo de empréstimo – que o assunto deveria ser estudado profundamente, acumulando, sobre o tema, dia após dia, uma enorme quantidade de informações, que estimulavam a curiosidade dela e até mesmo, e não pouco, como ela francamente fê-lo saber, seu desdém. Quando ela pensou no perigo no qual um outro par de amantes arrebatadoramente vivia, ela lhe perguntou, de novo, por que ele não podia deixar nada ao acaso. O que ela obteve, então, por resposta foi que essa profundidade era justamente o seu orgulho, e que ele incluía todo tipo de comparações entre os possíveis locais para as férias deles, colocando, por exemplo, Ramsgate contra Bournemouth e até mesmo Boulogne contra Jersey (pois ele tinha grandes ideias), com todo o domínio dos detalhes que iria, algum dia, levá-lo longe.

Quanto mais aumentava o tempo que ela não via o Capitão Everard, mais ela estava decidida, como ela dizia, a passar pelo edifício Park Chambers; e essa era a única diversão que, nos arrastados dias de agosto e em seus melancólicos e prolongados crepúsculos, lhe restava cultivar. Havia muito que ela sabia não se tratar de uma grande diversão, embora talvez essa dificilmente fosse a razão para que ela dissesse para si mesma todo fim de tarde, quando se aproximava a hora da saída: "Não, não – não nesta noite". Ela nunca deixava de fazer essa muda observação, tal como nunca deixava de sentir, em algum lugar mais profundo do que qualquer outro que ela tivesse algum dia plenamente explorado, que nossas observações são tão frágeis quanto a palha e que, por mais que nos entreguemos a elas às oito horas, nosso destino declarará, sem falta, a mais absoluta indiferença em relação a elas às oito e quinze. Observações são observações, e não há o que objetar a esse respeito; mas o destino era o destino, e o destino desta jovem consistia em passar pelo edifício Park Chambers todas as noites, durante os dias de semana. Da imensidão do conhecimento que ela tinha da vida em sociedade brotava, nessas ocasiões, a lembrança específica de que, naquela região, era considerado como algo bastante agradável simplesmente ser surpreendido, em passagem pela cidade, nos meses de agosto e setembro, por uma pessoa ou outra. Sempre havia alguém de passagem, e alguém podia surpreender um outro alguém. Era com pleno conhecimento dessa sutil lei que ela seguia o circuito mais ridículo possível para chegar em casa. Numa certa sexta-feira, quente e monótona, sem nada de especial, em que um acidente a tinha feito começar o dia na agência postal um pouco mais tarde que de costume, ela se tornou consciente de que era arrebatada, por fim, por alguma coisa cujas infinitas possibilidades tinham por tanto tempo povoado os seus sonhos, embora a perfeição na qual se deram as condições para torná-la presente era quase rica demais para não ser senão o produto evidente de um sonho. Ela via, bem à sua frente, como uma paisagem pintada em um quadro, a rua vazia e as lâmpadas que bruxuleavam na noite que ainda não se firmara. Foi na conveniência desse calmo crepúsculo que um cavalheiro, em pé nos degraus de entrada do edifício Chambers, fitava com uma vaguidão que fazia a pequena figura de nossa jovem tremer, ao chegar perto, com o grau de sua resistência para se dissipar. Tudo transformou-se, na verdade, num terrível e distinto clarão; suas antigas dúvidas abandonaram-na e, como ela estava tão familiarizada com o destino, ela sentiu como se o próprio cravo que o fixava fosse martelado pelo duro olhar com o qual, por um instante, o Capitão Everard a esperava.

O vestíbulo atrás dele estava aberto, e o porteiro estava tão ausente quanto no dia em que ela tinha ficado espiando; ele tinha acabado de sair do edifício – estava na cidade, num terno de tweed e com chapéu-coco na cabeça, mas no intervalo entre duas viagens –, devidamente entediado com sua noite e sem saber o que fazer com ela. Ela sentiu-se, então, feliz por nunca tê-lo encontrado antes daquela maneira: ela abraçou com êxtase supremo a vantagem de ele não ser capaz de imaginar que ela passava por ali com frequência. Ela decidiu, em dois segundos, que ele devia até mesmo supor que era a primeiríssima vez que ela fazia isso e pelo mais estranho dos acasos: tudo isso enquanto ela ainda se perguntava se ele a reconheceria ou a notaria. Sua atenção inicial não tinha sido, ela instintivamente sabia, para a moça da agência postal; tinha sido para qualquer moça que fosse capaz de não perturbar aquela calma atmosfera, e, na verdade, aquele poético momento, com qualquer tipo de feiura. Ah, mas, então, e assim que ela alcançara a porta, veio o segundo gesto de observação dele, um longo e alegre olhar com o qual, visivelmente e bastante satisfeito, ele se lembrou dela e a situou. Eles estavam em lados diferentes da rua, mas a rua, estreita e calma, não passava de um cenário para o pequeno e momentâneo drama. Além disso, não tinha terminado, estava longe de estar terminado, até mesmo quando ele fez, do outro lado da rua, com a mais agradável das risadas que ela jamais ouvira, um pequeno aceno com seu chapéu, juntamente com um "Ah, boa noite!". Tampouco tinha terminado quando eles se encontraram, no minuto seguinte, embora muito indireta e desajeitadamente, no meio da rua – uma situação para a qual os três ou quatro passos que ela própria dera tinham, sem dúvida, contribuído –, nem, depois, quando eles se dirigiram não para o lado de onde ela tinha chegado, mas à entrada do edifício Park Chambers.

"Não a tinha reconhecido no começo. Você está dando um passeio?"

"Ah, eu não dou passeios à noite! Estou indo para casa, após o trabalho."

"Ah!"

Essa foi praticamente a única coisa que eles, nesse pequeno intervalo, sorrindo, disseram, e a exclamação dele, à qual, por um instante, ele parecia não ter nada a acrescentar, deixou-os face a face e numa atitude tal que, no que lhe dizia respeito, ele poderia ter aparentado, caso estivesse se perguntando, se seria apropriado convidá-la a entrar. Na verdade, durante esse intervalo, ela de fato sentiu que a pergunta dele era simplesmente: "Quão apropriado...?". Tratava-se apenas de uma questão de grau.

15

Ela nunca soube, depois, o quê, exatamente, fez resolver isso, e tudo o que sabia, naquela ocasião, é que eles tinham agora saído juntos, um tanto incertamente, mas sem parar, da paisagem do iluminado vestíbulo e das calmas escadarias, e dado uma boa caminhada rua acima. Isso tudo também deve ter ocorrido sem qualquer consentimento definido, sem qualquer coisa, aliás, vulgarmente enunciada por qualquer um deles; e iria, mais tarde, constituir, para ela, matéria para lembranças e reflexões o fato de que o ponto culminante do que, nesse exato local, por um interminável minuto, tinha se passado entre eles foi ele ter compreendido a sua completa e bem-sucedida desaprovação, ainda que transmitida sem orgulho ou palavras ou gestos, da ideia de que ela poderia ser, fora da gaiola, a própria caixeirinha vulgar que ela se felicitava por não ser. Sim, era estranho, ela pensou mais tarde, que tanta coisa tivesse chegado e ido embora sem, entretanto, ter desfigurado a pequena, intensa e desejada crise com impertinências ou ressentimentos ou com quaisquer das horríveis marcas de relações desse tipo. Ele não tinha tomado, como ela teria dito, nenhuma liberdade; e, não tendo que deixar escapar que percebera alguma, ela própria não tinha, ainda mais sedutoramente, tomado nenhuma. De pronto, entretanto, ela podia especular se isso significava, caso a relação dele com Lady Bradeen continuasse a ser o que a mente dela tinha concebido, que ele deveria se sentir livre para agir com acentuada independência. Essa era uma das questões cuja resposta ele iria deixar a cargo dela – a questão de saber se os de sua classe ainda convidavam garotas a subirem ao seu apartamento quando eles estavam tão terrivelmente apaixonados por outras mulheres. Poderiam os da classe dele fazer isso sem ser o que os da classe *dela* chamariam de "infiéis ao seu amor"? Ela já podia imaginar que a resposta verdadeira era que, nesses casos, os da classe dela não importavam – não contavam como infidelidade, contavam apenas como alguma outra coisa: ela podia ter ficado curiosa, uma vez que tudo se resumia a isso, em saber exatamente o quê.

Passeando juntos, devagar, sob sua luz do crepúsculo de verão e por sua deserta esquina de Mayfair, eles acabaram por sair no lado oposto a um dos menores portões do Parque; ao que, sem qualquer palavra específica a respeito daquilo – estavam simplesmente falando de outras coisas –, eles cruzaram a rua e entraram e se sentaram num banco. Ela tinha cultivado, nesse ponto, uma só e grande esperança a respeito dele – a esperança de que ele não diria nada vulgar. Ela sabia muito bem o que queria dizer com isso; queria dizer algo bem diferente de qualquer coisa que tivesse a ver com ele ser "infiel". O banco deles não estava longe do portão; estava perto da cerca da alameda do parque e das lâmpadas irregulares e dos ônibus e táxis ruidosos. Sobreveio-lhe uma estranha emoção, e estava tendo, na verdade, uma sensação atrás da outra; acima de tudo, um prazer consciente em submetê-lo a provas com riscos que ela sabia que ele não correria. Tinha um intenso desejo de que ele soubesse a classe à qual ela realmente se conformava sem ter que fazer nada tão vulgar quanto dizê-lo expressamente, e ele tinha certamente começado a percebê-lo desde o momento em que não se aproveitou das oportunidades que teriam prontamente levado um homem comum a dar um passo em falso. Essas oportunidades estavam na simples e desajeitada superfície, e por detrás e por debaixo delas a relação *deles* era linda. Ela havia questionado tão pouco, no caminho, o que eles poderiam estar fazendo que, tão logo eles se sentaram, ela foi direto ao ponto. As horas que ela passava no posto, seu confinamento, as muitas condições do serviço na agência – incluindo uma menção aos recursos e alternativas postais dele próprio – tinham constituído, até esse momento, o tema da conversa deles. "Bom, aqui estamos, e está tudo bem; mas não é, de forma alguma, você sabe, para onde eu estava indo."

"Você estava indo para casa?"
"Sim, e já estava bastante atrasada. Estava indo jantar."
"Você ainda não tinha jantado?"
"Não, na verdade, não!"
"Então você não comeu...?"
Ele parecia, subitamente, tão extraordinariamente preocupado que ela deu uma risada. "O dia todo, você quer dizer? Sim, nós nos alimentamos uma vez por dia. Mas isso foi há muito tempo. Agora, devo, pois, despedir-me."

"Oh, pobrezinha!", exclamou ele com uma entonação tão divertida, mas com um toque tão leve e uma preocupação tão clara – uma confissão de impotência para resolver um caso como esse, em suma, tão desamparado – que ela logo ficou convencida de que tinha conseguido ter deixado claro qual era a grande diferença. Ele a olhou com o mais gentil dos olhos, sem dizer, entretanto, o que ela sabia que ele não diria. Ela sabia que ele não diria "Então, jante *comigo*!", mas a confirmação disso a fez sentir-se como se ela tivesse se banqueteado.

"Não estou nem um pouco com fome", ela continuou.

"Ah, você *tem* de estar, e com muita fome!", ele respondeu, mas acomodando-se no banco como se, afinal, isso não precisasse interferir na maneira como passava sua noite. "Eu sempre quis muito ter a oportunidade de lhe agradecer pelos incômodos pelos quais você passa por minha causa."

"Sim, eu sei", ela replicou; pronunciando as palavras com uma consciência da situação muito mais profunda do que qualquer fingimento de não se enquadrar em sua alusão. Ela logo percebeu que ele tinha ficado surpreso e até mesmo um pouco desorientado com sua franca concordância; mas, para ela própria, os incômodos por quais tinha passado só podiam estar todos lá, em seu colo, nesses fugazes minutos – eles provavelmente nunca retornariam –, como uma pequena arca escondida toda feita de ouro puro. Ele certamente poderia olhá-la, manuseá-la, pegar as peças. Mas se ele entendia alguma coisa, ele devia entender tudo. "Considero que você já me agradeceu bastante." Ela estava tomada do horror de que parecesse estar esperando por alguma espécie de recompensa. "É muitíssimo estranho que você devesse estar lá precisamente naquele momento...!"

"No momento em que você passou por minha casa?"

"Sim; como você pode imaginar, não disponho de muito tempo livre. Havia um lugar ao qual eu devia ir esta noite."

"Percebo, percebo" – ele sabia já tanta coisa sobre o trabalho dela. "Deve ser uma rotina dura... para uma mulher."

"De fato, é, mas eu não me queixo disso, não mais que meus colegas – e você viu que *eles não são* mulheres!" A brincadeira era leve, mas deliberada. "A gente se acostuma com as coisas, e há empregos que eu odiaria muito mais." Ela tinha a nítida noção de como era maravilhoso o fato de que, pelo menos, não o estava aborrecendo. Lamuriar-se, contabilizar as injustiças sofridas era o que a garçonete de um bar ou a vendedora de uma loja fariam, e já era mais do que suficiente ter de ficar lá sentada como se fosse uma delas.

"Se você tivesse um outro emprego", ele observou após um momento, "nós nunca teríamos nos conhecido."

"É altamente provável – e certamente não da mesma forma." Então, ainda com seu monte de ouro no colo e com certo orgulho dele, demonstrado na maneira como mantinha a cabeça erguida, ela continuou imóvel, limitando-se a sorrir para ele. A noite tinha, agora, se adensado; as esparsas lâmpadas estavam rubras; o Parque, todo diante deles, estava cheio de uma vida obscura e ambígua; havia outros casais em outros bancos, os quais era impossível não ver e, contudo, para os quais era impossível olhar. "Mas me afastei muito do meu caminho, com você, apenas para mostrar-lhe que... que..." – com isso ela fez uma pausa; não era, afinal, algo tão fácil de expressar – "...que qualquer coisa que você possa ter pensado é inteiramente verdadeira."

"Ah, tenho pensado muito!", disse seu acompanhante, com uma risada. "Você se importa que eu fume?"

"Por que eu me importaria? Você sempre fuma *lá*."

"No seu local de trabalho? Ah, sim, mas aqui é diferente."

"Não", ela disse, enquanto ele acendia um cigarro, "é precisamente o que não é. É exatamente a mesma coisa."

"Bom, então, é porque 'lá' é tão maravilhoso!"

"Então você se dá conta de como é maravilhoso?", ela replicou.

Ele sacudiu a bela cabeça, em um protesto literal contra uma dúvida. "Veja, é exatamente isso que quero dizer com minha gratidão por todo o incômodo que você passa por minha causa. É como se você colocasse nisso um interesse especial." Como resposta, ela se limitou a olhar para ele, num constrangimento, como ela sabia muito bem, tão repentino e impulsivo que, enquanto ela permanecia em silêncio, ele mostrou-se surpreso por sua expressão. "Você *colocou* nisso – não colocou? – um interesse especial?"

"Ah, um interesse especial!", disse ela, a voz tremendo, sentindo a coisa toda – seu impulsivo constrangimento – tomar conta total dela, e desejando, em repentino pânico, manter, ainda mais, sua emoção sob controle. Ela manteve seu sorriso fixo por um momento e voltou seus olhos para a escuridão cheia de gente, mas menos confusa agora, porque havia algo que a confundia muito mais. Tratava-se, com uma enorme e fatal urgência, simplesmente do fato de que eles estavam, assim, juntos. Eles estavam perto, muito perto, e tudo o que ela tinha imaginado sobre essa situação só tinha se tornado mais verdadeiro, mais apavorante e avassalador. Ela olhou diretamente para o outro lado, em silêncio, até perceber que parecia uma idiota; então, para dizer alguma coisa, para dizer coisa nenhuma, ela tentou emitir um som que acabou numa torrente de lágrimas.

16

As lágrimas ajudaram-na, realmente, a disfarçar seus sentimentos, porque, ela tinha, numa situação tão pública como essa, que se recobrar imediatamente. Elas tinham vindo e ido embora em meio minuto, e, imediatamente, ela lhes deu uma explicação. "É só porque estou cansada. É isso – é isso!" E, então, acrescentou de maneira um tanto incoerente: "Nunca mais o verei novamente".

"Ah, mas por que não?" O simples tom no qual seu acompanhante fez a pergunta satisfez de uma vez por todas sua curiosidade quanto ao grau de imaginação que ela podia esperar dele. Não era, obviamente, grande: tinha se esgotado na conclusão a que ele já tinha aludido – o sentimento de uma intenção no modesto cuidado dela na agência postal. Mas qualquer deficiência desse tipo não era, nele, nenhum defeito: *ele* não era obrigado a ter uma inteligência inferior – a ter recursos e virtudes de segunda classe. Era como se ele quase realmente acreditasse que ela tinha chorado simplesmente de cansaço, e ele tinha, consequentemente, feito um apelo um tanto confuso – "Você deveria realmente comer algo: você não gostaria de comer alguma coisa *em algum lugar?*" –, pergunta à qual ela não deu qualquer resposta, limitando-se a balançar a cabeça com tal energia que dava o assunto por encerrado. "Por que, com mais razão, não podemos continuar nos encontrando?"

"Quero dizer, encontrando-nos deste jeito – apenas deste jeito. Lá no meu local de trabalho – *isso* eu não me importo, e eu espero, naturalmente, que você continue aparecendo lá, com sua correspondência, quando for de sua conveniência. Quero dizer, quer eu fique lá ou não; pois provavelmente não ficarei."

"Você está indo para algum outro lugar?" – ele perguntou com evidente ansiedade.

"Sim, e para bem longe – para o outro lado de Londres. Por toda uma série de razões que não posso lhe revelar, mas está praticamente decidido. É melhor para mim, muito melhor; e só continuo na agência postal Cocker por causa de *você*."

"Por causa de mim?"

Percebendo, na escuridão, que ele se ruborizava levemente, ela agora avaliava o quão distante ele tinha estado de saber demasiado. Demasiado, era sua resposta no momento; e isso era fácil, pois, para ela, a prova estava mais do que evidente no simples fato de ele estar ali. "Que não deveremos nunca mais falar deste jeito a não ser nesta noite – nunca, nunca mais! –, eis do que se trata. Vou dizer; não me importo com o que você possa pensar; não importa; só quero ajudá-lo. Além disso, você é amável – você é amável. E, depois, faz muito tempo que venho pensando em deixar o emprego para sempre. Mas você tem vindo tantas vezes à agência – em certos períodos – e você tem tido tanta coisa a fazer, e tem sido tão agradável e interessante, que eu permaneci, fiquei adiando minha saída. Mais de uma vez, quando eu tinha quase decidido, você voltava outra vez e eu pensava 'Ah, não!'. É a pura verdade!" Ela tinha, nesta altura, dominado tão completamente sua confusão que conseguia rir. "Era isso que eu queria dizer quando lhe falei há pouco que eu 'sabia'. Eu sabia perfeitamente que você sabia que eu me arriscava por você; e esse conhecimento era para mim, e parecia-me perceber que era para você, como se houvesse algo – não sei como dizê-lo! – entre nós. Quero dizer, algo incomum e bom e muito bonito – algo nem um pouco feio ou vulgar."

Ela tinha, nesse ponto, ela podia perceber, produzido um grande efeito sobre ele; mas ela teria falado a verdade para si mesma se, no mesmo instante, ela tivesse declarado que ela simplesmente não se importava: tanto mais que o efeito deveria ser de extrema perplexidade. O que, tudo somado, estava visivelmente claro para ele, entretanto, era que ele estava extremamente feliz de tê-la encontrado. Ela o retinha, e ele estava perplexo com a força disso; ele era atencioso, imensamente amável. Seu cotovelo estava apoiado no encosto do banco, e sua cabeça, com o chapéu-coco puxado bastante para trás, de um jeito um tanto juvenil, de tal modo que ela realmente viu quase que pela primeira vez sua fronte e seu cabelo, apoiava-se na mão na qual ele tinha amarrotado suas luvas. "Sim", ele concordou, "nem um pouco feio ou vulgar."

Ela se conteve por um instante antes de contar toda a verdade. "Faria qualquer coisa por você. Faria qualquer coisa por você." Nunca, em sua vida, tinha ela conhecido algo tão elevado e tão nobre quanto isso, simplesmente deixar que ele soubesse e, corajosa e gloriosamente, deixar o assunto morrer. Não era verdade que o local, as associações e as circunstâncias faziam perfeitamente com que parecesse o que não era? E não era verdade que exatamente nisso estava a beleza de tudo?

Assim, ela, corajosa e gloriosamente, deixou o assunto morrer e, pouco a pouco, percebeu que ele concordava, que ele discordava, como se estivessem em um sofá de cetim em um *boudoir*. Ela nunca tinha visto um *boudoir*, mas havia uma quantidade enorme de *boudoirs* nos telegramas. O que ela dissera, de qualquer forma, tocou-lhe fundo, de maneira que, após um minuto, ele simplesmente fez um movimento que teve o efeito de colocar a mão dele sobre a dela – na verdade, nesse exato momento, o de ela sentir sua mão sendo firmemente segurada. Não havia nenhuma pressão para que ela retornasse o gesto, não havia nenhuma pressão para que ela o rejeitasse; ela simplesmente continuou sentada, admiravelmente imóvel, satisfeita, momentaneamente, com a surpresa e a perplexidade da impressão que causara nele. A agitação dele era, na verdade, considerada globalmente, maior do que a que ela tinha inicialmente imaginado. "Escute, você não deve pensar em sair!", ele, finalmente, deixou escapar.

"Sair da agência postal Cocker, você quer dizer?"

"Sim, você deve permanecer lá, não importa o que acontecer, e ajudar um amigo."

Ela ficou um pouco em silêncio, em parte porque era tão estranho e raro perceber que ele a observava como se isso realmente lhe importasse e ele estivesse quase que em suspense. "Então você *tem* mesmo percebido o que eu tenho tentado fazer?", ela perguntou.

"Bom, não foi exatamente para agradecer-lhe por isso que me afastei apressadamente de minha porta há pouco?"

"Sim; foi o que você disse."

"E você não acredita?"

Ela dirigiu o olhar, por um instante, para a mão dele, que continuava a cobrir a sua; com isso, ele imediatamente a retirou, cruzando, em vez disso, um tanto inquietamente, os braços. Sem responder a pergunta dele, ela continuou: "Você alguma vez falou sobre mim?".

"Falar sobre você?"

"Sobre o fato de eu estar lá... sobre o fato de eu saber, esse tipo de coisa."

"Ah, nunca, a nenhuma criatura humana!", declarou ele, ligeiro.

Com isso, ela hesitou um pouco, o que se expressou em outra pausa, mas em seguida ela voltou ao que ele tinha lhe perguntado havia pouco. "Ah, sim, eu realmente acredito que você gosta disso – de eu estar sempre lá e de nós retomarmos as coisas com tanta familiaridade e eficácia: se não exatamente no ponto em que as deixamos", ela deu uma risada, "quase sempre, ao menos, em um ponto interessante!" Ele estava prestes a dizer alguma coisa em resposta a isso, mas sua amável animação foi mais rápida. "Você quer tantas coisas em sua vida, tantos confortos e criados e coisas luxuosas; você quer que tudo seja tão agradável quanto possível. Então, se está ao alcance de uma pessoa em particular ajudá-lo a conquistar tudo isso..." Ela tinha voltado, sorrindo, o rosto para ele, só pensando.

"Ora, deixemos disso!" Mas ele estava se divertindo bastante com a situação. "Bom, e então?", perguntou ele, como se para alegrá-la.

"Bom, essa pessoa particular não deve falhar nunca. Nós devemos, de alguma forma, dar um jeito nisso para você."

Ele jogou a cabeça para trás, dando uma gargalhada; ele estava realmente animado. "Ah, sim, de alguma forma!"

"Bom, acho que, de uma maneira ou de outra, cada um de nós faz isso, ainda que modestamente, e de acordo com nossas limitadas luzes, não é verdade? Quanto a mim, estou contente, de qualquer forma, de vê-lo satisfeito; pois posso assegurar-lhe que fiz o melhor que pude."

"Você faz melhor do que qualquer outra pessoa!" Ele tinha riscado um fósforo para começar a fumar outro cigarro, e a chama iluminou por um instante seu sensível e perfeito rosto, fazendo com que a amabilidade com que ele lhe pagava seu tributo se mostrasse em um agradável semblante. "Você é extremamente inteligente, você sabe; mais inteligente, mais inteligente, mais inteligente...!" Ele parecia estar prestes a fazer uma fantástica declaração; então, subitamente, tirando baforadas de seu cigarro e se mexendo quase com violência no assento, ele deixou o assunto morrer completamente.

17

A despeito desse recuo, se não precisamente em razão dele, ela sentiu como se Lady Bradeen, que só faltava ser nomeada, tivesse entrado diretamente na conversa; e ela praticamente deixou escapar essa percepção ao esperar um pouco antes de responder: "Mais inteligente do que quem?".

"Bom, se eu não temesse que você pudesse pensar que eu estivesse sendo insolente, eu diria... do que qualquer outra pessoa! Se você deixar o seu emprego lá, para onde irá?", perguntou ele, mais seriamente.

"Ah, longe demais para que você possa, algum dia, me achar!"

"Eu a acharia em qualquer lugar."

O tom disso era ainda tão mais sério que ela não tinha senão seu próprio reconhecimento. "Faria qualquer coisa por você... faria qualquer coisa por você", ela repetiu. Ela já tinha, achava ela, dito tudo; assim, que diferença fazia algo a mais, algo a menos? Era exatamente essa, na verdade, a razão pela qual ela podia, em um tom mais leve, aliviá-lo, generosamente, de qualquer constrangimento produzido pelo tom solene, dele próprio ou dela. "Naturalmente, deve ser bom para você poder pensar que está rodeado de pessoas que pensam assim."

Entretanto, num gesto de imediata gratidão por ela ter dito isso, ele se limitou a fumar, sem olhar para ela. "Mas você não pretende deixar seu atual emprego?", finalmente se exprimiu ele. "Quero dizer, você *continuará* trabalhando nos correios?"

"Ah, sim; acho que tenho certo dom para isso."

"Certamente! Ninguém pode chegar aos seus pés." Com isso, ele se voltou ainda mais para ela. "Mas você pode conseguir, ao se mudar, maiores vantagens?"

"Posso consegui-las nas agências mais baratas dos subúrbios. Eu moro com minha mãe. Nós precisamos de um espaço maior. Há um lugar em especial que tem outros atrativos."

Ele hesitou por um momento. "Onde é que fica?"

"Ah, bem fora de *seu* caminho. Você nunca terá tempo para isso."

"Mas lhe digo que irei a qualquer lugar que seja. Você não acredita nisso?"

"Sim, uma vez ou duas. Mas você logo verá que não lhe será conveniente."

Ele fumava e refletia; ele pareceu estirar-se um pouco e, com as pernas estendidas, deixou-se ficar mais confortável. "Ora, ora, ora... acredito em tudo o que você diz. Aceito qualquer coisa que você queira... da maneira mais extraordinária." Ela com certeza se deu conta – e quase sem amargura – de que a maneira em que ela já estava, como se fosse uma velha amiga, arranjando para ele e preparando a única magnificência que podia conseguir, era, sem dúvida, a mais extraordinária. "Não vá, *não vá* embora!", ele logo continuou. "Sentirei muitíssimo a sua falta!"

"Você acaba, então, de me fazer um pedido explícito?" – ah, como ela tentou fazer com que aquilo não soasse como a brutalidade da barganha! Isso não devia ser muito difícil, pois o que é que ela estava tentando conseguir? Antes que ele pudesse responder, ela continuou: "Para ser perfeitamente honesta, devo dizer-lhe que vejo na agência do Sr. Cocker algumas fortes atrações. Todos vocês indo lá. Eu gosto de todos os horrores."

"Os horrores?"

"Todos vocês – você sabe a que grupo me refiro, ao *seu* grupo – tratam-me como se eu não tivesse mais sentimento que uma caixa de correio."

Ele pareceu bastante comovido com a maneira como ela expressou isso. "Ah, eles não sabem!"

"Não sabem que não sou estúpida? Não, como deveriam saber?"

"Sim, como deveriam saber?", disse o Capitão de maneira compreensiva. "Mas a palavra 'horrores' não é um tanto forte?"

"O que você *faz* é bastante forte!", a garota prontamente replicou.

"O que *eu* faço?"

"Sua extravagância, seu egoísmo, sua imoralidade, seus crimes", ela continuou, sem ligar para a expressão dele.

"Não *diga* isso!" seu acompanhante exibia o mais estranho dos olhares.

"Gosto deles, como lhe digo – me divirto com eles. Mas não precisamos entrar nesse assunto", ela calmamente continuou; "pois tudo o que tiro disso é o inócuo prazer de saber. Eu sei, eu sei, eu sei!" – disse ela, num suave sussurro.

"Sim; é isso que se passa entre nós", ele respondeu de uma maneira muito mais simples.

Ela podia desfrutar da simplicidade dele em silêncio, e por um momento ela o fez. "Se eu continuar na agência porque você o quer – e eu bem que serei capaz disso –, há duas ou três coisas que você deve lembrar. Uma é, você sabe, que eu fico lá, às vezes por dias e semanas a fio sem que você jamais apareça."

"Ah, eu irei todos os dias!", ele exclamou com sinceridade.

Ela estava prestes, quando ele disse isso, a imitar com a mão o movimento que ele fizera havia pouco; mas controlou-se a tempo, não carecendo, absolutamente, de eficácia o reconfortante substituto encontrado por ela. "Como pode você fazer isso? Como pode?" Ele só tinha, muito visivelmente, de refletir sobre isso, na penumbra vulgarmente animada do parque, para compreender que ele não podia; e, nesse ponto, pela simples ação do seu silêncio, tudo o que eles tinham tão decididamente deixado de nomear, a plena presença em torno da qual eles estiveram andando em círculos, tornou-se parte da referência deles, solidamente instalada entre eles. Foi como se, então, por um minuto, eles tivessem se sentado e tivessem visto tudo, um nos olhos do outro, visto tantas coisas que não havia nenhuma necessidade de um pretexto para dizê-lo, finalmente, de forma explícita. "O perigo que você corre, o perigo que você corre...!" A voz dela, na verdade, tremia ao dizer isso, e ela só podia, por enquanto, novamente, deixar a conversa morrer.

Durante esse momento, ele se inclinou para trás no banco, encontrando seus olhos em silêncio e com uma expressão na face que se tornou ainda mais estranha. Tornou-se tão estranha que, após mais um instante, ela se levantou. Ela ficou ali, em pé, como se agora a conversa deles tivesse terminado, e ele se limitou a ficar sentado e a olhar para ela. Foi como se agora – por causa da terceira pessoa que eles tinham introduzido na conversa – eles tivessem que ser mais cuidadosos; de modo que o máximo que, finalmente, ele pôde dizer foi: "É disso que se trata!".

"É disso que se trata!", a garota replicou, de forma igualmente cautelosa. Ele permaneceu sentado, sem se mexer, e ela acrescentou: "Não vou abandoná-lo. Adeus."

"Adeus?", interpôs ele, mas sem se mexer.

"Não vejo claramente o que vou fazer, mas eu não o abandonarei", ela repetiu. "É isso. Adeus."

Isso fez com que ele se levantasse com um movimento brusco, jogando fora seu cigarro. Seu desolado rosto estava rubro. "Veja só, veja só!"

"Não, não o abandonarei; mas agora devo deixá-lo", ela continuou como se não o tivesse escutado.

"Veja só, veja só!" Ele tentou, sem sair do banco, tomar sua mão outra vez.

Mas aquilo tinha, definitivamente, decidido as coisas para ela: isso era, afinal, tão ruim quanto o convite para jantar. "Você não deve me acompanhar – não, não!"

Ele encolheu-se no banco, como se ela o tivesse empurrado. "Não posso ver sua casa?"

"Não, não; deixe-me ir." Ele olhou quase como se ela o tivesse golpeado, mas ela não se importou; e a maneira como falou – era, literalmente, como se ela estivesse zangada – tinha a força de uma ordem. "Fique onde você está!"

"Escute, escute!", apelou ele, apesar de tudo.

"Não vou abandoná-lo", ela exclamou uma vez mais – dessa vez com um tom bastante apaixonado; com isso, ela se afastou dele tão rapidamente quanto podia e deixou-o lá, a olhá-la.

18

O Sr. Mudge andava tão ocupado, ultimamente, com seus famosos "planos" que tinha se descuidado, por um tempo, da questão da transferência dela; mas lá em Bournemouth, que tinha acabado por ser escolhido como o local de recreação do par, por um processo que consistiu exclusivamente, ao que parece, em encher de inumeráveis cálculos da mais pura aritmética as páginas de uma caderneta muito ensebada, mas também muito ordenada, a incômoda possibilidade tinha se dissolvido – o fugaz absoluto dominava a cena. Os planos eram simplesmente trocados a toda hora, e era um grande descanso para a garota, sentada no cais, olhando o mar e as pessoas, vê-los desaparecerem como fumaça e perceber que, de um momento para o outro, restavam menos coisas a serem calculadas. A semana, felizmente, mostrou-se agradável, e a mãe – em parte, para seu constrangimento e, em parte, para seu alívio – fez um acerto com a proprietária que dava ao casal mais jovem um alto grau de liberdade. A mãe se satisfazia com uma semana em Bournemouth numa sufocante e afastada cozinha e com conversas intermináveis; a um ponto tal que até mesmo o Sr. Mudge, habitualmente inclinado, na verdade, como ele próprio às vezes admitia, a escrutinar todos os mistérios e a enxergar nas coisas mais do que realmente existia, fazia comentários a respeito, quando se sentava sobre as rochas com sua prometida, ou no convés de barcos a vapor que os transportavam, apertados como sardinha em lata, mas plenamente felizes, à Ilha de Wight e ao litoral de Dorset.

Ele se alojava noutra casa, na qual ele tinha rapidamente aprendido a importância de conservar seus olhos abertos, e não fazia nenhum segredo de suas suspeitas de que sinistras e mútuas conivências podiam surgir, sob o teto de suas acompanhantes, nascidas de modos sociais que poderiam ser chamados de pouco naturais. Ao mesmo tempo, reconhecia plenamente que, como fonte de ansiedade, para não dizer de gastos, sua futura sogra lhes teria pesado mais se seguisse os passos do casal do que fazendo à sua anfitriã, em benefício da tendência que eles achavam nunca terem mencionado, promessas equivalentes às que ela fazia quanto às latinhas de chá e aos potes de geleia. Essas eram as questões – tratava-se, na verdade, das mercadorias de sempre – que ele tinha, agora, que colocar na balança; e sua prometida tinha, como consequência, durante suas férias, a estranha, mas agradável e quase lânguida sensação de um anticlímax. Ela tinha se tornado consciente de um extraordinário colapso, uma capitulação à letargia e ao retrospecto. Ela não tinha vontade de passear nem de andar de barco; bastava-lhe sentar-se nos bancos e ficar admirando o mar e desfrutando da brisa e gostando de não ter de estar na agência postal e de não ser obrigada a ver o balconista. Ela ainda parecia esperar por algo – algo no tom das grandes discussões que tinham ampliado sua breve semana de ócio à escala de um mapa-múndi. Algo acabara por surgir, afinal, mas que não parecia muito adequado, talvez, para coroar o monumento.

A preparação e a precaução eram, entretanto, as flores naturais da mente do Sr. Mudge, e à medida que essas coisas murchavam em um lugar, elas, inevitavelmente, floresciam em outro. Ele sempre podia, na pior das hipóteses, ter, na terça, o projeto de tomar o barco para Swanage na quinta e, na quinta, o da encomenda de rins moídos para o sábado. Ele tinha, além disso, o persistente dom da inexorável especulação sobre para onde deveriam ter ido e o que deveriam ter feito se não estivessem exatamente onde estavam. Ele tinha, em suma, seus recursos, e sua noiva nunca estivera, antes, tão cônscia deles como agora; por outro lado, esses recursos nunca interferiram tão pouco com os que ela mesma possuía. Ela gostava de ser como era – quem dera que isso durasse. Ela podia até mesmo aceitar, sem amargura, uma economia tão rigorosa a ponto de a pequena quantia que eles pagavam pelo ingresso no cais ter de ser compensada com a renúncia a outros prazeres. As pessoas que moravam nos edifícios Ladle's e Thrupp's tinham *suas* formas de diversão, enquanto ela tinha que ficar sentada, ouvindo o Sr. Mudge falar do que ele poderia estar fazendo se não tivesse ido se banhar ou do banho que ele poderia ter tomado se não tivesse feito alguma outra coisa. Agora, ele estava sempre com ela, naturalmente, sempre ao lado dela; ela o via mais do que de hora em hora, mais do que nunca, mais até mesmo do que ele tinha imaginado que a veria caso se mudassem para Chalk Farm. Ela preferia sentar-se no ponto mais extremo, longe da banda e da multidão; e sobre isso ela tinha frequentes discordâncias com seu amigo, que sempre lhe lembrava que era só no formigueiro da multidão que podiam ter a sensação do dinheiro que estavam recuperando. Isso tinha pouco efeito sobre ela, pois considerava seu dinheiro bem gasto pelo simples fato de ver muitas coisas – as coisas do ano passado – se juntarem e se ligarem, submetidas ao feliz ostracismo que transforma a melancolia e a desgraça, a paixão e o esforço, em experiência e saber.

Agradava-lhe ter terminado com tudo isso, tal como ela assegurava a si própria que tinha feito, e a coisa estranha era que agora ela não sentia falta da procissão nem queria manter o seu emprego por causa dela. Tudo isso tinha se tornado lá, sob o sol e com a brisa e o cheiro de maresia, uma história muito distante, um quadro de uma outra vida. Se o próprio Sr. Mudge gostava de procissões, gostava delas ali em Bournemouth e no cais tanto quanto em Chalk Farm, ou em qualquer outro lugar, ela aprendeu, após certo tempo, a não se preocupar com o fato de ele estar sempre fazendo o cálculo das cifras de que eram compostas. Havia, em particular, mulheres horríveis, geralmente gordas e com bonés masculinos e sapatos brancos, com as quais ele nunca deixava de implicar – não que *ela* se importasse; não era um mundo maravilhoso, o mundo do estabelecimento do Sr. Cocker e dos edifícios Ladle's e Thrupp's, mas oferecia um campo infindável para as capacidades de memória, filosofia e divertimento dele. Ela nunca o tinha aceitado tanto, nunca tinha arranjado as coisas de uma maneira tão perfeita para fazer com que ele ficasse falando o tempo todo, enquanto ela mantinha suas conversas secretas. Esse intercâmbio separado era um intercâmbio com ela mesma; e se ambos faziam uma estrita economia, a dela tinha consistido, sobretudo, em dominar perfeitamente a economia de só gastar as palavras suficientes para mantê-lo contínua e imperturbavelmente funcionando.

Ele estava encantado com a paisagem, não sabendo – ou, de qualquer modo, não mostrando, de maneira alguma, que sabia – que imagens bem diferentes das de mulheres com bonés de marinheiro e de vendedores de jaquetas habitavam a mente dela. As observações que ele fazia desses tipos, sua interpretação geral do espetáculo, tornaram-na consciente do que a esperava em Chalk Farm. Ela achava, às vezes, que ele tinha tirado muito pouca iluminação, durante o seu tempo no estabelecimento do Sr. Cocker, do tipo de pessoas com as quais convivia lá. Mas uma noite, quando as férias pouco nubladas deles já estavam chegando ao fim, ele lhe deu uma prova tal de suas qualidades que deveria fazê-la envergonhar-se de suas pequenas reservas. Ele trouxe à baila algo que, apesar de toda a sua loquacidade, ele tinha sido capaz de manter em silêncio até que outros problemas tivessem sido resolvidos. Tratava-se do anúncio de que ele estava, finalmente, pronto para casar-se com ela – de que ele tinha enxergado o seu caminho. Tinham-lhe oferecido uma promoção em Chalk Farm; fora convidado a entrar como sócio, trazendo com ele um capital, cuja avaliação, por parte de outras pessoas, constituía o melhor dos reconhecimentos de que ele tinha a cabeça no lugar. Portanto, a espera deles tinha acabado – podia ser numa data muito próxima. Eles acertariam a data antes da volta, e, nesse meio tempo, ele tinha estado de olho numa boa e confortável casinha. Ele a levaria para vê-la, no primeiro domingo após a volta.

19

Ter deixado essa grande notícia para o fim, ter uma carta como essa na manga e não tê-la deixado escapar na torrente de sua tagarelice e nos prazeres de seu lazer, era um daqueles imprevisíveis golpes com os quais ele ainda podia afetá-la. Era o tipo de coisa que a fazia lembrar-se da força latente que tinha feito com que ele tivesse colocado para fora o soldado bêbado, naquela ocasião, na agência postal – um exemplo da inteligência de que a promoção que ele obtivera era a prova. Ela escutou um pouco, em silêncio, desta vez, os sons da música que estava no ar; compreendeu de uma forma que não tinha antes compreendido que o futuro dela estava agora decidido. Seu destino era, sem dúvida, o Sr.

Mudge; entretanto, nesse momento, ela afastou bastante seu rosto dele, mostrando-lhe, por um longo tempo, não mais que uma pequena parte de seu perfil, mas, por fim, ela ouviu, outra vez, a voz dele. Ele não podia ver um par de lágrimas, que constituíam, em parte, a razão de seu atraso em lhe fornecer a confirmação que pedia. Mas ele alimentava a eventual esperança de que ela já estivesse cheia do estabelecimento do Sr. Cocker.

Ela conseguiu, finalmente, voltar-se para ele. "Ah, claro. Não há nada acontecendo. Não aparece ninguém a não ser os americanos que estão em Thrupp's, e *eles* não escrevem muito. Eles parecem não ter nenhum segredo na vida."

"Então, aquela extraordinária razão que você me deu para permanecer lá não existe mais?"

Ela pensou por um momento. "Sim, essa. Agora vejo as coisas claramente – já está tudo sob controle."

"Assim, você está pronta para vir?"

Por um momento ela não deu, outra vez, qualquer resposta. "Não, ainda não, de qualquer maneira. Ainda tenho uma razão – uma razão diferente."

Ele a olhou de cima a baixo como se tivesse sido algo que ela conservasse em sua boca ou em sua luva ou sob seu casaco – até mesmo algo sobre o qual ela estava sentada. "Bem, estou escutando, por favor."

"Saí uma noite dessas e fiquei sentada no Parque com um cavalheiro", ela disse, finalmente.

Não havia nada que se igualasse à confiança que ele depositava nela; e ela refletiu um pouco, agora, por que isso não a irritava. Ela sentia que isso apenas deixava-a à vontade e dava-lhe a oportunidade para contar a ele toda a verdade que ninguém sabia. Ocorreu-lhe, nesse momento, que ela realmente desejava fazer isso, mas de maneira alguma pelo Sr. Mudge, e sim única e exclusivamente por ela mesma. Essa verdade intensificava, para ela, naquele momento, toda a experiência de que estava a ponto de abdicar, cobrindo-a e colorindo-a como uma imagem que devia guardar e que, não importando como a descrevesse, ninguém mais, a não ser ela, podia realmente vê-la. Além disso, ela não tinha absolutamente nenhum desejo de provocar ciúmes no Sr. Mudge; não haveria nenhum prazer nisso, pois o prazer que conhecera ultimamente tinha-a tornado insensível a prazeres inferiores. Nem sequer havia fundamento para isso. O estranho era como ela nunca tinha duvidado de que, dependendo de como fosse tratada, a paixão dele não se deixava envenenar; o que acontecia era que ele havia, astuciosamente, escolhido uma companheira que não tinha qualquer veneno para destilar. Ela percebera, aqui e ali, observando-o, que não deveria nunca se interessar por ninguém que tivesse algum outro tipo de sensibilidade, que tivesse uma visão superior, que pudesse, com toda certeza, causar-lhe ciúmes. "E o que você conseguiu com isso?", ele perguntou com um interesse que não lhe fazia a mínima justiça.

"Nada, a não ser a oportunidade de prometer-lhe que eu não iria abandoná-lo. Ele é um de meus clientes."

"Então, isso significa que é ele que não deve abandonar *você*."

"Bem, ele não o fará. Está tudo bem. Mas eu devo continuar trabalhando lá pelo tempo que ele precisar de mim."

"Ele quer sentar-se com você no Parque?"

"Ele pode querer que eu faça isso – mas eu não o farei. Eu gostei bastante de fazê-lo, mas apenas uma vez, dadas as circunstâncias, é suficiente. Posso servi-lo melhor de outra maneira."

"E de que maneira, posso saber?"

"Bem, em outro local."

"Outro local? Não *diga* isso!"

Essa exclamação tinha sido usada também pelo Capitão Everard, mas, ah, com que som diferente! "Não é preciso 'dizer' nada – não há nada a dizer. Mas você deveria, talvez, saber."

"Certamente que devo. Mas *o quê* – até agora?"

"Bem, exatamente aquilo que eu lhe disse. Que eu faria qualquer coisa por ele."

"O que você quer dizer com 'qualquer coisa'?"

"Tudo."

A reação imediata do Sr. Mudge a essa frase foi a de tirar de seu bolso um papel amassado contendo os restos de um quarto de quilo de algo que ele tinha qualificado como "gastos extras". Esses "gastos extras" tinham figurado ostensivamente nos planos que ele tinha traçado para a excursão, mas fora somente ao final dos três dias que eles se tornaram inteiramente definidos como estando destinados à compra de bombons. "Quer outro? *Este*", ele disse. Ela pegou outro, mas não o que ele indicara, e ele então continuou: "O que aconteceu depois?".

"Depois?"

"O que você fez quando lhe disse que faria qualquer coisa?"

"Eu simplesmente fui embora."

"Do Parque?"

"Sim, eu o deixei lá. Não permiti que me seguisse."

"Então o que você deixou que ele fizesse?"

"Não o deixei fazer nada."

O Sr. Mudge refletiu por um instante. "Então para que você foi lá?" O seu tom era ligeiramente crítico.

"Naquele momento, eu não sabia exatamente. Era simplesmente para estar com ele, suponho – apenas uma vez. Ele está correndo certo perigo, e eu queria que soubesse que eu sei. Isso faz com que encontrá-lo na agência postal, uma vez que é por isso que quero permanecer lá, fique mais interessante."

"Faz ficar muitíssimo interessante para *mim*!", declarou, sem censuras, o Sr. Mudge. "Mas ele não seguiu você?", perguntou ele. "*Eu* a seguiria."

"Sim, claro. Foi assim que você começou, você sabe. Você é terrivelmente inferior a ele."

"Ora, minha querida, você não é inferior a ninguém. Você tem uma desfaçatez! Qual é o perigo que ele corre?"

"De ser descoberto. Ele está apaixonado por uma dama, o que não está certo, e eu descobri."

"Se fosse *comigo*, eu estaria bem preocupado!" brincou o Sr. Mudge. "Você quer dizer que ela tem um marido?"

"Não interessa o que ela tem! Eles estão correndo um tremendo risco, mas ele está em pior situação, porque corre perigo também da parte dela."

"Como eu corro perigo da parte de você – a mulher que *eu* amo? Se tem os mesmos temores que eu..."

"Os dele são maiores. Ele tem medo não apenas da dama – ele tem medo de outras coisas também."

O Sr. Mudge pegou outro bombom. "Bem, eu só tenho medo de uma! Mas de que maneira, por amor de Deus, você pode ajudar essa pessoa?"

"Não sei, talvez não possa ajudá-lo de forma alguma. Mas desde que haja alguma chance...!"

"Você não vai sair da agência?"

"Não, você vai ter que esperar por mim."

O Sr. Mudge saboreou o que estava em sua boca. "E o que ele vai lhe dar?"

"Dar-me?"

"Se você o ajudar."

"Nada. Nada, absolutamente nada."

"Então o que ele vai *me* dar?", perguntou o Sr. Mudge. "Quero dizer, pelo fato de eu ter que ficar esperando."

A garota pensou por um instante e depois levantou-se e começou a andar. "Ele nunca ouviu falar de você", replicou ela.

"Você nunca me mencionou?"

"Nós nunca mencionamos nada. O que eu lhe disse foi só o que descobri."

O Sr. Mudge, que tinha ficado no banco, levantou o olhar para ela; ela frequentemente preferia ficar parada num lugar quando ele propunha caminhar, mas agora que ele parecia querer permanecer sentado, ela tinha vontade de andar. "Mas você não me disse o que *ele* descobriu."

Ela examinou seu noivo. "Ele nunca encontraria *você*, meu querido!"

Ele, ainda sentado, comoveu-a de uma forma que se parecia com aquela com que ela tinha finalmente deixado o Capitão Everard, mas a impressão não era a mesma. "Então, onde eu entro nessa história?"

"Você simplesmente não entra. Aí é que está a beleza de tudo! – e, ao dizer isso, ela se voltou para misturar-se à multidão que se juntava em torno da banda. O Sr. Mudge imediatamente alcançou-a e tomou o braço dela no seu, com uma força tão tranquila que expressava a serenidade de sua posse; em consonância com isso, foi somente quando eles se despediram, por essa noite, à frente da porta de onde ela estava alojada, que ele se referiu outra vez ao que ela lhe tinha dito.

"Você o viu depois disso?"

"Depois da noite no Parque? Não, nem mais uma vez."

"Oh, que sujeito grosseiro!", disse o Sr. Mudge.

20

Foi só no final de outubro que ela viu o Capitão Everard outra vez, e naquela ocasião – a única de toda a série na qual a dificuldade tinha sido tão extrema – qualquer comunicação com ele mostrou-se impossível. Ela tinha adivinhado, mesmo permanecendo dentro da gaiola, que lá fora o dia era dourado e atrativo: uma franja esbatida de uma luz solar outonal deixava um rastro no chão arenoso e, num nível um pouco mais alto, reavivava o brilho dos vidros enfileirados de um xarope de cor avermelhada. O trabalho estava folgado, e o lugar, em geral, vazio; a cidade, como eles diziam na gaiola, ainda não tinha acordado, e a sensação que ela tinha do dia ligava-se a algo que, em condições mais felizes, teria qualificado, romanticamente, como o verão de Saint Martin. O balconista tinha saído para comer; ela própria estava ocupada com uma pilha de serviços postais atrasados, em meio aos quais ela se tornou consciente de que o Capitão Everard tinha estado na agência por um minuto e de que o Sr. Buckton já o estava atendendo.

Ele tinha, como sempre, uma dúzia de telegramas; e, quando viu que ela o tinha visto e os seus olhos se encontraram, ele deu, ao acenar-lhe com a cabeça, uma risada exagerada na qual ela leu uma nova consciência. Era uma confissão de embaraço; ele parecia dizer-lhe que, naturalmente, sabia que deveria ter usado a cabeça, que deveria ter sido inteligente o suficiente para esperar, com base em algum pretexto, até que ela estivesse disponível para atendê-lo. O Sr. Buckton ficou por um bom tempo com ele, e a atenção dela logo foi exigida por outros clientes; de modo que nada se passou entre eles a não ser a plenitude de seu silêncio. Um dos olhares que ela obteve dele era sua saudação, e o outro olhar, um simples sinal com os olhos que ele lhe enviou antes de ir embora. O único sinal que eles trocaram, portanto, foi a tácita aceitação, por parte dele, da vontade da jovem de que, já que eles não podiam falar abertamente, era melhor eles não tentarem nada. Isso era o que ela mais queria; ela podia ser tão controlada e tão fria quanto qualquer outra pessoa, quando essa era a única solução possível.

Entretanto, mais que qualquer contato até então mantido, ela sentia que esses instantes contados marcavam uma nova etapa: eles se apoiavam – através da simples e rápida troca de olhar entre eles – no reconhecimento, por parte dele, de que agora certamente sabia o que é que ela faria por ele. A expressão "qualquer coisa, qualquer coisa" que ela havia pronunciado no parque ia e vinha entre eles e passava por sob a fileira de queixos que se interpunham entre os dois. Isso tudo tinha, finalmente, até mesmo adquirido a aparência de que eles não precisavam agora executar desajeitadas manobras para conversar: as transações postais que antigamente fingiam fazer, as intensas implicações das perguntas e das respostas que trocavam entre eles, além dos trocos de dinheiro que ela tinha que fazer, tinham-se tornado, à luz do fato pessoal de que eles tinham tido o seu momento, uma possibilidade comparativamente pobre. Era como se fosse o encontro definitivo – tão prodigiosa era a influência que isso exercia sobre seus futuros encontros. Quando ela observava a si mesma, ao lembrar-se daquela noite, afastando-se dele como se estivesse terminando um caso, achava algo muito deplorável na afetação daquela sua maneira de andar. Não tinha ela precisamente estabelecido que cada um deles tinha um conhecimento de coisas que só podia terminar com a morte?

Deve-se admitir que, apesar dessa corajosa delimitação, depois que ele foi embora, ela continuou com certa irritação; um sentimento que imediatamente fundiu-se com um ódio ainda mais agudo em relação ao Sr. Buckton, o qual, com a saída do amigo dela, tinha-se dirigido, com os telegramas, ao cubículo do telégrafo, deixando-a com os outros trabalhos. Ela sabia, na verdade, que encontraria uma maneira de vê-los, o que aconteceria assim que eles fossem arquivados; e estava dividida, à medida que o dia passava, entre as duas impressões: a de que tudo tinha se perdido e a de que tudo tinha sido reafirmado. O que a invadia, acima de tudo, e como se ela nunca tivesse sabido antes, era o desejo de ir para fora imediatamente, de agarrar a tarde de outono antes que ela fosse embora para sempre e correr para o Parque e talvez estar com ele, outra vez, em um banco. Durante uma hora inteira, ela teve a fantástica visão de que ele poderia ter saído precisamente para ficar lá sentado, esperando por ela. Ela podia praticamente ouvi-lo, através do ruído do aparelho telegráfico, remexendo, impacientemente, com sua bengala, as folhas que outubro fizera cair. Por que uma tal visão tinha tomado conta dela, nesse momento específico, com toda essa força? Houve uma hora – das quatro às cinco – na qual ela poderia ter chorado de felicidade e de raiva.

O trabalho parecia ter se tornado mais acelerado perto das cinco, como se a cidade tivesse acordado; ela tinha, portanto, mais coisas a fazer e foi com movimentos ligeiros e bruscos para colar os selos que ela conseguiu fazer com que o tempo passasse. Ela despachava bastante rapidamente os vales-postais, enquanto murmurava para si mesma: "É o último dia – o último dia!". O último dia de quê? Ela não saberia dizê-lo. Tudo o que ela sabia era que se *estivesse* fora da gaiola, não teria se incomodado, desta vez, de ainda não estar escurecendo. Ela teria ido direto para o edifício Park Chambers e teria ficado por ali até não importasse quando. Ela teria esperado, não teria ido embora, teria tocado a campainha, teria perguntado, teria entrado, teria sentado nas escadarias. Seria o último dia de quê? Para sua interna e extenuada sensação, seria, provavelmente, o último dos dias dourados, a última oportunidade de ver o esbatido brilho do sol inclinar-se naquele exato ângulo na malcheirosa loja, a última de uma série de oportunidades de que ele ainda tivesse o desejo de repetir-lhe as duas palavras que ela mal tinha, no Parque, permitido que ele expressasse. "Veja só, veja só!" – o som dessas duas palavras tinha estado constantemente com ela; mas estava em seus ouvidos, hoje, sem misericórdia, com uma intensidade que crescia cada vez mais. O que era, pois, que elas expressavam? O que é que ele queria que ela visse? Ela parecia vê-lo perfeitamente agora, seja lá o que isso fosse – ver que se ela simplesmente deixasse a coisa toda de lado, se ela tivesse tido uma bela e grande coragem, ele a teria, de alguma forma, compensado por tudo. Quando o relógio bateu as cinco horas, ela estava a ponto de dizer ao Sr. Buckton que estava gravemente doente e que estava rapidamente piorando. Esse anúncio estava em seus lábios e ela tinha praticamente ensaiado o rosto preocupado que faria ao anunciar-lhe: "Não posso ficar, tenho que ir para casa. Se eu me sentir melhor, mais tarde, eu voltarei. Sinto muito, mas *tenho* que sair". Nesse instante, o Capitão Everard estava de novo lá, produzindo em seu agitado espírito, com sua presença real, a mais estranha, a mais rápida das revoluções. Ele a fez deter-se sem ter consciência disso, e durante o minuto que ele permaneceu na agência, ela se sentiu salva.

Era assim, desde o primeiro minuto, que, para si mesma, ela chamava aquilo. Havia, de novo, outras pessoas com as quais ela estava ocupada e, outra vez, a situação só podia se expressar por seu silêncio. Expressou-se, na verdade, por uma frase mais longa do que qualquer outra dita até aquele momento, pois seus olhos falavam-lhe agora com uma espécie de súplica. "Fique quieto, fique quieto!", eles imploravam; e eles viram também qual era a resposta dele: "Farei o que você quiser, nem mesmo olharei para você – percebe, percebe?" E assim continuaram se transmitindo a mensagem, com a mais amável liberalidade, de que eles não se olhariam, de que, eles, certamente, não se olhariam. O que ela viu foi que ele se virou para a outra ponta do balcão, a ponta do Sr. Buckton, resignando-se, de novo, àquela frustração. Esta logo mostrou-se, na verdade, ser tão grande, que o que ela viu, além disso, foi que ele desistiu antes de ser atendido e ficou por ali, esperando, fumando, olhando em volta da agência; que ele se dirigiu para o balcão do próprio Sr. Cocker e parecia perguntar pelos preços das coisas, fazendo, na verdade, imediatamente, duas ou três encomendas e colocando uma soma de dinheiro em cima do balcão. Ele ficou lá por um longo tempo, com suas costas voltadas para ela, abstendo-se, respeitosamente, de olhar para os lados para ver se ela estava livre. O que, afinal, acabou acontecendo, em consequência disso, foi que ele permaneceu na agência por muito mais tempo do que em qualquer outra ocasião de que ela se lembrasse e que, apesar disso, quando ele se voltou, ela pôde vê-lo fazendo cálculos – ela começava a se ocupar de um novo cliente – e ir direto para o atendente que era subordinado a ela, o qual tinha acabado de despachar uma outra pessoa. Em todo esse tempo, ele não tinha nem cartas nem telegramas na mão, e agora que ele estava perto dela – pois ela estava perto do balconista –, ela sentia o seu coração saltar para fora só de vê-lo olhar para seu vizinho e abrir os lábios. Ela estava demasiadamente nervosa para suportar isso. Ele pediu um Guia Postal e o jovem atendente passou-lhe um novo. Em resposta, ele disse que não queria comprar, mas apenas consultar um Guia por um instante. Quando o atendente lhe passou um Guia destinado ao empréstimo, ele, mais uma vez, afastou-se do balcão.

O que é que ele estava fazendo com ela? O que ele queria dela? Bem, aquilo não era mais do que uma forma intensificada de seu "Veja só!". Ela sentiu-se, nesse momento, estranha e imensamente temerosa dele – em seus ouvidos zumbia a sensação de que, se fosse para sofrer aquele tipo de tensão, ela deveria fugir imediatamente para Chalk Farm. Misturada com seu temor e com sua reflexão estava a ideia de que, se ele a queria tanto quanto ele parecia demonstrar, poderia ser, afinal, simples, para ela, fazer, para ele, aquela "qualquer coisa" que ela tinha prometido, aquela "qualquer coisa" que ela pensou que poderia confessar, de maneira tão refinada, ao Sr. Mudge. Querer que ela o ajudasse poderia ter alguma atração particular para ele; embora, na verdade, sua atitude não denotasse isso – ela denotava, ao contrário, um constrangimento, uma indecisão, algo de um desejo não tanto para ser ajudado, mas para ser tratado de forma um pouco mais amável do que como ela o tinha tratado da outra vez. Sim, ele considerava muito provavelmente que ela tinha ajuda a oferecer em vez de ajuda a pedir. Mesmo assim, quando ele viu que ela estava outra vez livre, ele continuou a se manter afastado dela; quando ele voltou com seu Guia usado, foi ao Sr. Buckton que ele se dirigiu – foi do Sr. Buckton que ele obteve uma quantidade de selos equivalente ao valor de meia coroa.

Depois de solicitar os selos ele pediu, quase como que pensando melhor, uma ordem postal no valor de dez xelins. Para que quereria ele tantos selos quando ele escrevia tão poucas cartas? Como poderia ele anexar uma ordem postal a um telegrama? Ela esperava que a próxima coisa que ele faria seria ir até um canto e redigir um de seus telegramas – uma meia dúzia deles – com o objetivo de prolongar sua permanência no posto. Ela tinha deixado de olhá-lo de uma forma tão completa que ela não podia mais do que adivinhar seus movimentos – adivinhar até mesmo a quais lugares seus olhos se dirigiam. Finalmente, ela o viu fazer um movimento brusco em direção ao canto onde estavam pendurados os formulários; nesse momento, ela subitamente sentiu que não podia mais acompanhar o que ele fazia. O balconista acabara de receber um telegrama de uma criada e, para ter algo com que disfarçar a situação, a nossa jovem amiga arrancou-o de suas mãos. O gesto foi tão violento que ele lhe deu, em troca, um estranho olhar, e ela também percebeu que o Sr. Buckton havia notado. Este último personagem, com um rápido olhar dirigido a ela, pareceu, por um instante, perguntar-se se ela teria gostado que *ele* tivesse feito isso com ela, e ela se antecipou a essa velada crítica, dirigindo-lhe o olhar mais direto que ela jamais lhe dera. Foi o suficiente: dessa vez, ele ficou paralisado, e ela buscou, com seu troféu, o refúgio do cubículo do telégrafo.

21

A cena se repetiu no dia seguinte; continuou assim por três dias; e, no final desse período, ela sabia qual deveria ser sua atitude. Quando, no primeiro dia, ela tinha saído de seu abrigo temporário, o Capitão Everard tinha deixado a agência postal e não havia voltado naquele final de tarde, como ela tinha pensado que poderia acontecer – o que seria ainda mais fácil, uma vez que havia inúmeras pessoas que passavam inúmeras vezes por ali, de manhã à tarde, de modo que ele não teria necessariamente atraído a atenção. O segundo dia foi diferente e, entretanto, no geral, pior. Seu acesso a ela tinha se tornado possível – ela já se sentia colhendo o fruto do olhar que dirigira, no dia anterior, ao Sr. Buckton. Mas o fato de atendê-lo não simplificou as coisas: pelo contrário, apesar do rigor das circunstâncias, serviu para reforçar sua nova convicção. O rigor era enorme, e seus telegramas — e agora eles eram meros pretextos para chegar até ela — eram aparentemente genuínos. Não foi preciso, entretanto, mais do que uma noite para que essa convicção, que podia se expressar de uma maneira muito simples, se desenvolvesse. Ela teve um vislumbre de tal convicção, no dia anterior, ao deduzir que ele não precisava de mais nenhuma outra ajuda por parte dela do que aquela que ela já lhe tinha dado e de que era ele quem estava disposto a ajudá-la. Ele tinha chegado à cidade, mas para permanecer ali apenas três ou quatro dias; ele tinha sido absolutamente obrigado a estar ausente depois da outra vez. Entretanto, ele podia, agora que eles estavam frente a frente, permanecer por tanto tempo quanto ela desejasse. Isso foi se esclarecendo aos poucos, mas, desde o primeiro momento de sua reaparição, ela tinha percebido qual era o seu real significado.

Foi isso que a fez, na noite anterior, às oito horas, que era a sua hora de saída, atrasar-se de propósito e ficar por ali, sem fazer nada. Ela terminou alguns trabalhos ou fez de conta que os terminava; estar na gaiola tornou-se subitamente sua segurança, e ela estava literalmente temerosa de seu outro eu, que poderia estar esperando do lado de fora. Ele poderia estar esperando; era ele que era seu outro eu e era dele que ela estava temerosa. Ela tinha se transformado da maneira mais extraordinária desde o momento em que teve a impressão de que ele parecia ter retornado de propósito para encontrar-se com ela. Um pouco antes de sair da agência, naquela magnífica tarde, ela tinha imaginado a si própria aproximando-se, sem qualquer escrúpulo, do porteiro do edifício Park Chambers; mas, depois, por efeito da força de uma consciência bastante alterada, ela tinha, finalmente, ao deixar a agência postal, ido diretamente para casa, o que acontecia pela primeira vez desde seu retorno de Bournemouth. Ela tinha passado pela porta do edifício dele todas as noites, durante semanas, mas nada a levaria a fazer o mesmo agora. Essa mudança era o preço que ela pagava por seu medo – o resultado de uma mudança nele próprio, sobre a qual ela não precisava de nenhuma outra explicação a não ser aquela que a simples expressão de seu rosto lhe fornecia de forma tão viva. Era estranho, entretanto, encontrar um elemento de dissuasão no objeto que ela via como o mais belo que havia no mundo. Ele tinha compreendido, naquela noite, no Parque, que ela não queria que ele a convidasse para cear; mas, dessa vez, ele tinha posto a lição de lado – ele praticamente a convidava para cear cada vez que olhava para ela. Foi isso, aliás, que, em geral, preencheu os três dias. Ele veio à agência duas vezes, em cada um desses dias, e foi como se ele viesse para dar-lhe uma oportunidade de ceder. Isso era, afinal, como ela dizia para si mesma nos intervalos, tudo o que ele fazia. Havia outros momentos, ela o reconhecia plenamente, nos quais ele a poupava, e outros momentos particulares em que o silêncio dela lhe parecia estar pleno de súplicas angustiadas. O mais importante de tudo era ele não estar do lado de fora, na esquina, quando ela deixava a agência à noite. Isso ele poderia tão facilmente fazer – tão facilmente se ele não tivesse sido tão amável. Ela continuava a reconhecer na sua paciência o fruto de suas mudas súplicas, e a única compensação que ela encontrou para isso foi a inofensiva liberdade de ele parecer ser capaz de dizer: "Sim, estou na cidade apenas por três ou quatro dias, mas, você sabe, eu *permaneceria* por mais tempo". Ela tinha a impressão de que ele chamava a atenção dela, a cada dia, a cada hora, sobre o rápido transcorrer do tempo; ele chegava a exagerar, a ponto de parecer sugerir que restavam apenas dois dias, de que restava, finalmente, de uma maneira aterradora, apenas um.

Havia outras coisas com as quais ele a atingia com uma intenção especial; quanto à mais evidente delas – a menos, na verdade, que essa coisa fosse a mais obscura –, ela poderia ter-se perfeitamente surpreendido que essa coisa não lhe parecesse mais horrível. Era uma das duas: ou o frenesi de sua imaginação ou a desordem da confusa paixão do Capitão lhe deu uma ou duas vezes a impressão de que ele colocava sobre o balcão algum dinheiro a mais – libras de ouro que nada tinham a ver com os pagamentos que estava constantemente fazendo –, de modo a que ela pudesse dar-lhe algum sinal de que o ajudaria a fazê-las escorregar para ela. O que era mais extraordinário nessa impressão era a quantidade de escusas que, com alguma incoerência, ela encontrava para sua atitude. Ele queria pagá-la porque não havia nada pelo qual pagá-la. Ele queria oferecer-lhe coisas que ele sabia que ela não aceitaria. Ele queria mostrar-lhe quanto ele a respeitava ao dar-lhe a suprema oportunidade de mostrar a *ele* que ela era respeitável. De qualquer maneira, em meio às mais áridas transações postais, foi pelos olhos que os dois se comunicaram. No terceiro dia, ele ia entregar um telegrama que evidentemente tinha algo da mesma intenção das libras de ouro deixadas ao acaso em cima do balcão – uma mensagem que era, em primeiro lugar, forjada e que, pensando melhor, ele retirou das mãos dela antes que ela pudesse selá-lo. Ele lhe tinha dado tempo para que ela o lesse e então deu a impressão de que tinha pensado melhor e que tinha preferido não enviá-lo. Se não era para Lady Bradeen, em Twindle – local no qual ela sabia que a amante do capitão então se encontrava –, era porque o falso endereço dado como sendo de certo Doutor Buzzard, residente em Brickwood, cumpria o mesmo propósito, com a vantagem adicional de não expor demasiadamente uma pessoa que ele ainda tinha, afinal, de certa maneira, que considerar. Era, naturalmente, mais complicado, mas mais sutil; e havia, muito claramente, um esquema de comunicação, no qual Lady Bradeen, localizada em Twindle, e o Doutor Buzzard, localizado em Brickwood, eram, dentro de certos limites, uma só e única pessoa. O que ele lhe tinha mostrado e depois retirado não continha, de qualquer maneira, mais do que a expressão "Absolutamente impossível". O importante não era que ela a transmitisse; o importante era simplesmente que ela a visse. O que era absolutamente impossível era que ele viajasse, fosse para Twindle, fosse para Brickwood, antes que resolvesse algo na agência postal.

A lógica disso, por sua vez, para ela própria, era que ela não podia se permitir nenhuma solução, na medida em que sabia tantas coisas. O que ela sabia era que ele estava, quase sob risco de vida, preso a uma situação: como, portanto, poderia ele saber também qual era a real situação de uma pobre garota que trabalhava na agência postal? A mensagem que cada vez mais passava entre eles, se ele pudesse transmitir-lhe que estava livre e com tudo o que parecia impossível tendo sido resolvido, como no capítulo final de um livro, era que o próprio caso da garota poderia se tornar diferente para ela, que ela poderia encontrá-lo e escutá-lo. Mas ele não podia transmitir nada desse tipo e, em sua impotência, limitava-se a se remexer e a se movimentar. O capítulo não estava absolutamente encerrado, não para a outra pessoa envolvida; e a outra pessoa tinha, de algum modo, em algum ponto, sua própria força: isso era o que ficava evidente em toda a expressão e em toda a atitude dele, ao mesmo tempo que estas pareciam lhe suplicar que ela não se lembrasse disso e não se preocupasse com isso. Na medida em que ela se lembrava e se preocupava, ele só podia ficar circulando ao redor da agência, indo e vindo para cá e para lá, fazendo coisas fúteis, das quais ele próprio se envergonhava. Ele se envergonhava de suas duas palavras para o Doutor Buzzard; ele saiu da agência assim que amassou o papel outra vez e o colocou no bolso. Tinha sido uma pequena e abjeta revelação de uma paixão temerária e impossível. Ele parecia envergonhado, na verdade, de ter voltado. Ele tinha, uma vez mais, deixado a cidade, e uma primeira semana tinha se passado, e depois uma segunda. Ele tinha, naturalmente, que retornar à real senhora de seu destino; ela tinha insistido – ela sabia como insistir e ele não podia gastar mais uma hora. Sempre chegava o dia em que ela lhe dava um basta. Nossa jovem amiga sabia, além disso, que ele estava, agora, despachando telegramas em outras agências. Afinal, ela sabia tantas coisas que já não tinha o mesmo sentimento de antes: o de que estava apenas adivinhando. Não havia, ali, qualquer sutileza – tudo saltava aos olhos.

22

Passaram-se dezoito dias, e ela começara a pensar que era provável que nunca mais o veria. Também ele agora compreendera: ele decidira que ela tinha segredos e razões e impedimentos, que mesmo uma pobre garota que trabalha numa agência postal podia ter suas complicações. Com o encanto com que ela o atraíra iluminado pela distância, ele sentira um escrúpulo final falar à sua consciência, decidindo que deixá-la em paz seria o correto. Nunca tinha sentido tanto, como nesses últimos dias, a precariedade da relação entre eles – a feliz e maravilhosa e tranquila relação original, ah, se ela pudesse ser restaurada! –, na qual estavam implicados apenas a servidora pública e o público ocasional. Ela estava suspensa, na melhor das hipóteses, apenas pelo mais tênue dos fios de seda, o qual estava à mercê de qualquer acidente e podia se romper a qualquer minuto. Ela chegou, ao final da quinzena, ao mais arrematado juízo da real conveniência, nunca duvidando de que sua decisão estava agora tomada. Ela só lhe daria mais alguns dias para que ele voltasse para ela com uma atitude impessoal apropriada – pois uma servidora pública dotada de alguma consciência devia alguma coisa até mesmo a um incômodo representante do público ocasional –, e então ela daria a entender ao Sr. Mudge que ela estava pronta para a pequena casa. Ela tinha sido visitada, posteriormente à conversa que tivera com ele em Bournemouth, desde o sótão até o porão, e eles tinham se detido especialmente, com seus respectivos cenhos sombrios, diante do nicho no qual a mãe dela, como lhe ia ser sugerido, devia descobrir como se ajeitar.

Ele a tinha feito saber, de forma mais definitiva que antes, que seus cálculos tinham levado em conta aquela lúgubre presença, causando, como em nenhuma outra vez, a maior das impressões sobre ela. Tratava-se de uma proeza ainda maior que a de sua abordagem da situação do soldado bêbado. O motivo pelo qual ela considerava que, a despeito disso, ainda continuava no estabelecimento do Sr. Cocker, era algo que ela só podia ter descrito como a honestidade costumeira de uma última palavra. Sua última e verdadeira palavra tinha sido, até que fosse superada por outra, que ela não abandonaria o seu outro amigo, aferrando-se à manutenção de seu cargo e de sua honradez. Esse outro amigo já tinha demonstrado uma conduta tão bonita que ele certamente acabaria por reaparecer o tempo suficiente para aliviá-la, para dar-lhe algo que ela poderia levar embora. O presente de despedida dele, ela o via, ela o percebia às vezes; e havia outros momentos nos quais ela tinha a sensação de estar sentada como um mendigo com uma mão estendida para alguma alma caridosa que se limitava a remexer nos bolsos. Ela não aceitara as libras reais, mas ela *aceitaria* as moedinhas. Ela ouvia, na imaginação, o tilintar do cobre sobre o balcão. "Não se preocupe mais em ajudar", ele diria, "num caso tão difícil. Você fez tudo o que tinha a fazer. Agradeço-lhe e a desobrigo e a deixo livre. Nossas vidas tomam conta de nós. Não sei muita coisa – embora eu realmente estivesse interessado – sobre a sua, mas suponho que você tenha alguma. A minha, de qualquer maneira, toma conta de *mim* – e irei para onde ela me levar. Ânimo! Adeus." E, então, uma vez mais, a mais terna e frágil de todas as flores: "Só digo isto: veja!" Ela tinha emoldurado o quadro todo com uma precisão que incluía também a imagem de como ela se negaria, novamente, a "ver", de como ela se negaria a ver em qualquer lugar, a ver qualquer coisa. Contudo, ocorreu que, na fúria mesma dessa evasão, ela via mais do que nunca.

Ele voltou, apressado, uma noite, perto da hora do fechamento da agência, e mostrou-lhe um rosto tão diferente e novo, tão perturbado e ansioso, que os olhos pareciam transmitir quase tudo, menos um claro reconhecimento. Ele empurrou um telegrama pelo guichê com um jeito que era, em grande medida, como se o simples sentimento de pressão, a angústia da pressa extrema tivesse borrado a lembrança de onde, em particular, ele estava. Mas, quando ela encontrou os olhos dele, um brilho surgiu; na verdade, ele imediatamente se suavizou, transformando-se num olhar consciente e afirmativo. Isso compensou tudo, uma vez que era uma proclamação instantânea do famoso "perigo"; parecia derramar as coisas numa enxurrada. "Ah, sim, aqui está – finalmente, fui atingido! Esqueça, por amor de Deus, o fato de eu tê-la feito se preocupar ou de tê-la chateado, e simplesmente me ajude, simplesmente me *salve*, enviando isso sem nenhuma perda de tempo!" Algo grave tinha claramente ocorrido, uma crise tinha se anunciado. Ela reconheceu imediatamente a pessoa a quem o telegrama era dirigido – à Srta. Dolman da Pousada Parade, a quem Lady Bradeen tinha telegrafado, em Dover, na última vez, e a quem ela tinha, então, com a ajuda do que lembrava de arranjos anteriores, encaixado num contexto particular. A Srta. Dolman tinha figurado aquela vez e depois não tinha figurado mais, mas ela era, agora, o objeto de um apelo imperativo. "Absolutamente necessário vê-la. Tome último trem Victoria se puder alcançá-lo. Se não, próxima manhã, e responda-me diretamente qualquer hipótese."

"Resposta paga?", perguntou a garota. O Sr. Buckton acabara de sair e o balconista estava no cubículo do telégrafo. Não havia mais nenhum representante do público, e parecia-lhe que ela nunca tinha estado, antes, tão só com ele, nem mesmo na rua ou no Parque.

"Ah, sim, resposta paga, e tão rápido quanto possível, por favor."

Ela colou os selos num relâmpago. "Ela alcançará o trem!", ela lhe disse, ofegante, como se pudesse efetivamente dar essa garantia.

"Não sei – espero que sim. É extremamente importante. É muito gentil de sua parte. Rapidíssimo, por favor." Era maravilhosamente inocente agora seu esquecimento de tudo, menos do perigo que corria. Qualquer outra coisa que por acaso se tivesse passado entre eles estava completamente fora de questão. Ora, tinha sido seu desejo que ele fosse impessoal!

Felizmente para ela, não havia, entretanto, a mesma necessidade; mas ela apenas esperou um pouco, antes de voar para o cubículo do telégrafo, para perguntar-lhe, arquejante: "Você está com algum problema?".

"Terrível, terrível – há uma desavença!" Mas, dito isto, eles se separaram em seguida; e, enquanto corria para o cubículo do telégrafo, quase derrubando do banco, em sua violência, o balconista, ela conseguiu perceber a batida com a qual, à porta da agência, ele fechou, em sua constante precipitação, a porta do táxi no qual se jogara. Enquanto ele ia embora, para tomar alguma outra precaução sugerida por seu sobressalto, seu apelo à Srta. Dolman era transmitido na velocidade de um raio.

Mas ela não tinha, no dia seguinte, estado na agência por mais do que cinco minutos quando ela o viu lá, outra vez junto dela, agora ainda mais descomposto e acabrunhado, como uma criança assustada, disse ela para si mesma, que se achega à sua mãe. Seus colegas estavam lá, e ela se deu conta de que era notável como, diante de sua agitação, diante de seu puro e desprotegido estado de pavor, ela de repente deixou de se importar com eles. Ela compreendeu como nunca antes tinha compreendido que, com precisão e segurança absolutas, eles podiam agora dar conta de quase qualquer coisa. Ele não tinha nada para enviar – ela estava certa de que ele estava passando telegramas em outras agências –, mas seu problema era evidentemente enorme. Não havia nada a não ser isso em seus olhos – não havia nenhum vislumbre de alguma referência ou lembrança. Ele estava quase desvairado de tanta ansiedade e claramente não conseguira ter sequer um cochilo. Sua compaixão por ele dava-lhe toda a coragem de que ela precisava, e ela parecia saber, finalmente, por que tinha sido tão idiota. "Ela não veio?", perguntou, ofegante.

"Ah, sim, ela veio; mas houve algum engano. Nós precisamos de um telegrama."

"Um telegrama?"

"Um que foi enviado daqui há muito tempo. Havia algo nele que precisa ser recuperado. Algo muito, *muito* importante, por favor, precisamos dele imediatamente."

Ele realmente falou com ela como se ela fosse alguma jovem estranha que ele tivesse encontrado em Knightsbridge ou Paddington; mas isso não teve nenhum outro efeito sobre ela a não ser o de lhe dar uma ideia de sua extrema perturbação. Foi depois, sobretudo, que ela se deu conta de quanto tinha perdido nas lacunas e nos espaços em branco e nas faltas de resposta... de quantas coisas ela tivera que prescindir: era agora obscuridade total, exceto por uma pequena, intensa e rubra chama. Era o máximo que conseguia ver, o máximo com que sua mente conseguia lidar. Um dos amantes estava agora tremendo em algum lugar fora da cidade, e o outro estava tremendo exatamente onde ela estava. Isso era mais que evidente, e num instante ela sabia tudo de que precisava saber. Ela não precisava de qualquer detalhe, de qualquer fato – não precisava de nenhuma visão mais próxima da descoberta ou da vergonha. "Quando você passou seu telegrama? Você acha que o passou daqui?" Ela tentava representar o papel da jovem dama de Knightsbridge.

"Ah, sim, daqui... há várias semanas. Cinco, seis, sete", ele estava confuso e impaciente, "você não se lembra?"

"Lembrar-me?", ela mal podia conter, ao ouvir a palavra, o mais estranho dos sorrisos.

Mas era ainda mais estranho que ele não compreendesse o que aquilo significava. "Quero dizer, você não guarda os telegramas antigos?"

"Durante certo tempo."

"Mas por quanto tempo?"

Ela refletiu; ela *devia* fazer o papel da jovem dama, e ela sabia exatamente o que a jovem dama diria e, mais do que isso, o que ela não diria. "Você pode me dizer a data?"

"Ai, meu Deus, não! Foi em algum dia de agosto – mais para o fim do mês. Era para o mesmo endereço que eu lhe dei na última noite."

"Ai!", disse a garota, experimentando com isso a maior das emoções de sua vida. Ela compreendeu ali, com os olhos postos nele, que ela tinha a coisa toda em suas mãos, que ela a tinha em suas mãos tal como tinha o lápis, que podia ter se partido naquele instante pelo jeito como ela o apertava. Isso a fez sentir-se como a própria fonte do destino, mas a emoção jorrava de uma maneira tal que ela teve que contê-la com toda sua força. Essa era, sem dúvida, de novo, a razão do tom flauteado de sua voz, típico de Paddington. "Você não poderia nos dar algo um pouco mais preciso?" Seu "pouco" e seu "nos" vinham diretamente de Paddington. Essas coisas não soavam falsas para ele – a dificuldade dele absorvia-as todas. Os olhos com que ele a pressionava, e em cujas profundezas ela lia terror e raiva e lágrimas literais, eram exatamente os mesmos que ele teria mostrado a qualquer outra pessoa afetada.

"Não sei a data. Só sei que a coisa saiu daqui, e precisamente na data que lhe disse. Ele não foi entregue, compreende? Temos que recuperá-lo."

23

Ela se impressionou com a beleza do seu pronome plural da mesma forma que ela achava que ele poderia ter se impressionado com o dela; mas ela sabia agora tão bem do que se tratava que quase podia brincar com ele e com o novo prazer que tomava conta dela. "Você diz 'precisamente na data que lhe disse'. Mas não creio que você fale de uma data exata, não é *mesmo*?"

Ele parecia esplendidamente desamparado. "É isso precisamente que quero descobrir. Você não guarda os telegramas antigos? Você não pode verificar?"

Nossa jovem dama – ainda falando como se estivesse em Paddington – devolveu-lhe a questão. "Ele não foi entregue?"

"Sim, *foi*; mas, ao mesmo tempo não foi, compreende?" Ele se conteve por um momento, mas acabou por fazer a revelação. "Quero dizer, ele foi interceptado, você compreende? e continha algo." Ele fez mais uma pausa e, como que para reforçar sua busca e almejar e implorar sucesso e recuperação, ele chegou a sorrir, num esforço para ser agradável que era quase pavoroso e que penetrou fundo na solicitude dela. Qual não seria a intensidade de toda a dor que ele estava sentindo, a dor do abismo que se abria e da febre que pulsava, quando o que ela via era apenas o sintoma? "Nós queremos recuperar o que ele continha, saber do que se tratava."

"Compreendo, compreendo." Ela conseguiu o tom exato que as pessoas utilizavam em Paddington quando olhavam com olhos de peixe morto. "E você não tem nenhuma pista?"

"Absolutamente nenhuma. A única é a que lhe dei."

"Ah, no final de agosto?" Se mantivesse essa conversa o tempo suficiente, ela conseguiria realmente irritá-lo.

"Sim, e o endereço, como eu lhe disse."

"Ah, o mesmo da última noite?"

Ele tremia visivelmente, como que com um raio de esperança; mas isso só serviu para alimentar a frieza dela, e ela continuava decidida. Ela arrumou alguns papéis. "Você não vai verificar?", continuou ele.

"Lembro que você veio", replicou ela.

Ele piscou, ainda intranquilo; talvez ele estivesse começando a compreender, pela diferença dela, que ele próprio era, de alguma maneira, diferente. "Olhe, você era muito mais rápida naquela época!"

"Você também... isso você deve reconhecer", ela respondeu com um sorriso. "Mas vamos ver. Não era Dover?"

"Sim. Srta. Dolman..."

"Pousada Parade, Terraço Parade?"

"Exatamente, muitíssimo obrigado!" Ele começou a ter esperanças de novo. "Então você *tem*... o outro?"

Ela hesitou de novo; ela o mantinha em suspense. "Foi trazido por uma senhora?"

"Sim; e ela escreveu, por engano, algo errado. É isso que temos que obter!"

Céus, o que ele ia dizer? Inundando o Paddington de loucas traições! Ela não podia mantê-lo, por causa de seu próprio prazer, por muito tempo em suspense, mas ela tampouco podia, em consideração pela dignidade dele, adverti-lo ou controlá-lo ou detê-lo. Ela se limitou a adotar uma solução intermediária. "Ele foi interceptado?"

"Ele caiu em mãos erradas. Mas continha algo", ele continuou a falar, "que *talvez* esteja certo. Isto é, se estiver errado, você compreende? Está certo se estiver errado", foi sua notável explicação.

Por amor de Deus, o que *ia* ele dizer? O Sr. Buckton e o balconista já estavam se mostrando interessados; *ninguém* teria a decência de intervir; e ela estava dividida entre o particular terror que ela sentia por causa dele e sua curiosidade geral. Entretanto, ela já via com que brilhantismo podia acrescentar, para levar a coisa adiante, uma pequena dose de conhecimento falso a todo o conhecimento real que já tinha. "Entendo perfeitamente", disse com uma rapidez complacente, com uma rapidez quase protetora. "A dama esqueceu o que escreveu."

"Esqueceu da forma mais deplorável, o que é de uma grande inconveniência. Acabou-se de descobrir que o telegrama não chegou; assim, se nós pudéssemos imediatamente recuperá-lo..."

"Imediatamente?"

"Cada minuto conta. Você *certamente* o tem no arquivo", suplicou ele.

"De forma que você o possa ver agora mesmo?"

"Sim, por favor, neste exato minuto." O balcão ressoava com os golpes de seu punho, com o castão de sua bengala, com o pânico de seu alarme. "Procure-o, procure-o *mesmo*", 2ele repetia.

"Ouso dizer que podemos recuperá-lo para você", replicou, docemente, a garota.

"Recuperá-lo?", ele parecia aterrorizado. "Quando?"

"Provavelmente amanhã."

"Então não está aqui?" Seu rosto tinha um aspecto deplorável.

Ela percebia apenas os débeis brilhos que emergiam da escuridão, e se perguntava que complicação, mesmo a pior dentre as mais imagináveis, poderia ser grave o suficiente para explicar o grau de seu terror. Havia torções e contorções, havia pontos em que o aperto do parafuso fazia jorrar sangue, mas que ela não conseguia adivinhar. Ela estava cada vez mais feliz por não ter de adivinhá-los. "Ele foi enviado."

"Mas como você sabe sem verificar?"

Ela deu-lhe um sorriso que pretendia ser, na absoluta ironia de sua adequação, algo de muito divino. "Foi no dia 23 de agosto, e nós não temos nada aqui posterior ao dia 27."

Algo saltou no rosto dele. "27, 23? Então você está certa disso? Você sabe?"

Ela se deu conta de que não sabia bem do que se tratava... como se logo pudesse ser presa por causa de alguma sórdida conexão com um escândalo. Era a mais estranha de todas as sensações, pois tinha ouvido sobre essas coisas, tinha lido sobre elas, e era de se supor que a sua grande intimidade com elas na agência postal a tivesse tornado experiente e escolada. Essa experiência particular que ela tinha realmente vivido bastante era, afinal, uma história antiga; entretanto, o que tinha acontecido antes parecia apagado e distante perto do toque diante do qual ela se retraía. Escândalo? Nunca passara de uma palavra tola. Tratava-se, agora, de uma grande e tensa superfície, e a superfície era, de alguma forma, o maravilhoso rosto do Capitão Everard. Na profundeza dos olhos dele havia uma pintura, uma cena – um lugar enorme, como a sala de um tribunal de justiça, onde, diante de uma multidão curiosa, uma pobre garota, denunciada, mas heroica, com voz tremulante, identificava, sob juramento, um certo papel; confirmava um *álibi*, propiciava uma conexão. Nessa pintura, ela bravamente assumiu sua posição. "Foi no dia vinte e três."

"Então você não pode obtê-lo nesta manhã... ou em alguma outra hora, ainda hoje?"

Ela refletiu, ainda contendo-o com seu olhar, o qual ela, então, voltou para seus dois colegas, que foram, neste momento, convocados incondicionalmente. Ela não se importava – nem um pouquinho, e olhou em volta, à procura de um pedaço de papel. Isso a fez reconhecer o rigor da economia oficial – uma réstia de papel mata-borrão todo sujo de tinta era o único papel disponível à vista. "Você tem um cartão?", disse ela para seu visitante. Ele estava bem distante de Paddington agora, e no momento seguinte, com a carteira em mãos, ele tinha puxado um cartão. Ela nem sequer olhou o nome estampado no cartão, limitando-se a virá-lo para o outro lado. Ela sentia, nesse momento, que continuava a contê-lo como nunca tinha feito antes; e o controle que tinha sobre seus colegas não era, por enquanto, menos notável. Ela escreveu algo no verso do cartão e empurrou-o de volta para ele.

Ele olhou-o atentamente. "Sete, nove, quatro..."

"Nove, seis, um", ela gentilmente completou o número. "Está certo?", perguntou ela, sorrindo.

Ele compreendeu tudo com um intenso rubor; então, o evidente alívio de que ele foi tomado constituía simplesmente uma enorme revelação. Ele lançou seu brilho sobre todos eles como um grande farol, chegando ao ponto de abraçar, em solidariedade, os atônitos colegas de nossa jovem amiga. "Por todos os santos, está errado." E, com outro olhar, sem uma palavra de agradecimento, sem qualquer tempo para nada e para ninguém, ele voltou-lhes as largas costas de sua grande estatura, endireitou seus triunfantes ombros e saiu, a passos largos, da agência.

Ela ficou sozinha, frente a frente com seus habituais críticos. "Se está errado, está certo", ela repetiu, extravagantemente, as palavras do Capitão.

O balconista estava realmente atônito. "Mas como você sabia, minha querida?"

"Eu me lembrava, queridinho!"

O Sr. Buckton, ao contrário, foi grosseiro. "E de que jogo se trata, senhorita?"

Qualquer outra felicidade que ela tivesse tido anteriormente estava a quilômetros de distância dessa, e se passaram alguns minutos antes que ela pudesse se recuperar o suficiente para replicar-lhe que não era de sua conta.

24

Se a vida no estabelecimento do Sr. Cocker, com o temível fim de agosto, tinha perdido algo de seu sabor, ela não demorara a inferir que uma praga mais pesada se abatera sobre o gracioso empreendimento da Sra. Jordan. Com Lorde Rye e Lady Ventnor e a Sra. Bubb fora da cidade, com as cortinas baixadas em todas as casas de luxo, essa engenhosa senhora podia muito bem ter descoberto que seu magnífico bom gosto não tinha muita serventia. Mas ela se manteve firme, começando, assim, por elevar bastante a estima que lhe devotava sua jovem amiga; elas se encontravam, talvez até mesmo mais frequentemente, à medida que o vinho da vida fluía com menos facilidade de outras fontes, e cada uma, na falta de melhor diversão, levava adiante, com mais obscuridade para a outra, uma relação que consistia, em boa parte, em mostrar-se e retrair-se.

Cada uma esperava que a outra se comprometesse, cada uma encobria profusamente para a outra os limites de horizontes estreitos. A Sra. Jordan era, na verdade, a guerrilheira mais temerária; nada podia ser maior que sua frequente incoerência, exceto, na verdade, suas ocasionais explosões de confiança. O relato que ela dava de seus negócios privados subiam e desciam como uma chama ao vento – algumas vezes, uma esplêndida fogueira; outras, um punhado de cinzas. Nossa jovem dama via isso como sendo um efeito da posição, em um momento e outro, da famosa porta do vasto mundo. Ela ficara impressionada, num de seus livros baratos, com a tradução de um provérbio francês, segundo o qual essa porta, qualquer porta, tinha que estar aberta ou fechada; e parecia fazer parte da precariedade da vida da Sra. Jordan que, em geral, sua porta não conseguia estar em nenhuma das duas posições. Houvera ocasiões em ela parecia estar escancarada – claramente implorando-a para que ultrapassasse seu limiar; houvera outras ocasiões, de ordem distintamente desconcertante, nas quais ela só faltava lhe bater na cara. No cômputo geral, entretanto, ela não tinha evidentemente perdido o ânimo; esses eventos ainda pertenciam àquela espécie de coisas a despeito das quais ela parecia bem. Ela sugeria que os lucros de seu negócio tinham se inflado tanto que a permitiam flutuar através de qualquer tipo de maré, e ela tinha, além disso, uma centena de minúcias e explicações.

Ela se inflava, sobretudo, com o feliz fato de que sempre havia cavalheiros na cidade e que os cavalheiros eram seus maiores admiradores; em especial, cavalheiros do Distrito Financeiro – a respeito dos quais ela tinha uma série de informações sobre a paixão e o orgulho que suscitavam nesses corações os elementos de seu encantador comércio. Os homens do Distrito Financeiro, em suma, interessavam-se, *de fato*, por flores. Havia um tipo de corretor extremamente inteligente – Lorde Rye chamava-os de judeus e canalhas, mas ela não se importava – cuja extravagância, como ela tinha mais de uma vez sugerido, tinha mesmo que ser forçosamente contida por qualquer pessoa que tivesse alguma consciência. Não se tratava, talvez, de puro amor pela beleza; era uma questão de vaidade e um símbolo de sucesso; eles queriam esmagar os rivais, e essa era uma de suas armas. A argúcia da Sra. Jordan era enorme; ela conhecia, de qualquer forma, sua clientela – ela lidava, como dizia, com toda espécie de clientes; e, se tratava, para ela, na pior das hipóteses, de uma corrida – uma corrida mesmo nos meses mais parados – de uma casa para outra. E depois, afinal, havia também as damas; as damas dos círculos da Bolsa estavam perpetuamente subindo e caindo. Elas não eram, talvez, exatamente como a Sra. Bubb ou Lady Ventnor; mas não se podia perceber a diferença, a menos que se brigasse com elas e, então, só se ficava sabendo qual era a diferença porque elas faziam as pazes mais cedo. Essas damas faziam parte daquele departamento de sua atividade que mais a fazia balançar; a ponto de sua confidente ter chegado a uma ou duas conclusões que tendiam a descartar qualquer arrependimento por oportunidades não aproveitadas. Havia, de fato, vestidos especiais para o chá da tarde, os quais a Sra. Jordan descrevia em todos os detalhes, mas eles não eram a respeitabilidade toda, e era estranho que a viúva de um pastor falasse, às vezes, quase como se ela praticamente pensasse que assim fosse. Ela voltava, era verdade, infalivelmente, para Lorde Rye, nunca, é claro, perdendo-o inteiramente de vista, mesmo na mais longa das viagens. A ideia de que ele era a amabilidade em pessoa tinha se tornado de fato a moral mesma para a qual tudo apontava... apontava nos estranhos piscares dos olhos míopes da pobre mulher. Ela lançava à sua jovem amiga olhares portentosos, solenes arautos de alguma comunicação extraordinária. A comunicação, de uma semana para a outra, se atrasava; mas era aos fatos sobre os quais a comunicação pairava que ela devia a força para continuar. "Eles *são*, de uma maneira *e* outra", ela, frequentemente, enfatizava, "um ponto de apoio". E, como a alusão era à aristocracia, a garota podia perfeitamente se perguntar por que, se eles o eram de "uma" maneira, era preciso que eles o fossem de duas. Ela sabia perfeitamente, entretanto, quantas eram as maneiras que contavam para a Sra. Jordan. Tudo isso significava simplesmente que seu destino a estava pressionando de perto. Se esse destino devia ser selado no altar matrimonial, não era, talvez, evidente que ela não iria, de repente, chegar ao ponto de impressionar uma simples telegrafista. Isso necessariamente apresentaria a uma tal pessoa um futuro de lamentável sacrifício. Lorde Rye – se é que se tratava *realmente* de Lorde Rye – não seria "amável" para com uma pessoa dessa insignificância, embora pessoas igualmente boas tivessem sido.

Numa tarde de domingo, em novembro, as duas amigas foram juntas, conforme combinado, à igreja; após o que – num momento de impulso; a combinação não incluía isso – elas seguiram para a casa da Sra. Jordan, na região do Vale Maida. Ela tinha tagarelado com a sua amiga sobre sua atividade predileta; ela estava excessivamente "exaltada" e tinha, mais de uma vez, desejado introduzir a garota ao mesmo conforto e privilégio. Havia uma densa e cinzenta bruma e respirava-se o ar do Vale Maida como se fosse fumaça acre; mas elas tinham estado sentadas em meio a cânticos e incenso e músicas maravilhosas, período durante o qual, embora o efeito dessas coisas em sua mente fosse grande, nossa jovem amiga se permitiu ter uma série de reflexões apenas indiretamente relacionadas a elas. Uma delas era o resultado de a Sra. Jordan ter-lhe dito, no caminho, e com um certo e sutil significado, que Lorde Rye tinha estado por algum tempo na cidade. Ela tinha falado como se fosse uma circunstância à qual pouco se precisasse acrescentar – como se a importância desse fato em sua vida pudesse ser facilmente compreendida. Talvez fosse a curiosidade de saber se Lorde Rye desejava casar-se com a viúva que fez com que sua convidada, com os pensamentos vagando por essas regiões, tivesse pensado que outras núpcias deveriam também ocorrer na Igreja de São Juliano. O Sr. Mudge ainda frequentava sua capela metodista, mas essa a menor de suas preocupações – isso nunca a tinha incomodado o suficiente para chegar ao ponto de mencioná-lo à Sra. Jordan. A questão da forma de culto do Sr. Mudge era uma das várias coisas – elas compensavam, em superioridade e beleza, sua pouca quantidade – que ela havia muito tempo decidira, estabelecendo que ele deveria adotar a dela, e ela definitivamente estabelecera, além disso, pela primeira vez, qual era a sua própria forma. Sua principal característica é que devia ser a mesma da Sra. Jordan e de Lorde Rye; o que foi, na verdade, exatamente o que ela disse à sua anfitriã quando se sentaram juntas mais tarde. A bruma cinzenta penetrara na pequena sala de estar da anfitriã, na qual atuava como um adiamento da questão de haver ali, além disso, algo mais além das taças de chá e de uma chaleira de estanho e uma pequena lareira enegrecida e uma vela de parafina sem quebra-luz. Não havia, de qualquer maneira, nenhum sinal de flores; não era para si própria que a Sra. Jordan juntava amenidades. A garota esperou até que elas tivessem tomado uma xícara de chá – esperou pelo anúncio que ela honestamente acreditava que sua amiga estava, dessa vez, no domínio de si para fazer; mas nada saiu, após o intervalo, exceto uma pequena mexida no fogo, que era como um limpar de garganta para um discurso.

25

"Será que lhe falei alguma vez do Sr. Drake?" A Sra. Jordan nunca parecera tão estranha, nem seu rasgado sorriso tão sugestivo de uma grande e generosa mordida.

"Sr. Drake? Ah, sim; não é um dos amigos de Lorde Rye?"

"Um grande e confiável amigo. Quase, eu diria, um amigo querido."

O "quase" da Sra. Jordan soara tão estranho que sua acompanhante viu-se impelida, um tanto atrevidamente, talvez, a continuar. "Não é verdade que 'confiar' nos amigos é também lhes querer bem?"

Isso fez com que a enaltecedora do Sr. Drake se contivesse um pouco. "Bem, minha querida, eu *lhe* quero bem..."

"Mas você não confia em mim?", perguntou, impiedosamente, a garota.

A Sra. Jordan fez, novamente, uma pausa – ela ainda parecia estranha. "Sim", ela replicou com certa austeridade; "é exatamente disso que vou lhe dar uma prova extraordinária". A ideia de que ia ser algo extraordinário era já tão forte que, enquanto ela se refreava um pouco, a ouvinte se pôs num repentino estado de muda submissão. "O Sr. Drake prestou ao seu senhor, por vários anos, serviços que deixaram Lorde Rye extremamente satisfeito, o que torna ainda mais... ahn... inesperada e talvez um tanto repentina a separação deles."

"Separação?" Nossa jovem amiga sentia-se lograda, mas esforçou-se em se mostrar interessada; e ela já sabia que tinha encilhado o cavalo errado. Ela ouvira algo a respeito do Sr. Drake, que era um dos membros do círculo de Lorde Rye, o membro nos braços do qual, aparentemente, a Sra. Jordan tivera, graças às suas atividades, mais oportunidades de ser jogada. Ela só estava um pouco perplexa com a palavra "separação". "Bem, de qualquer maneira", ela sorriu, "se eles se separam como amigos...!"

"Ah, o nobre senhor tem o maior interesse no futuro do Sr. Drake. Lorde Rye fará qualquer coisa por ele; na verdade, já fez muito. *Deve* haver, compreende? mudanças...!"

"Ninguém sabe isso melhor do que eu", disse a garota. Ela queria fazer com que sua interlocutora se abrisse. "Haverá mudanças demais para mim."

"Você está deixando o estabelecimento do Sr. Cocker?"

O adorno daquele estabelecimento esperou um momento para responder e, quando o fez, foi de forma indireta. "Diga-me o que *você* está fazendo."

"Bem, o que você acha disso?"

"Bom, que você encontrou a oportunidade que sempre teve a certeza de que teria."

A Sra. Jordan, ao ouvir isso, pareceu refletir com uma intensidade constrangida. "Sempre tive certeza, sim, mas houve várias ocasiões em que não tive tanta certeza!"

"Bom, espero que tenha certeza agora. Tenha certeza, quero dizer, a respeito do Sr. Drake."

"Sim, minha querida, acho que posso dizer que *tenho*. Eu o mantive interessado até que tivesse certeza."

"Ele é, então, seu?"

"Muito meu."

"Que bom! E ele é podre de rico?", continuou nossa amiga.

A Sra. Jordan demonstrou bastante prontamente que seu amor se dirigia a coisas mais elevadas. "Podre de bonito – um metro e noventa. E, sim, ele tem suas economias."

"Muito parecido, então, com o Sr. Mudge!", exclamou, um tanto desesperadamente, a amiga deste cavalheiro.

"Ah, *muito* não!" A amiga do Sr. Drake foi ambígua a respeito disso, mas o nome do Sr. Mudge tinha-lhe dado, evidentemente, algum tipo de estímulo. "Ele terá mais oportunidades agora, de qualquer maneira. Ele está indo trabalhar para Lady Bradeen."

"Para Lady Bradeen?" Isso era o que se podia chamar de perplexidade. "Indo...?"

A garota tinha percebido, a julgar pela forma como a Sra. Jordan a olhava, que o efeito da pronúncia do nome de Lady Bradeen fora o de fazê-la revelar algo. "Você a conhece?"

Ela vacilou, mas acabou por se equilibrar. "Bom, você se lembra que lhe disse muitas vezes que, se você tem clientes importantes, eu também tenho."

"Sim", disse a Sra. Jordan, "mas a grande diferença é que você odeia os seus, enquanto eu realmente adoro os meus. Você *realmente* conhece Lady Bradeen?", continuou ela.

"Dos pés à cabeça! Ela está sempre entrando e saindo da agência."

Os olhos apalermados da Sra. Jordan confessavam, ao se fixar nessa imagem, o quanto ela tinha ficado perplexa e até mesmo enciumada. Mas ela conseguiu se conter e foi com certa graça que perguntou: "Você *a* odeia?".

A réplica de sua visitante foi imediata. "Ah, minha querida, não! não tanto como odeio alguns deles. Ela é tão escandalosamente bonita!"

A Sra. Jordan continuava de olhos arregalados. "Escandalosamente?"

"Bom, sim; deliciosamente." O que era realmente delicioso era a incerteza da Sra. Jordan. "Você não a conhece? Você nunca a viu?", continuou, airosamente, sua convidada.

"Não, mas tenho ouvido muitas coisas sobre ela."

"Eu também!", exclamou nossa jovem amiga.

A Sra. Jordan pareceu, por um instante, duvidar de sua boa-fé ou, ao menos, de sua seriedade. "Você conhece alguma amizade...?"

"De Lady Bradeen? Ah, sim, conheço uma amizade."

"Apenas uma?"

A garota deu uma gargalhada. "Apenas uma – mas ele é muito íntimo."

A Sra. Jordan parecia hesitar. "Trata-se de um cavalheiro?"

"Sim, ele não é uma dama."

Sua interlocutora parecia refletir. "Ela tem uma infinidade de amizades."

"Ela as *terá*... com o Sr. Drake!"

O olhar arregalado da Sra. Jordan tornou-se estranhamente fixo. "Ela é *muito* bonita?"

"A pessoa mais bonita que eu conheço."

A Sra. Jordan continuou a refletir. "Bem, *eu* conheço algumas beldades." E, depois, com sua estranha vacilação: "Você acha que ela parece *boa*?".

"Pelo fato de que nem sempre é o caso das pessoas bonitas?", continuou a outra. "Não, de fato, não é: isso foi uma coisa que aprendi no estabelecimento do Sr. Cocker. Mas há algumas pessoas que têm tudo. Lady Bradeen, de qualquer maneira, tem o bastante: olhos e um nariz e uma boca, um porte, uma figura..."

"Uma figura?", a Sra. Jordan praticamente a interrompeu.

"Uma figura, uma cabeleira!" A garota fez um pequeno movimento consciente que parecia deixar o cabelo cair todo, enquanto sua acompanhante observava o maravilhoso espetáculo. "Mas o Sr. Drake *é* outro...?"

"Outro?" Os pensamentos da Sra. Jordan tinham que voltar de longe.

"Outro dos admiradores de Lady Bradeen. Você diz que ele está 'indo' para ela?"

Ao ouvir isso, a Sra. Jordan realmente vacilou. "Ela está comprometida com ele."

"Comprometida com ele?", nossa jovem amiga parecia inteiramente perdida.

"Da mesma forma que Lorde Rye."

"E Lorde Rye estava comprometido?"

26

A Sra. Jordan parecia distante dela agora – parecia, pensou ela, bastante ofendida e, como se tivesse sido menosprezada, até mesmo um pouco zangada. A menção de Lady Bradeen tinha frustrado, por um momento, a convergência dos pensamentos de nossa heroína; mas com essa impressão da combinação de impaciência e insegurança de sua velha amiga, seus pensamentos começaram, de novo, a rodopiar ao seu redor, e assim continuaram, até que um deles pareceu espicaçá-la, destacando-se da dança, com uma picada aguda. Atingiu-a, com um choque vigoroso, com uma pontada certa, a compreensão de que o Sr. Drake era... seria possível? Com essa ideia na mente, ela se viu, de novo, à beira do riso, de uma súbita e estranha perversidade toda feita de júbilo. O Sr. Drake pairava, numa imagem viva, diante dela; tal como uma figura que ela vira à entrada das casas do quarteirão em que se situava o estabelecimento do Sr. Cocker – majestático, de meia-idade, ereto, escoltado, em cada lado, por um lacaio, e anotando o nome de algum visitante. O Sr. Drake *era*, pois, verdadeiramente, uma pessoa que abria portas! Antes que ela tivesse tempo, entretanto, de se recuperar do efeito de sua evocação, apresentou-se-lhe uma visão que a engolfou inteiramente. Foi-lhe, de alguma forma, comunicado que o rosto que ela tinha visto surgir levara a Sra. Jordan a se precipitar, com certo descontrole, em direção a alguma coisa, a qualquer coisa, que pudesse atenuar uma possível crítica. "Lady Bradeen está rearranjando as coisas – ela vai se casar."

"Casar?", ecoou a garota, quase sussurrando, mas aí estava, finalmente.

"Você não sabia?"

Ela convocou toda a sua coragem. "Não, ela não me disse."

"E os amigos dela... eles não disseram?"

"Não tenho visto nenhum deles ultimamente. Não sou tão afortunada quanto *você*."

A Sra. Jordan se recompôs. "Então você não ficou sabendo da morte de Lorde Bradeen?"

Sua companheira, incapaz, por um momento, de falar, sacudiu levemente a cabeça, num gesto negativo. "Você ficou sabendo pelo Sr. Drake?" Era certamente melhor simplesmente não ficar sabendo do que ficar sabendo pelo mordomo.

"Ela lhe conta tudo."

"E ele conta a *você*, como posso perceber." Nossa jovem dama levantou-se; pegando suas luvas e seu regalo, ela sorriu. "Bem, infelizmente não tenho nenhum Sr. Drake. Felicito-a de todo coração. Mesmo sem o seu tipo de ajuda, entretanto, há uns fiapos aqui e ali que eu cato. Concluo que, se ela vai se casar com alguém, deve ser necessariamente com o meu amigo."

A Sra. Jordan estava agora de pé. "O Capitão Everard é seu amigo?"

A garota refletiu, colocando uma das luvas. "Eu o vi muitas vezes, durante certo período."

A Sra. Jordan olhou fixamente para as luvas, mas ela não tinha, afinal, esperado por isso para se compadecer de que não estivessem mais limpas. "Quando foi isso?"

"Deve ter sido na época em que você via muito o Sr. Drake." Ela tinha agora compreendido tudo: a distinta pessoa com quem a Sra. Jordan iria se casar estaria encarregada de atender a campainhas e de alimentar as lareiras com carvão e de supervisionar, no mínimo, a limpeza das botas da outra distinta pessoa a quem *ela* poderia... bem, a quem ela poderia ter tido, se quisesse, muito mais a dizer. "Adeus", acrescentou ela; "adeus."

A Sra. Jordan, entretanto, de novo tomando o regalo das mãos da outra, sacudiu-o e refletidamente examinou-o. "Diga-me, antes de você ir embora. Você acabou de falar de suas mudanças. Você quer dizer que o Sr. Mudge...?

"O Sr. Mudge tem sido muito paciente comigo... ele conseguiu, finalmente, convencer-me. Iremos nos casar no mês que vem e teremos uma bela casinha. Mas ele é apenas um merceeiro, compreende...", disse a garota, encontrando os olhos atentos de sua amiga, "de maneira que temo que, com o círculo social em que você entrou, você não terá como manter nossa amizade."

Por um momento, a Sra. Jordan não deu qualquer resposta a isso, limitando-se a levar o regalo da garota até o seu próprio rosto, dando-lhe, depois, de volta. "Você não gostou. Compreendo, compreendo."

Para surpresa de sua convidada, havia agora lágrimas em seus olhos. "Não gostei de quê?", perguntou a garota.

"Bem, de meu noivado. Só que, com sua grande inteligência", a pobre senhora falava com voz trêmula, "você o expôs do seu jeito. Quero dizer, você ficará bem. Você já...!" E com isso, no instante seguinte, suas lágrimas começaram a correr. Ela sucumbiu a elas e se deixou cair; ela afundou outra vez na cadeira, escondendo o rosto e tentando abafar os soluços.

Sua jovem amiga ficou ali de pé, mantendo ainda certa rigidez, mas bastante surpreendida, embora ainda não inteiramente tomada de qualquer sentimento de piedade. "Não expus nada, de nenhum 'jeito', e estou muito feliz que você esteja satisfeita. Só que, compreende, você expôs para mim muito esplendidamente ao que isso poderia ter me levado, se a tivesse ouvido."

A Sra. Jordan continuou a chorar um pranto fraco, brando, manso; depois, enxugando os olhos, considerou, também fracamente, essa observação. "Levou a mim a não me deixar morrer de fome!", disse ela, ofegante e debilmente.

Nossa jovem amiga, ao ouvir isso, deixou-se cair ao seu lado, e agora, de repente, sua mesquinha e tola infelicidade tinha se evaporado. Ela tomou as mãos da amiga em sinal de piedade e, depois, após mais um instante, confirmou essa expressão com um beijo de consolo. Elas ficaram ali sentadas, juntas; elas passaram em revista, de mãos dadas, a sala pequena, úmida, escura e o futuro, não muito diferente disso, afinal, aceito por cada uma delas. Não houve nenhuma declaração definitiva, por parte de qualquer uma delas, sobre a posição do Sr. Drake no mundo dos grandes, mas o colapso temporário de sua futura esposa esclareceu tudo o que faltava; e o que nossa heroína viu e sentiu na coisa toda foi o vívido reflexo de seus próprios sonhos e delírios e seu próprio retorno à realidade. A realidade, para as pobres criaturas que ambas eram, só podia ser a feiura e a obscuridade, nunca a saída, a ascensão. Ela não pressionou a amiga com nenhuma outra questão pessoal – tinha suficiente tato para isso –, não expressou nenhuma necessidade de alguma outra revelação, limitou-se a continuar abraçando-a e consolando-a e admitindo, por pequenas e constrangidas indulgências, o elemento comum de seus destinos. Ela se sentia, na verdade, magnânima no que dizia respeito a essa matéria; uma vez que, se estava certo, por uma questão de condolência ou de consolo, suprimir, naquele momento, qualquer rebaixamento invejoso, ela, ainda assim, não se via, de maneira alguma, sentando-se, como diria, à mesma mesa que o Sr. Drake. Felizmente não haveria, ao que aparentava, nenhuma questiúncula a respeito de mesas; e a circunstância de que, em seus peculiares aspectos, os interesses de sua amiga ainda estariam ligados a Mayfair lançou, sobre Chalk Farm, um resplendor nunca antes visto. Onde estavam nosso orgulho e nossa paixão quando a única maneira de julgar a nossa sorte estava não em fazer a comparação errada, mas a comparação certa? Antes que ela tivesse podido se recompor, outra vez, para ir embora, ela se sentiu muito pequena e cautelosa e agradecida. "Teremos nossa própria casa", disse ela, "e você deve logo nos visitar e eu a mostrarei a você."

"Nós *também* teremos a nossa", replicou a Sra. Jordan; "pois, você compreende, a condição dele foi a de dormir fora da propriedade de quem o tem a serviço."

"Condição?", a garota não tinha compreendido.

"A condição de um novo emprego. Foi por isso que ele se separou de Lorde Rye. O nobre senhor não pode aceitar isso. Assim, o Sr. Drake teve que deixá-lo."

"E tudo isso por você?", nossa jovem amiga expressou essa ideia da maneira mais animada possível.

"Por mim e por Lady Bradeen. Lady Bradeen está feliz por tê-lo a seu serviço por qualquer preço. Lorde Rye, por falta de interesse por nós, *forçou*-a, na verdade, a contratá-lo. Assim, como lhe disse, ele terá sua própria casa."

A Sra. Jordan, no entusiasmo dessa fala, começou a se reanimar; mas houve, entretanto, entre elas, um instante de silêncio bem consciente – um instante de silêncio no qual nem a visitante nem a anfitriã expressaram qualquer expectativa ou fizeram qualquer convite. Isso mostrava, em última instância, que, apesar da resignação e da solidariedade, elas podiam, agora, afinal, contemplar uma à outra através da distância social que as separava. Elas ficaram juntas, como se fosse, na verdade, sua última oportunidade, ainda sentadas, embora constrangidamente, bem próximas, e sentindo também – e isso de maneira inequívoca – que ainda restava uma coisa para ser tratada. Além disso, no momento em que isso aflorou à superfície, nossa jovem amiga tinha reconhecido a grande verdade em sua inteireza, o que chegou a lhe provocar, outra vez, uma leve irritação. Não era, talvez, a grande verdade o que mais importava; mas após seu esforço momentâneo, seu constrangimento e suas lágrimas, a Sra. Jordan tinha começado a insinuar, de novo, mesmo sem dizê-lo expressamente, alguma conexão com a alta sociedade. Bem, tratava-se de uma compensação inofensiva, e isso era tudo o que a futura esposa do Sr. Mudge podia, ao sair, deixar com ela.

27

Essa jovem dama finalmente levantou-se de novo, mas deixou-se ficar um pouco, antes de ir embora. "E o Capitão Everard não tem nada a dizer sobre isso?"

"Sobre o quê, querida?"

"Bom, sobre essas questões – os arranjos domésticos, as coisas da casa."

"Como *poderia* ele, com qualquer autoridade, fazer isso quando nada na casa é dele?"

"Não é dele?", quis saber, surpresa, a jovem, perfeitamente consciente de que dava, assim, à Sra. Jordan a impressão de que esta sabia, em comparação com ela própria, muito mais a respeito disso. Ora, havia coisas que ela queria tanto saber que ela estava disposta, finalmente, embora lhe doesse, a pagar com a própria humilhação. "Por que não é dele?"

"Você não sabe, minha querida, que ele não tem nada?"

"Nada?" Era difícil vê-lo sob esse ângulo, mas a capacidade da Sra. Jordan para responder a questão tinha uma superioridade que começou logo a aumentar. "Ele não é rico?"

A Sra. Jordan parecia enormemente, tanto em geral quanto em particular, bem informada. "Depende do que você chama de...! Não, de jeito nenhum, absolutamente não tanto quanto *ela*. O que ele traz para o casamento? Pense no que ela tem! E, depois, querida, nas dívidas dele!"

"As dívidas dele?" Sua jovem amiga estava entregue à sua indefesa inocência. Ela podia debater-se um pouco, mas tinha que se soltar; e, se tivesse falado francamente, ela teria dito: "Sim, diga-me, pois não sei *tanto* assim sobre ele!". Mas ela não falou francamente, limitando-se a dizer: "Suas dívidas não são nada... quando ela o adora tanto".

A Sra. Jordan começou a fitá-la de novo, e ela via agora que só lhe restava aceitar tudo. Era a isso que tudo se resumia: que ele se sentara com ela, lá no banco, sob as árvores, naquela noite de verão, e pusera suas mãos sobre as delas, e lhe teria feito saber o que ele teria dito se lhe fosse permitido; que ele tinha retornado a ela, depois disso, repetidamente, com olhos de súplica e com sangue fervendo; e que ela tendo, de sua parte, severa e pedante, ajudada por algum milagre e em sua impossível condição, se limitado a devolver-lhe, através das barras da gaiola, as suas súplicas... muito simplesmente deveria ouvir falar dele, agora para sempre perdido, apenas por intermédio da Sra. Jordan, a qual tinha notícias dele por meio do Sr. Drake, o qual se comunicava com ele por meio de Lady Bradeen. "Ela o adora... mas, naturalmente, isso não era tudo o que havia para saber."

A garota encontrou os olhos dela por um instante, já praticamente rendida. "Sobre esse assunto, o que há mais para saber?"

"Bem, você não sabe?", a Sra. Jordan estava quase compadecida.

Sua interlocutora tinha, na gaiola, auscultado profundezas, mas havia aqui, de alguma maneira, a sugestão de um abismo totalmente imensurável. "Naturalmente, sei que ela nunca o abandonará."

"Como *poderia* ela, imagine só, após ele ter se comprometido com ela a esse ponto?"

A mais inocente exclamação que elas jamais tinham feito saiu, com isso, do par mais jovem de lábios. "Comprometido a *esse* ponto...?"

"Bem, você não sabe do escândalo?"

Nossa heroína refletia, tentando se lembrar; havia algo, seja lá o que fosse, sobre o qual ela sabia, afinal, muito mais que a Sra. Jordan. Ela o viu de novo tal como o tinha visto chegar naquela manhã para recuperar o telegrama – ela o viu tal como ela o tinha visto deixar a agência. Ela se agarrou, por um instante, a essa imagem. "Ah, não houve nada público."

"Não exatamente público... não. Mas houve um grande susto e uma grande confusão. Esteve tudo a ponto de ser revelado. Algo foi perdido... algo foi encontrado."

"Ah, sim", replicou a garota, sorrindo como se tivesse reavivado uma lembrança borrada; "algo foi encontrado."

"Tudo se espalhou... e houve um ponto em que Lorde Bradeen tinha que agir."

"Sim... ele tinha. Mas não agiu."

A Sra. Jordan foi obrigada a admiti-lo. "Não, ele não agiu. E, depois, para sorte deles, ele morreu."

"Não fiquei sabendo de sua morte", disse sua companhia.

"Foi há nove semanas, e muito repentinamente. Isso lhes deu uma oportunidade imediata."

"De se casarem", era uma pergunta que demonstrava surpresa, "no prazo de nove semanas?"

"Ah, não logo, mas, considerando-se as circunstâncias, muito reservadamente e, posso lhe assegurar, muito cedo. Foram feitos todos os preparativos. Acima de tudo, ela o tem preso."

"Ah, sim, ela o tem preso!", disparou a nossa jovem amiga. Ela manteve essa imagem diante dela por um instante;

depois continuou: "Você quer dizer, por ele ter feito com que falassem dela?"

"Sim, mas não apenas isso. Ela ainda tem outra carta na manga."

"Outra?"

A Sra. Jordan hesitou. "Bem, ele estava *metido* em algo."

Sua parceira ficou curiosa. "Em quê?"

"Não sei. Algo ruim. É como eu lhe disse, encontrou-se alguma coisa."

A garota tinha os olhos arregalados. "E...?"

"Teria sido muito ruim para ele. Mas ela o ajudou de alguma forma – ela recuperou essa coisa, ela se apoderou dela. Diz-se até mesmo que ela a roubou!"

Nossa jovem amiga pôs-se, de novo, reflexiva. "Bom, foi precisamente o que foi encontrado que o salvou."

A Sra. Jordan, entretanto, foi categórica. "Desculpe-me, mas acontece que eu sei."

Sua discípula hesitou, mas apenas por um instante. "Você quer dizer que você sabe por meio do Sr. Drake? Eles dizem essas coisas a *ele*?"

"A um bom criado", disse a Sra. Jordan, agora totalmente superior e proporcionalmente sentenciosa, "não é preciso que lhe digam essas coisas! A nobre senhora salvou – como uma mulher muito frequentemente faz! – o homem que ela ama."

Dessa vez, nossa heroína levou mais tempo para se recuperar, mas recobrou, finalmente, sua voz. "Ah, bem, naturalmente, eu não sei! O importante foi que ele se saiu bem. Parece, pois, que, de certa forma", acrescentou ela, "eles fizeram muita coisa um pelo outro."

"Bem, é ela que mais tem feito. Ela o tem seguro."

"Compreendo, compreendo. Adeus." As mulheres já tinham se abraçado, e isso não se repetiu; mas a Sra. Jordan desceu com sua convidada até a porta da casa. Aqui, de novo, a mais jovem se deteve, voltando ao assunto do Capitão Everard e de Lady Bradeen, embora elas já tivessem, no caminho, trocado umas três ou quatro observações a respeito. "Você queria dizer, há pouco, que, se ela não o tivesse salvado, como você diz, ela não o teria tão seguro?"

"Bem, é o que eu ouso dizer." Parada nos degraus da entrada, a Sra. Jordan sorriu a um pensamento que lhe ocorrera; ela deu um de seus sorrisos rasgados, parecendo morder a bruma cinzenta. "Os homens nunca gostam daquelas a quem fizeram algum mal."

"Mas que dano ele lhe fez?"

"Aquele que lhe mencionei. Ele *tem* que se casar com ela, compreende?"

"E ele não queria?"

"Antes não."

"Antes de ela recuperar o telegrama?"

A Sra. Jordan se controlou por um momento. "Era um telegrama?"

A garota hesitou. "Pensei que você tivesse dito que era. Quero dizer, seja lá o que tenha sido."

"Sim, seja lá o que tenha sido, não acho que ela tenha *compreendido* isso."

"Assim, ela simplesmente o pegou?"

"Ela simplesmente o pegou." A amiga que partia estava agora no último degrau da pequena escadaria; a outra estava no primeiro, em meio a uma densa bruma. "E quando posso pensar em você em sua casinha... no mês que vem?", perguntou a voz do topo da escadaria.

"O mais tardar. E quando posso pensar em você na sua?"

"Ah, mais cedo ainda. Sinto-me, depois de tanto falar com você sobre isso, quase como se já estivesse lá!" Então, um "*Até* logo!" saiu do fundo da neblina.

Um "Até *logo*!" penetrou na neblina. Nossa jovem dama também penetrou na neblina, na direção oposta e, então, após algumas voltas às cegas, saiu no Canal de Paddington. Distinguindo vagamente o que o baixo parapeito encobria, ela parou perto dele e ali permaneceu por um momento, olhando com atenção, mas talvez ainda às cegas, para baixo.

Um policial passou por ela, enquanto ela ainda permanecia ali; depois, indo um pouco adiante e meio perdido em meio à bruma, ele se deteve e a observou. Mas, imersa em seus pensamentos, ela não se dava conta de nada. Eles eram demasiadamente numerosos para serem listados aqui, mas dois deles, ao menos, podem ser mencionados. Um deles era que, decididamente, sua casinha não era para o mês que vem, mas para a semana que vem; o outro, que lhe sobreveio, na verdade, enquanto ela retomava sua caminhada e ia em direção à casa, era que parecia estranho que uma tal questão tivesse, afinal, sido resolvida, para ela, pelo Sr. Drake.

JAMES, Henry. *In the Cage*. 1. ed. Londres: Duckwort, 1898.

Este livro foi composto com tipografia Bembo e impresso
em papel Pólen Soft 80 g/m² na Formato Artes Gráficas.